DE LA MÊME AUTRICE

Aux Éditions Gallimard

FEMMES MERVEILLEUSES AU BORD DE L'EAU : UN ROMAN SUR LES FRÈRES ET LES SŒURS, 1998

Aux Éditions Stock

LA FILLE AMÉRICAINE, 2007

LA SCÈNE À PAILLETTES : ET LA FILLE ENTRE DANS LA DANSE AVEC DES RUBANS D'OR, 2011

Au Mercure de France

LOLA À L'ENVERS, 2014

Du monde entier

MONIKA FAGERHOLM

QUI A TUÉ BAMBI ?

roman

Traduit du suédois (Finlande)
par Anna Gibson

nrf

GALLIMARD

Titre original :

VEM DÖDADE BAMBI ?

« La bicoque pourrie d'où nous venons tous » (Emmy S.)

Elle va sur le net et cherche à country. Elle se persuade que c'est seulement la musique. Mais plus elle y pense, plus… elle pense à l'autre truc, *là, les meules de foin, les paillettes, les rats, l'humidité –*

Bois en putréfaction.

Dans la voix –

La bicoque pourrie d'où nous venons tous. Cette obscurité-là.

PARTIE 1

CŒUR DE LAPIN PALPITANT

(L'inquiétude d'Emmy)

Gusten au bord de l'eau, 1

On peut commencer là. Un matin de septembre 2014.

Gusten Gripe descend au bord de l'eau. Le lac Froid, le quartier des villas : ça fait longtemps qu'il n'est pas venu seul dans le coin. En le quittant il y a des années, il s'était juré de ne jamais y remettre les pieds. Alors, que fait-il ici, maintenant, par ce matin de septembre au début d'un automne qui va l'obliger à renouer avec ce qu'il avait laissé derrière lui ? Bonne réponse : rien. Aucune intention, aucune affaire en cours. Il s'est retrouvé là par hasard en faisant son jogging matinal. Oui, il lui arrive encore parfois de venir courir dans les parages. Il prend sa voiture, ce n'est pas loin depuis la banlieue voisine où il vit maintenant, dans une luxueuse garçonnière, un duplex (Gusten travaille dans l'immobilier, on le surnomme *l'agent de l'enfer* tant il est doué). Peut-être est-ce un présage, un signe, une affaire de sixième sens. Ou alors, le plus probable, juste un hasard, une ironique coïncidence.

Autrefois, pourtant, dans l'enfance, ce lieu était son monde : le quartier des villas, le lac Froid, les plages, *les propriétés autour du lac,* le bout de forêt et le sentier sportif couvert de sciure qui court autour du lac boueux qui n'est ni profond, ni froid, ni dangereux, ni même un peu ensorcelant comme il voulait à toute force le croire quand il était petit – avec son camarade Nathan, qui avait le même âge que lui. Quand ils étaient là, debout, ensemble, coiffés de leurs casquettes identiques. Et qu'ils fermaient les yeux, fort, s'abandonnant à l'imagination, se racontant des histoires sur toutes les choses excitantes qui POUVAIENT exister, même ici, mais ça restait des histoires inachevées, en suspens, fils épars. En rouvrant les yeux, on voyait bien, en plus : fantasques, sans rapport avec la réalité – mais l'eau, elle, peu profonde, marron, terreuse. Et *les propriétés autour du lac* – ça, c'était Angela, la mère de Gusten, qui avait l'habitude de pousser cette exclamation à cet endroit précis, sur le sentier sportif où son fils et elle se promenaient le matin, en faisant un peu leur show, car Angela était ainsi, *est* ainsi : comme en direct de l'opéra, déjà, à l'époque, avant ses débuts sur la scène. Si l'on devait écrire aujourd'hui une biographie d'Angela Gripe, ces épisodes de la prime enfance de Gusten dans le quartier des villas figureraient dans le premier chapitre, intitulé « Préparation », qui porterait sur ces années où la future diva, pour un cercle d'amateurs certes assez réduit, *pas une Callas qui chante Verdi pour les masses*, travaillait sa voix avec patience et méthode avant de se lancer. Ils faisaient le tour du lac, encore, encore, elle et le fils qui avait quatre, cinq, six ans (Gusten en a maintenant vingt-six). Et soudain, en cet instant précis, il a l'impression que c'est tellement proche, comme hier : *« … et ça, c'était à nous, et ça, et ça, et ça »*, Angela s'égosillant sur le sentier sportif, le doigt pointé dans toutes les directions, par-delà les plages malcommodes envahies de roseaux. *« Et ça… »* Elle veut dire qu'autrefois, au commencement des temps, toute la terre autour du lac appartenait à sa famille – Gusten est encore petit, il ne sait pas si c'est la vérité, ou une blague, ou encore, car elle est aussi douée pour ça, maman Angela, une façon de dire autre chose, vu que dans l'enfance de Gusten peu d'éléments matériels étayent cette idée de possessions grandioses dans la famille. Aussi loin qu'il s'en souvienne, Angela et lui ont vécu à deux dans le même petit deux-pièces d'un immeuble du centre du quartier des villas – le seul immeuble en ce temps-là (dans le quartier des villas, on habite naturellement une *villa*, c'est distingué) – et il n'a jamais rencontré de famille. N'empêche, le jeu lui plaît, il veut bien y jouer avec elle. *« Tout était à nous ! »* Angela sur le sentier pointe le doigt et rit, et il rit, et ça recommence, car c'est une anecdote qui se répète toujours de la même façon, toujours à cet endroit précis, une ouverture au milieu des roseaux, un bout de rocher sur lequel on peut grimper pour avoir une vue dégagée sur le lac et le rivage. Et bien sûr, il connaît la suite : le doigt d'Angela va s'arrêter pile en face, entre le Vaisseau Hanté qui est la maison des Häggert et le long ponton équipé de cabines de bain du foyer de jeunes filles Grawell (ces deux endroits étant d'ailleurs les seuls bâtiments visibles autour du lac) – son doigt s'arrête sur une jungle d'aulnes touffus... Alors elle baisse la voix et dit, dans un murmure bien audible et entraînant, si on veut bien se laisser entraîner, comme une très ancienne ritournelle : *« Et là, oui, juste là... il y avait la masure où vivait l'Écuyer avec son épouse et sa fille* – pause théâtrale, clin d'œil à Gusten – *la fille de l'Écuyer, Gusten. Douée pour les études. Alors mon père, un vrai bon à rien mais le cœur sur la main, a tenu à la soutenir... Tant qu'il y avait de l'argent, je veux dire. Avant qu'il ne perde presque tout dans des spéculations hasardeuses.*

« Depuis le début, tu comprends. Il payait sa scolarité, il veillait à ce qu'elle ait tout ce dont elle pouvait avoir besoin. Très,

très douée, cette fille, ambitieuse, absolument brillante, mais, comme on dit, de peu de moyens. » Au même moment, bruissement dans les buissons, bruits de pas sur le sentier, voix à l'approche, Angela prête l'oreille et s'illumine. « *Une véritable championne de la prestation, Gusten, et son nom était –*

« *Annelise !* » s'écrient-ils tous deux à l'unisson. « *Annelise* » comme une invocation car, cerise sur le gâteau, elle surgit souvent à cet instant précis, Annelise Häggert, la copine d'Angela depuis de longues années (elles ont le même âge). Annelise sur le sentier sportif, traînant après elle son fils Nathan. S'ensuivent cris de joie, *salut, salut,* et baisers sur la joue pour souligner, bien sûr, qu'elles sont, Angela Gripe et Annelise Häggert, très, très copines, anciennes camarades d'école dans le quartier des villas, même si leurs orientations de carrière respectives les ont éloignées l'une de l'autre dans le *tourbillon insensé de la vie,* elles en parlent souvent en ces termes. Mais à cette époque encore, dans la prime enfance de Gusten, c'est Annelise qui parcourt le monde, de symposium en conférence – elle, l'économiste, la juriste d'entreprise, la pro des comités de direction, qui a déjà décroché, à vingt-sept ans, un premier poste de DG, et qui vient en même temps d'être nommée professeure d'économie dans l'une des meilleures universités du pays. Tandis qu'Angela est plus stationnaire. Elle a remporté un concours de chant international important dans le monde de la musique classique mais depuis lors il ne s'est rien passé, ce qui est en soi dans l'ordre des choses. Car pour atteindre son plein potentiel, une voix lyrique doit d'abord mûrir et s'exercer loin des projecteurs, cela veut dire qu'il faut rester à la maison et travailler, travailler, sous la conduite de pédagogues compétents, et se préparer ainsi à la scène. Où elle sera donc reconnue avant tout en sa qualité d'interprète de la tradition postmoderne, par exemple des œuvres du duo de compositeurs expérimentaux Schuck & Gustafson. Maintenant précisément, c'est-à-dire MAINTENANT, à l'automne 2014, Angela Gripe connaît de fait la consécration en interprétant le rôle principal dans *Dissections of the Dark Part III*, qui est créé sur une petite scène d'opéra de Vienne. Où Gusten est d'ailleurs allé l'entendre le week-end dernier avec une amie, Saga-Lill (qui est la meilleure copine de son ex-petite amie Emmy Stranden et qu'il a entraînée – let's face it – dans une relation sexuelle on/off non dénuée de frictions après qu'Emmy l'a quitté pour un autre, ça va faire trois ans maintenant, il ne s'en est pas remis).

Mais retour à l'enfance, et au sentier sportif. Derrière Annelise, son fils Nathan. Enfant unique d'Annelise et Albinus « Abbe » Häggert et, compte tenu de leur âge identique et de la longue amitié liant leurs mères, ami d'enfance de Gusten, et son camarade de classe depuis toujours, dans le quartier des villas, et ce jusqu'à la fin, c'est-à-dire l'avant-dernière année de lycée, qui se termine en catastrophe.

Oui. Catastrophe. Pas d'exagération – et d'ailleurs il n'existe aucune circonstance atténuante ou adoucissante. Tout qui s'effondre et se casse. Irrémédiablement. Et, de façon tout aussi irréfutable : *c'est sa faute.* Et celle de Nathan (surtout).

« Viol collectif brutal dans la résidence d'Annelise Häggert. »

« Jeune femme maltraitée pendant des heures au sous-sol de la luxueuse villa d'une banlieue chic. »

« Les quatre bourreaux, tous issus de la même bande d'amis et scolarisés dans le même lycée. »

« Nathan Häggert est désigné comme l'instigateur. »

Nathan. Mais ici, dans l'enfance, il n'est encore que le Petit Nathan, toujours à la traîne. Et oui, bien sûr, il *est* encore petit à cette époque. « *On pourrait le ranger dans une boîte d'allumettes* », les deux mères qui rient, si légères, si bienveillantes, sur le sentier sportif. Petit, pâle et silencieux.

À la remorque, sur le sentier, à l'affût sous sa casquette (pour une raison quelconque, Gusten de retour à la maison harcèlera sa mère, « *j'en veux une pareille !* » – et l'obtiendra).

Mais Nathan va se rattraper, question taille, il va grandir. Et devenir bavard, pourtant son silence, bizarrement, grandira aussi.

Deviendra menaçant.

« *Time.* »

« Time » – Nathan danse, seul au centre d'un plancher immense, sur cette musique, là, Prince, toujours Prince, Nathan adore Prince –

les yeux fermés

Nathan qui ouvre les yeux, sans cesser de danser, qui l'aperçoit et qui crie son nom – impossible d'y échapper – « GRIPEEE ! »

Nathan, plus tard, à l'adolescence, et son premier grand amour (qui le quitte). Elle s'appelle Sascha, elle est nouvelle au lycée, vient du foyer de jeunes filles Grawell.

Nathan.

Non, *I have X:ed you out of my world* (pense Gusten maintenant).

Il n'y a pas d'autre moyen.

Alors là, sur le sentier : fini. Le rire des femmes qui s'éteint dans la mémoire, s'efface. Tout a changé, il ne reste rien.

La maison sur la rive opposée, à peine visible entre les

arbres. La maison des Häggert. Silencieuse. Le Vaisseau Hanté. Qui tombe en ruine : vitres brisées au premier étage. Herbe haute, broussailles, bric-à-brac dans la cour. Comme un putain de monument (mais à la gloire de quoi ?) – *la maison est un organisme, tel un vaisseau hanté elle bouge dans le noir*... Et en même temps il se souvient, et ça lui revient maintenant, avec une telle force : comment il adorait cette maison.

Comme un vaisseau hanté dans le crépuscule, pensait-il, quand il était enfant, fasciné par son architecture sophistiquée, un style unique. Un luxe à la fois énorme et assourdi... qui semblait vous défier, quand vous la regardiez depuis l'autre côté du lac, oui, de cet endroit précis, à deux cents mètres de ce rocher dans les roseaux que Nathan et lui avaient l'habitude d'escalader pour scruter les plages alentour –

Et imaginer :

La maison est un organisme (ritournelle)
Tel un vaisseau hanté elle bouge dans le noir
Grenier, séjour et sous-sol
Le garçon au grenier, le garçon au sous-sol
La maison qui
met les voiles

Deux garçons coiffés de casquettes identiques.

Qui étaient copains (et leurs mamans, Angela et Annelise, si fières de cette amitié).

Deux garçons à casquette (ou « *Les interchangeables* », un de leurs jeux préférés).

Livrés l'un à l'autre.

Nathan sur le rocher, qui regarde la maison, la sienne, celle où il vit, de loin (un souvenir d'enfance) : « Plus tard je serai architecte. Et toi, Gripe ? »

Gusten après une hésitation, car soudain il se sent si bizarrement creux, vide, toussote : « Je ne sais pas. »

Plus tard, à l'adolescence, il lui arrivera d'y vivre, lui aussi, parfois pendant de longues périodes, à la fin du collège et au lycée. C'est son choix – il ne veut pas suivre sa mère de ville en ville, de scène en scène, quand sa carrière de chanteuse décolle enfin et qu'elle se produit sur le continent. Il veut rester dans le quartier des villas, avec son lycée, ses amis, tout ce qui lui est familier.

« Mais bien sûr, dit Annelise, la maman de Nathan. Évidemment. Notre porte t'est toujours ouverte, Gusten. »

La maison est un organisme
Grenier, séjour et sous-sol –
Un vaisseau hanté qui bouge dans le crépuscule

Là, dans la cuisine, peu avant la fin, une brève période, le dernier automne avant que tout ne s'effondre, un air de musique à la radio. Un air d'opéra ordinaire. Lui-même et Annelise (quand elle est là), attablés dans la cuisine, rien qu'eux deux.

« Que votre petite main est froide, madame. »
Deux pauvres bohèmes chantent, ça se passe à Paris.
Verdi. Comme le dit parfois maman : « Pour les masses. »

« Mais Gusten, dit Annelise dans la cuisine, ce ne doit pas être très amusant de chanter UNIQUEMENT *ces compositions expérimentales – Dissections of the Dark. »*

(Petit rire.)

« INTÉRESSANTE, *cette musique, Gusten, mais en quoi nous concerne-t-elle ?*

« Je veux dire : la musique n'est-elle pas faite pour nous toucher au cœur ? »

Et elle monte le son.

« Vous avez pris ma main, madame. »

Et il prend sa main –

pendant qu'une basse dure pulse au sous-sol – c'est là que se trouve Nathan, au cours de ce dernier automne, parfois Sascha est avec lui. Dans son atrium.

Mais bah – souvenirs, imagination – tout ça est loin derrière (la vie a continué, il ne reste rien).

Annelise est morte, un cancer agressif l'a emportée, c'était en août il y a deux ans. Dans l'annonce, un seul nom en dessous du sien : *Aimée, regrettée, ton fils Nathan.*

« Tu sais, Gusten, on se sent comme une survivante. Mais le prix à payer pour avoir survécu, c'est qu'on devient comme une parodie de soi-même. »

Maman qui remplit tout l'écran de l'ordinateur, avec son turban et ses grandes lunettes noires (Gusten et elle skypent cet été-là ; elle se trouve dans sa « cachette » estivale, le Coin Secret, où elle passe de plus en plus de temps, les rares fois où elle est en visite au pays. Elle a une autre existence ailleurs maintenant, une maison, un chien et quelqu'un avec qui elle vit et qu'on appelle le Partenaire).

Maman. Cette peau qu'elle a, ridée, tannée, comme du cuir. Quel âge a-t-elle à ce moment-là ? (La bonne réponse, à la réflexion : l'âge d'Annelise au moment de sa mort, cinquante-deux ans, par là).

Les dernières années, après la catastrophe, Annelise et Nathan étaient restés seuls dans le Vaisseau Hanté. Papa Albinus « Abbe » avait fui, abandonné. La carrière d'Annelise à la poubelle. *« Elle est tombée de haut »*, disait Angela parfois, rarement, quand le nom d'Annelise surgissait dans la conversation, mais sans jamais mentionner ce qui s'était produit. Elle ne disait jamais, Angela, la maltraitance, le viol collectif –

seulement (si elle n'avait vraiment pas le choix) « l'affaire ».

Tant d'années plus tard, alors que tout contact entre elle et Annelise – et entre Nathan et Gusten et entre Gusten et Annelise – était rompu (et que Sascha Anckar, la victime du viol, se droguait quelque part aux États-Unis).

Oui et pssst, à propos d'Annelise il faut aussi préciser ceci : que *l'Écuyer, la fille de l'Écuyer*, l'histoire qu'ânonnait Angela sur le sentier sportif au cours de leurs promenades quand Gusten était petit : c'était juste une façon de dire autre chose. Bien sûr, il n'y avait jamais eu d'écuyer avec femme et enfant, il n'y avait jamais eu la moindre famille en réalité. Car Annelise, épouse Häggert (l'un des noms de famille les plus respectés du quartier des villas) – Annelise, un temps mascotte et chouchoute de tout le quartier en raison de sa brillante carrière dont l'éclat rejaillissait sur eux tous, au cours de ces années où elle avait été une vraie célébrité, élue Femme de l'Année, Businesswoman de l'Année, Fredrika de l'Année, Ulrika de l'Année, etc. – bon, elle venait au départ d'une institution, le foyer Grawell, qui se dressait autrefois au bord du lac Froid. C'était en d'autres termes une *gamine de Grawell*. Mais quand Sascha y avait été pensionnaire, bien des années plus tard, à l'automne 2007 et l'hiver 2008, jusqu'à la catastrophe, Grawell n'était plus un orphelinat mais une institution privée pour jeunes filles en situation de précarité qui pour une raison ou une autre ne pouvaient habiter avec leur famille, ou qui n'avaient pas de famille. Par exemple Sascha, qui à la suite de diverses activités délictueuses, vol à l'étalage, usage de stupéfiants, avait été mise à la porte de chez elle, c'est-à-dire de chez son père. (*« Mon daron*, disait-elle, *ce sale maquereau.* »)

Nathan est resté seul dans la maison. Il y est toujours. Non non non… ils ne se voient pas, Nathan et lui, n'ont aucun contact, *jamais de la vie*, mais Gusten est informé, c'est le métier qui veut ça, il travaille dans l'immobilier après tout. Et aussi grâce à un autre ami d'enfance, un certain Cosmo Brant. Qui s'obstine à l'appeler, à lui écrire, à lui donner rendez-vous. Et à le traîner jusqu'ici, au bord du lac Froid.

« La maison s'appelle Bad Karma ou La vie négligente. Hein, Gripe ? Tu te souviens ? »

Gusten se tait, mais bien sûr qu'il se souvient.

« Et, Gusten… », poursuit Cosmo, celui sur lequel personne n'aurait parié, dans cette bande de jeunes brillants privilégiés à laquelle ils appartenaient tous deux autrefois, même si Cosmo n'avait jamais été au centre de l'attention, et qui est désormais producteur de cinéma (et peut-être le plus riche et le plus célèbre d'entre eux ; ça avait commencé dès l'école de cinéma, et maintenant il est réalisateur et producteur, les deux, à la fois de documentaires et de fictions, il a sa propre boîte de prod, écume les festivals, remporte des prix).

Et le seul parmi les anciens amis du quartier des villas avec lequel Gusten est resté en contact – pour une raison quelconque (peut-être parce que Cosmo y tient absolument, même depuis qu'il est devenu un type important dans le cinéma).

« … Parfois c'est comme si les vieux trucs vous **CROULAIENT DESSUS***… »*

Cosmo avec sa voix aiguë trafiquée exprès genre-truman-capote (ce timbre, son titre de gloire) lors de l'une de leurs dernières conversations téléphoniques. Ou d'une promenade dans le quartier des villas, jusqu'au lac Froid – comme ça leur arrive de le faire, pas souvent, mais ça arrive – car Cosmo tient à venir là, et à traîner Gusten avec lui, pour lui dire ces choses concernant le passé.

Et Cosmo se transforme alors, le producteur-réalisateur confirmé disparaît, semble perdre son identité et l'assurance qui va avec, redevient celui qu'il était autrefois (celui qu'on moquait, raillait, vannait, tournait en ridicule). Un personnage qui possédait contre toute attente (il était sérieusement harcelé, surtout par Nathan) une énergie et une résistance admirables, une folie, une obstination, déjà à cette époque ; quelqu'un qui avait mille affaires sur le feu, dans son « bureau », chez lui dans la partie ouest du quartier des villas, où le clan Brant au complet avait ses villas et ses maisons dans ce qu'on appelait la Pente des Brant (et là-bas aussi, dans le « bureau », d'ailleurs, un ciné-club officieux pour initiés triés sur le volet où étaient montrés des films d'art et d'auteur, Haneke, Pasolini – ce genre).

An entrepreneur at heart.

Un petit vieux coriace dans le corps d'un jeune garçon.

Il s'habillait en conséquence – « à l'aise », en costume et cravate bien serrée, en soie véritable (d'une marque hors de prix).

An entrepreneur at heart, c'était écrit sur la carte de visite qu'il avait fait imprimer en cinq cents exemplaires dans un supermarché. Ce qui (pour certains) justifiait bien entendu un surcroît de blagues et de ricanements.

En même temps, quand Gusten pensait à Cosmo, il pensait (aussi) à un aspirateur.

Les oreilles et les yeux grands ouverts, prêt à absorber tout tout tout –

Il était une fois une face avide pressée contre les vitres, les portes fermées, les murs, afin d'entendre, de voir, de *pomper l'info.*

Qui aspiraitaspiraitaspirait – genre quel profit pouvons-nous retirer de ceci ? Cosmo, qui s'appelait encore Stefan, sur qui personne n'aurait parié, pédé honteux harcelé à mort à l'école (et en dehors de l'école, par les mêmes camarades, Nathan au premier chef).

Stefan PtitCul. C'était Nathan qui avait inventé ce sobriquet avant de lui mettre sur la gueule tant et si bien que Stefan s'était retrouvé à l'hôpital.

Et à sa sortie il avait changé de prénom.

Maintenant : Cosmo « fuckin » Brant (*« Ça rend presque un son cosmique, non, Gripe, tu ne trouves pas ? »*)

Mais retour à ce matin de septembre.

La maison. Qu'on devine entre les arbres – qui sont immobiles comme le lac, comme le puissant sentiment d'éternité qu'on a ici. Le Vaisseau Hanté. Aucune lumière aux fenêtres, aucun mouvement dans la cour, rien. L'abandon, la ruine – on imagine bien –

suintant de partout

Bad Karma

(La vie sans soin, négligente) –

« Si abîmée… Presque comme un viol. Pas vrai, Gripe ?

« Imagine, Gripe, que Nathan vit encore là-dedans, au milieu de toute cette merde.

« Et parfois Gripe ça te croule dessus. Tout ça, le passé… Alors. Qu'est-ce qu'on fait Gripe ?

— Euh…

— On va juste, Gripe, laisser le vieil ours dormir jusqu'à ce que mort s'ensuive ?

— Comment ça ?

— Le film… Il pourrait s'appeler Bad Karma, *par exemple. Ou* La Fille du sous-sol. *Bien sûr là aussi c'est une construction métaphorique. Et ça parlerait de – bon, tu as pigé, Gripe.*

— Quoi ?

— Non, attends. Qui a tué bambi ? *Le daim, là. L'innocence parfaite.* Who Killed Bambi, *c'est d'ailleurs un vieux titre des Pistols. Tu piges ?*

— Je pige quoi ?

— LE SILENCE. Tout est redevenu si calme, si lisse en surface – »

Et

Plop

Cosmo jette un caillou

Et blob blob

La surface se déchire un instant. Et le silence revient.

« Mais Nathan ?

— Quoi, Nathan ? Tu crois que j'ai peur de lui ? »

Soudain Gusten sent son cœur qui cogne, montée d'adrénaline. Et ça le frappe encore encore encore : *non, vraiment, il n'a rien à faire ici.*

Et Gusten Gripe, vingt-six ans, désormais adulte, agent immobilier à succès, etc. se détourne, redémarre sur le sentier –

Le téléphone, bruit de clochette, un sms. *Merci pour ce merveilleux week-end ! Saga-Lill.* Un court instant, il est traversé par un souvenir nocturne : douceur, pénombre, corps, intimité – ils s'entendent bien sexuellement, Saga-Lill et lui, mais –

pour le reste, ce souvenir n'existe pas
pas en plein jour, pas ici.
Il efface le message, ne répond pas.
L'état de pétrification est rompu. Gusten court de nouveau dans la lumière du matin.

La maison du vétéran

Emmy marche au soleil avec son chien, un teckel horripilant nommé Cœur. Il a deux ans. Elle traverse le lotissement de petites maisons qui ont été construites dans la partie neuve du quartier des villas, oui, c'est bien cela, précisément dans *ce* quartier huppé où elle, Emmy Stranden, issue d'un trou paumé nommé Gråbbå, réside désormais. Au bord du lac, dans la partie chic surnommée La Playa, car pour le reste les rives du lac Froid sont envahies par les roseaux, au sommet de l'immeuble flambant neuf de cinq étages qu'on appelle communément la Tour de Verre : il y a beaucoup de verre dans l'architecture et la forme du bâtiment est un peu bombée à l'extérieur (même si ça ne se remarque pas quand on est dans les appartements, bien sûr). Ils vivent donc en appartement. Mats Granat, le mari d'Emmy, a suffisamment subi au cours de son existence les contraintes liées aux villas et autres résidences individuelles : l'entretien, le déblayage hivernal, les chaudières qui tombent en panne, etc. Oui, bon, il a quelques années de plus qu'elle, cinquante-quatre ans, et Emmy Stranden, vingt-six ans, est son épouse en secondes noces. Et ça ne dérange pas Emmy, pas du tout, car de tout là-haut, du haut du balcon vitré du cinquième étage, il est possible de contempler le lac, la cime des arbres, le ciel et de penser – par exemple qu'on était la fille de la campagne débarquée toute seule à la ville avec rien dans les mains, et voilà ! Se penser comme une histoire, une *narration,* dirait sa meilleure amie Saga-Lill (elles ont quitté les forêts de Gråbbå ensemble, tout de suite après le bac) qui a étudié la théologie à la fac avant de laisser tomber. Elle emploierait ce mot-là juste pour avoir l'occasion d'expliquer dans la foulée ce qu'il *veut dire.* C'est devenu une passion chez elle, expliquer le sens des mots. *« Une narration, c'est une histoire, en fait, tout simplement »* (comme si on ne le savait pas déjà).

Jeune femme au soleil, la tête dans le ciel, les pieds sur terre. Voilà, entre autres, comment Saga-Lill avait l'habitude de la décrire, à une lointaine époque où les choses étaient différentes, à Gråbbå, où elles avaient partagé la fin d'une adolescence avant de quitter la campagne pour les *« lumières de la ville »* (oui, ridicule peut-être, mais elles parlaient parfois comme ça quand elles étaient ensemble). Et avec ravissement. C'était presque comme un hobby, à l'époque où elles passaient énormément de temps dans la chambre de Saga-Lill, dans le centre de Gråbbå, au-dessus du cabinet dentaire avec son enseigne néon clignotante UN GRAND SOURIRE ÉBLOUISSANT, cabinet où travaillaient ses parents du temps où il existait encore. Avant la mort de Joel, le frère de Saga-Lill, et l'éclatement de la famille (quelques mois plus tard le père s'était taillé en Norvège avec la réceptionniste, qui s'appelait Gunvej ; avait « fugué par amour », selon ses propres termes. Mais elles n'en parlaient jamais ensemble, Saga-Lill et elle, et ce n'était peut-être pas plus mal). Cette façon d'être sans cesse, encore et encore, émerveillées l'une par l'autre – comme si elles n'arrêtaient pas de se photographier en imagination, et dans la réalité aussi d'ailleurs. La passion de Saga-Lill était la photographie, elle avait un appareil hors de prix et une chambre noire qu'elle s'était aménagée dans l'un des trois WC du grand appartement situé dans le bel immeuble en pierre – le seul immeuble en pierre de Gråbbå – où elle vivait, à quelques pâtés de maisons de la place centrale. Oui, Emmy était son principal sujet, posant dans diverses situations qui étaient ensuite baptisées de titres ronflants, comme autant de chapitres dans une histoire captivante : EMMY AU SOLEIL, EMMY LA TÊTE DANS LE CIEL LES PIEDS SUR TERRE – EMMY EN PLEIN DANS LA VIE (ce qui est d'ailleurs le nom du blog qu'Emmy a lancé voici quelques années et qu'elle essaie de maintenir en vie, avec un succès franchement mitigé).

LA FILLE DE LA CAMPAGNE QUI A CONQUIS LA VILLE, donc. Bon, ça ne s'était peut-être pas passé tout à fait comme ça, mais quand même. Jamais au grand jamais elle n'aurait cru qu'une fille comme *elle*, Emmy, venue de l'est des forêts de Gråbbå au milieu de nulle part, se retrouverait un jour à habiter un quartier de villas huppé, à moins d'un quart d'heure en voiture de la capitale. Dans un milieu si idyllique et presque grand bourgeois (au moins autour de la Tour de Verre, de La Playa et des villas anciennes groupées au bord du lac).

EMMY LA REBELLE AVEC SA GUITARE (EMMY CHANTE DE LA COUNTRY)

Se retrouver ici.

Et s'y plaire.

Et pourtant – quand elle y pense, c'est presque ici même qu'elle s'est retrouvée la toute première fois, il y a un siècle (six ou sept ans pour être précis), en quittant la campagne après le bac pour aller vivre en ville, cette ville dont Saga-Lill et elle avaient rêvé ensemble à s'en rendre insomniaques au cours des dernières années à Gråbbå chez Saga-Lill. Bon, pas *ici* même dans le quartier des villas, mais pas loin, la banlieue voisine, où elle avait réussi à dénicher une sous-location avantageuse dans une vieille maison : de là elle pouvait se rendre à vélo à la clinique vétérinaire pour petits animaux où elle avait trouvé un boulot pour l'été avant d'entamer ses études (de soigneuse de petits animaux, dans un institut) à l'automne. Elle disposait d'un étage entier sous les combles, entrée privative, cuisine, toilettes, salle de bains et baignoire avec pieds, dans une maison d'après-guerre bien entretenue avec un grand jardin où poussaient des pommiers et des lilas, ce qui lui rappelait Gråbbå, peut-être un peu trop même, mais le loyer était bas et le propriétaire s'absentait souvent – un homme d'un certain âge, vétéran de guerre, qui passait parfois de longues périodes à l'hôpital ou en centre de rééducation.

La première chose qu'elle avait faite en arrivant, à part travailler, c'était aller voir la section locale des Amis de la Chanson, qui organisait des soirées open mike dans le local « club » de la maison paroissiale un mercredi soir par mois. C'est là qu'elle s'était approchée au plus près de la *country*, celle qui n'était pas juste un rêve « dans les meules de foin », comme elles le disaient, avec Saga-Lill , parce qu'il leur arrivait de se réfugier dans une grange abandonnée à l'extérieur du village et d'y passer du temps, rien qu'elles deux, Emmy avec sa guitare se produisant devant un public à une tête dont le hobby était la photographie et qui n'arrêtait pas, clic clic clic…

EMMY CHANTE DE LA COUNTRY – *les meules de foin, les paillettes, les rats et, dans la voix, la bicoque pourrie d'où nous venons tous –*

Ensuite elle avait commencé à sortir le chien. Un caniche moyen pourri gâté du quartier des villas, qui ne voulait aller nulle part car il se languissait de ses maîtres, qui l'avaient abandonné pour aller passer leurs quinze jours de vacances annuelles en Italie. Alors Emmy et le chien restaient assis à l'ombre dans un espace vert ridicule, un bout de pelouse riquiqui qui portait le nom ironique de parc des Lions et se trouvait en plein centre du quartier des villas, où le caniche avait son foyer et où Emmy avait été embauchée comme « fille au pair pour chien » (sa propre idée, idiote, dans l'esprit d'arrondir ses fins de mois parce qu'elle ne gagnait pour ainsi dire rien à la clinique vétérinaire, vu que le travail comptait comme stage dans le cadre des études qu'elle n'avait pas encore commencées). Les maîtres du caniche – une famille locale de vétérinaires répondant au nom de Brant –, elle les avait connus à la clinique. Saloperie de quartier des villas ! Pour elle, à cette époque, c'était juste frustrant que la ville à laquelle elle avait tant rêvé se réduise finalement à cette banlieue prétentieuse – ça aggravait sa mauvaise humeur, elle qui était déjà énervée à cause de ce chien, ce Nöffi (qu'elle traitait de tous les noms possibles !) qui ne voulait pas avoir affaire à elle. Qui la haïssait. Qui refusait d'avancer, qui restait planté sur l'allée bien ratissée du parc, à côté du centre commercial du quartier, d'une laideur indescriptible – un colosse de béton des années 1970 balancé au milieu du raffinement ambiant –, en la fixant d'un œil furibard, si bien qu'elle n'avait pas eu d'autre choix que de s'asseoir sur un banc pour éviter la honte totale tout en sifflant entre ses dents « Tu vas te bouger, oui, espèce de gros lard », mais à quoi bon. Nöffi s'en foutait, il avait l'air de jouir de son attention. Et au moment précis où elle sortait son téléphone pour appeler

Saga-Lill (qui était inscrite en première année de théologie et s'était vu attribuer un studio lumineux et cosy sur le campus en plein centre-ville de la capitale) dans l'idée de se lamenter sur son sort d'exilée, *moi qui croyais avoir quitté la campagne pour toujours*, un jeune homme mélancolique s'était assis sur le banc à côté d'elle.

Le garçon, qui s'était révélé avoir son âge, s'appelait Gusten Gripe. « Quel nom débile ! Complètement idiot ! » répéterait Emmy sans s'en lasser au téléphone à Saga-Lill en ces temps anciens, mais en gloussant de satisfaction, car elle était raide dingue de lui, bien sûr !

Emmy et Gusten. Gusten et Emmy. Ils étaient devenus inséparables. « Ça s'est fait tout seul », dirait-elle à Saga-Lill au téléphone.

Elle et Gusten. Ensemble. *Just kids.* Installés à deux sous les combles de la maison du vétéran, dans la banlieue voisine du quartier des villas, tout le reste s'était évaporé. Emmy, Gusten, avec leur amour, leurs jeux, *Adults by daylight, Vis ta vie comme une comédie musicale*, et tous les rêves d'une vie vouée à l'amour et à la création : Emmy à la guitare. Oui, comprenait-elle soudain, elle allait devenir singer/songwriter, composer et chanter ses chansons – et Gusten, lui, écrivait des nouvelles et était en première année d'école de théâtre.

Assez longue histoire, en fait, elle et Gusten Gripe. Presque trois ans. Jusqu'au moment où elle l'avait quitté après avoir rencontré son futur mari Mats Granat lors d'une soirée open mike chez les Amis de la Chanson dans la salle paroissiale du quartier des villas – où elle avait enfin trouvé l'énergie de se rendre un mercredi de l'automne 2011. Avec trois ans de retard : comme s'il lui avait fallu tout ce temps pour arriver jusque chez les Amis de la

Chanson, alors que son intention avait toujours été de s'y rendre, depuis le début.

Mats G qui ne chante pas plus qu'il ne joue de la musique (il est consultant, ou quelque chose comme ça, auprès d'une grande boîte) se trouvait par hasard dans le public le soir où Emmy s'était produite pour la première fois. Où elle avait chanté, seule, quelques morceaux de sa composition en s'accompagnant à la guitare. « The Wide Wide Fields of Homeland » et un autre, « Hillbilly, libre comme l'air », mais franchement ça ne s'était pas très bien passé, vu qu'elle n'avait pas répété autant qu'elle aurait dû, et puis elle chantait faux (elle l'entendait elle-même, qu'elle beuglait). Mais surtout, c'étaient les paroles – celles de la chanson, donc, qu'elle avait écrite elle-même, dans un grenier, il y a longtemps, un été solitaire, le premier été après Gråbbå, avant Gusten Gripe, avant tout.

Comme si les mots ne convenaient plus, trop grands, prétentieux, ridicules, pas du tout simples et sincères comme ils étaient censés l'être. *Quoi, wide wide fields : tu penses aux champs de patates de Siggi ?* Elle avait presque cru entendre la voix sarcastique de Saga-Lill pendant qu'elle chantait, mais DIEU merci, Saga-Lill n'était pas dans le public (Emmy avait oublié de l'inviter) sinon elle aurait été morte de honte. Car effectivement, oui, c'étaient bien les champs de Siggi, d'une certaine façon du moins, d'une façon *métaphysique*: c'était bien ça, le sens de toute création, Gusten et elle avaient été d'accord là-dessus. Ils avaient beaucoup parlé de ça au début de leur relation, avant qu'il n'abandonne l'écriture et n'arrête l'école de théâtre : trouver le moyen de former, et de formuler de façon personnelle, *une image aussi nette que possible de la réalité* (avait dit Gusten). Se dégager de la réalité et en même temps la récupérer de manière à lui faire signifier ce qu'elle devait signifier. Avec toute sa liberté et toute son imagination. Mais sincèrement, encore un coup – elle n'en était plus très sûre, là non plus –, comment la musique, la *country*, avait été tellement plus réelle là-bas chez elle, à Gråbbå, avec Saga-Lill, *Stand by your man dans les meules de foin.* Même s'il n'y avait pas de meules de foin ni d'*hommes* dans ses chansons, comme chez Tammy, il y avait bien eu un tas de mecs. Pour Emmy, il y en avait toujours eu, ses frères, d'autres mecs, comme Joel, le frère de Saga-Lill, qui était mort ensuite. Cette douceur-là, comme chez les lapins, la tiédeur, le côté *duveteux* (mais débile – est-ce qu'on peut penser un truc pareil à propos de quelqu'un qui est mort ? Elle ne le connaissait pas si bien que ça, en plus, ils n'en étaient pas arrivés à ce stade : ils n'étaient ensemble que depuis huit jours quand il avait succombé dans un accident d'autocar, en route vers un camp de ski en Laponie).

Mais

lui, Mats G, avait donc été présent dans la salle paroissiale. Immobile sur sa chaise au premier rang, à la regarder – la regarder la regarder, incapable de la quitter des yeux et bien sûr, avait-elle pensé aussitôt, oui, beau gosse, mais tellement plus vieux qu'elle, la quarantaine bien tapée (il s'avérerait qu'il avait cinquante-deux ans), mais n'empêche, un physique intemporel, genre buriné-patiné « comme un joueur de tennis sur le retour », avait-elle dit en rigolant quand elle avait essayé de raconter cette rencontre décisive à Saga-Lill.

Il ne l'avait pas quittée des yeux. Lui-même se trouvait là par hasard car le bureau pastoral était situé dans le même bâtiment et il voulait entamer la procédure de publication des bans pour épouser sa petite amie de l'époque Therese (quarante-deux ans, comédienne). Cela, Emmy l'ignorait bien entendu : ce n'est qu'après coup qu'il lui avait raconté l'avoir aperçue par la porte entrouverte alors qu'il passait dans le couloir. Et tout s'était arrêté, il s'était senti attiré par elle comme par un aimant. Il était entré, il s'était assis, il l'avait contemplée fixement. Et elle, de son côté, avait essayé de faire semblant de rien tout en continuant de chanter mais elle n'avait quand même pas pu s'empêcher de le regarder, et à partir de là leurs regards n'avaient plus cessé de se rencontrer, rencontrer, rencontrer. ET rencontrer. Ça s'était senti dans tout le corps. Le corps ! Comme si (malgré toutes les notes discordantes qui en sortaient par moments – oui, elle l'entendait elle-même, c'était horrible, comme chez quelqu'un qui a zéro talent, mais soudain, rébellion, elle n'en avait plus rien à faire !) le corps s'était réveillé à la vie. Et se déployait comme une fleur, genre, et elle était tombée, tombée, tombée, tête la première, sans fin, et peu de temps après elle était enceinte (de quelque chose qui résulterait hélas en une première fausse couche – ou faut-il juste dire LA fausse couche, il n'y en avait pas eu d'autre depuis, rien que d'innombrables résultats négatifs aux tests de grossesse), ils s'étaient mariés et, enfin, après beaucoup de retard, l'appartement que Mats leur avait réservé au sommet de la Tour de Verre avait été fin prêt, et ils avaient emménagé dans cent cinquante divins mètres carrés ! Car Emmy, UNE MAMAN DIFFÉRENTE, allait avoir des enfants !

Et le reste appartenait à l'histoire. Ou appartient. Ou quoi… il n'est peut-être pas nécessaire de donner un titre, ou un nom, à tout ce qui lui *appartient.* Mats G, qu'elle aime avec une telle évidence, cela ne s'est pas affadi avec le temps. Et lui, Mats G, l'aime, *elle le sait* – même si c'est un amour beaucoup plus calme que par exemple celui de Gusten, qui n'a fait que se maintenir au cours de ces presque quatre années qui se sont écoulées depuis leur rupture. Il n'arrive pas à lâcher prise, il lui téléphone, lui envoie des mails et des sms. Et elle n'arrête pas de le croiser. Si souvent qu'on pourrait parfois penser qu'il le fait exprès. Qu'il la traque.

Mais Mats – un amour, comment dire, plus mature, plus adulte. Et le corps… cette sensation dans le corps – être en manque, aimer, se donner. Vouloir. Un autre être. Tellement. *Désirer.* Ce désir, comment il est puissant –

Emmy a déjà philosophé là-dessus, sur son blog, et elle sait qu'elle devrait le faire encore plus. *« Le bonheur d'avoir une sexualité délicieuse et qui fonctionne ! »* Et ainsi de suite, de façon encore plus détaillée et précise. Ou « merveilleusement *sensuelle & gourmande* », comme le dit Gunilla Gahmberg, son mentor dans la blogosphère. « Un sujet gratifiant qui appelle le clic » (dit-elle aussi). À développer aussi pour réveiller le blog en question, EMMY EN PLEIN DANS LA VIE, qui s'étiole, essentiellement parce qu'elle n'a pas vraiment l'énergie de l'alimenter, ce qui lui donne d'ailleurs mauvaise conscience. Elle ne sait pas d'où lui vient cette apathie – non, vraiment, elle n'a pas de réponse aux questions de Gunilla Gahmberg. Et pourquoi ressent-elle ces questions comme un interrogatoire ? Elle devrait plutôt être reconnaissante qu'une personne aussi influente dans la blogosphère que l'est Gunilla Gahmberg, dont le blog *La Dolce Vita* avait autrefois des milliers de followers, se donne la peine de s'occuper d'elle.

La main sur le cœur, sincèrement, ça fait longtemps qu'Emmy n'a pas eu envie d'écrire pour le blog. Pas le *moindre* commencement d'envie, tel a été le niveau de sa démotivation, mais ça, elle ne PEUT pas le dire à Gunilla. Ce serait par trop négatif. Gunilla déteste tout ce qui est négatif, « chaque nuage a un ourlet d'argent ». Et dans ces moments-là, quand Gunilla est occupée à la « booster » ainsi, il peut vraiment lui arriver de regretter Saga-Lill. Bon, elles ne sont pas fâchées, mais elles se sont bien écharpées il y a quelques mois et, même si elles se sont réconciliées, ce n'est pas pareil – il s'est établi comme une frontière invisible entre elles, une résistance, et une prudence désormais, tant de choses dont on ne parle pas (Gusten par exemple).

Mais – elle lui manque. Sa vieille Saga-Lill.

Elle est arrivée devant la maison. Pour une raison quelconque, c'est toujours par là qu'elle se dirige avec le chien. Marcher, marcher – c'est devenu un truc presque un peu maniaque, chez elle, ces temps-ci. Se lever tôt, sortir, marcher des kilomètres avant d'aller travailler au magasin où elle bosse à mi-temps pendant un petit temps encore, l'animalerie va bientôt fermer. Traverser le quartier des villas jusqu'à l'autre banlieue où elle a vécu autrefois, d'abord seule, puis avec Gusten. La vieille maison d'après-guerre, la maison du vétéran, à présent vendue, enjolivée et repeinte à neuf en rouge et blanc, et le jardin qui explose de couleurs – toute une roseraie à l'endroit où poussaient autrefois les lilas. Et quand elle jette un regard prudent pardessus la palissade – neuve et peinte en rouge, elle aussi – elle se souvient avec une telle netteté de la jeune femme – elle – seule là-haut dans une chambre, pendant tout un été, « avec la musique ». Veut tenter de la capturer, cette jeune femme, rien qu'elle, cet été-là, le premier après Gråbbå, un été solitaire.

La fille, *la jeune femme,* qui était elle – sans récit, sans appareil pour la prendre en photo, rien que la femme. Seule dans ce grenier où elle grattait sa guitare et écrivait des chansons, ses chansons à elle, *hillbilly*, *country*... Car c'était ça qu'elle voulait, croyait-elle, « country », pas Gråbbå, la campagne, mais quelque chose en lien avec ce ressenti, cette atmosphère-là. *La bicoque pourrie d'où nous venons tous…* les champs, les lapins… leur fourrure entre les doigts, l'humidité rêche. Cœur de lapin tremblant, la chaleur, les oreilles qui bougent et les yeux vides, en alerte. Quelque chose de fragile. Et peut-être n'était-ce pas tout à fait vrai, tout ce qu'elle avait essayé de mettre dans ses textes, peut-être n'était-ce même pas bon (sûrement pas, d'ailleurs, elle le sait maintenant), mais quand même, c'était une belle époque, ces semaines-là avec la guitare, toute seule dans le grenier de la maison du vétéran.

Un état rare, heureux, mais combien fragile (lui aussi). Car ensuite, bon. Nöffi, le parc des Lions, Gusten. Comme si la « musique » (ou quoi) était restée là-bas dans un grenier – y compris pendant la période avec Gusten. Bizarre peut-être, parce que ç'aurait dû être l'inverse, avec Gusten. *Just kids, Adults by daylight, Vis ta vie comme une comédie musicale* et la maman de Gusten, Angela Gripe, qui était chanteuse d'opéra.

En fait, qui l'est. Angela Gripe connaît le succès en ce moment même, en septembre 2014, dans la création de *Dissections of the Dark Part III* à Vienne… *« Naked woman in the bathtub hohoho »*, pas plus tard qu'il y a quelques semaines, Emmy elle-même ricanait au téléphone avec Saga-Lill, qui venait de lui annoncer tout à trac que Gusten l'invitait, elle, Saga-Lill, en week-end à Vienne pour voir sa mère dans cette mise en scène controversée. « J'ai grooglé la démo. La mère de Gusten à poil dans une baignoire transparente remplie d'une eau verte et trouble pendant tout le premier acte ! Ah je meeeuurs !!! » Elle avait continué, tout en percevant elle-même le côté laid, exagéré, puéril de sa voix – ce qui ne l'avait pas empêchée d'ajouter (comme en passant) : « Tuvoisbienquilsesertdetoituvasquandmêmepasyaller ? » – car elle veut bien entendu protéger son amie, que Gusten ne courtise évidemment que dans l'espoir de se rapprocher d'elle, Emmy, dont il est encore raide dingue même si leur rupture remonte à presque trois ans. Tout au début, après qu'elle, Emmy, l'avait quitté pour Mats G, Gusten avait même eu une brève histoire avec Saga-Lill – un genre de caprice, auquel il avait vite mis fin. *« Dans la mesure où les sentiments n'étaient pas ce qu'ils auraient dû être »*, avait-il solennellement déclaré à Emmy au téléphone avant de murmurer : *« C'est de toi que je ne peux pas me passer, tu le sais, non ? »* Et c'était affreux bien sûr d'entendre ça, et elle avait essayé de le consoler de son mieux, mais avec une certaine satisfaction malgré tout.

Plus tard, quoi qu'il en soit, longtemps après, au printemps dernier plus précisément, il était soudain apparu que Gusten et Saga-Lill n'avaient en fait jamais cessé de se voir, de coucher ensemble et de se fréquenter à son insu. Une sorte de relation sexuelle on/off qui avait duré des années et qui dure sans doute encore – une relation à propos de laquelle Emmy souhaite cependant *« en savoir le moins possible »*, ce qu'elle a d'ailleurs signifié de façon répétée aux deux parties. Mais, en même temps, elle s'est sentie terriblement trahie d'une certaine façon, et blessée, et elle est allée voir Saga-Lill pour en parler, elle s'est rendue chez elle, et elles se sont écharpées comme jamais. *« Tu ne comprends pas que ça me fait MAL, à MOI qui suis ta meilleure amie, de voir de quelle manière il te traite ? »* A-t-elle essayé d'expliquer à son amie de la façon la plus calme et la plus factuelle possible, mais ça n'a fait que rendre Saga-Lill, qui ne manifestait absolument aucun remords, encore plus folle de rage. *« En quoi est-ce que ça te concerne exactement ? Tu es jalouse ? Fous-moi la paix !! »*

Voilà ce qu'elles se sont hurlé, plantées l'une en face de l'autre dans l'abominable désordre du logement de Saga-Lill, qui ressemblait à une espèce de squat, plein de détritus, de cartons de nourriture, avec la vaisselle empilée dans l'évier et une aigre odeur de transpiration qui imprégnait tout, dans l'unique pièce meublée en tout et pour tout d'une chaise, d'une table, même pas de lit, juste un matelas à même le sol avec une couverture et des draps sales *mais comment peut-on vivre ainsi ?* A-t-elle pensé aussi, en même temps que l'idée la traversait qu'elle n'était pas venue depuis longtemps.

Ni l'une ni l'autre n'avait cédé, et à la fin elle était partie en claquant la porte. Après ça elles n'avaient pas été en contact pendant des mois : jusque début août, il y a quelques semaines, quand Saga-Lill a téléphoné soudain un matin (elle-même venait de raccrocher après une conversation-marathon avec la blogueuse étoile Gunilla Gahmberg dont elle avait entre-temps fait la connaissance au point de se laisser persuader d'acheter son package de coaching *Booste ton blog 5 X live coach bons conseils 24/7*).

Et elle avait fait – Saga-Lill au téléphone – comme si de rien n'était, comme si la dispute à propos de Gusten n'avait jamais eu lieu, comme si elles ne s'étaient pas quittées fâchées mais venaient seulement de passer quelques jours sans se parler.

« J'ai essayé d'appeler. C'était tout le temps occupé. What have you been up to, darling ? » Comme ça, sans plus, et bien sûr Emmy était super contente de l'entendre, vraiment, mais en s'efforçant quand même de ne pas trop le montrer, elle avait lâché avec nonchalance : « Je parlais avec Gunilla Gahmberg.

— Waouh ! (Saga-Lill, sincèrement soufflée.) *La Dolce Vita* ? TOI, tu es en contact avec elle ?

— Oui. (Emmy, l'air de rien.) Et puis j'ai aussi un stalker. Sur mon blog. Un troll.

— Ah mais WAOUH encore ! (On aurait dit un peu que Saga-Lill était, là aussi, épatée.) C'est super excitant !

— Tu trouves ? »

Silence à l'autre bout.

« Bon, non… (Courte pause.) Pas vraiment… Suis un peu distraite. Tu as peut-être appris la nouvelle ?

— QUOI ? (Emmy tous les sens en alerte, au cas où ça concernerait Gusten.)

— Ma mère. Son cancer – est revenu. Je ne sais pas si tu sais, mais elle était assez malade pendant mon adolescence. Avant qu'on arrive à Gråbbå. C'était dur, pour elle, et pour toute la famille aussi. En fait c'est pour ça qu'on a décidé d'aller vivre à Gråbbå. Un nouveau départ, qui (rire bref) a mal tourné. Comme nous le savons.

— Mais… (Emmy s'était retrouvée muette.) C'est affreux, tu dois… me dire s'il y a quelque chose que je peux…

— T'inquiète. (Saga-Lill l'avait interrompue.) Ne t'en fais pas pour moi. Je me débrouille. Et une bonne nouvelle. Elle a vendu l'appartement. De Gråbbå. Enfin.

— Ah, c'est bien, avait prudemment répondu Emmy.

— Maintenant tout le monde attend avec intérêt qu'elle se décide à déménager. Mais hé (soudain, elle avait retrouvé son ton frivole) what have you been up to, plus en détail ? Raconte. By the way, Gusten m'a invitée à aller à Vienne avec lui.

— Gusten ? Toi ? À Vienne ?

— Oui, pour voir l'opéra que sa mère –

— Maistuvasquandmêmepasyaller ?

— Emmy. Nous sommes amis, c'est tout.

— Merde à la fin ! Tu mendies mon autorisation pour laisser Gusten te traiter n'importe comment ? »

Et ça avait *presque* recommencé – sauf qu'Emmy s'était tue et avait battu en retraite, mais blessée, boudeuse.

« Tu as raison. C'est vrai que ça ne me regarde pas à strictement parler. »

Et Saga-Lill avait répondu, tout aussi boudeuse : « Okalorsjyvaispas. Paix ? »

Tout est redevenu comme avant, sauf que non, parce qu'une forme nouvelle d'impatience et de réserve s'est insinuée entre elles. Leur vieille entente, cette évidence-là, n'est pas revenue.

Et bien sûr, *oui*, elle a mauvaise conscience de penser ça. Car Saga-Lill, ce n'est pas facile pour elle maintenant, sa mère malade – et l'état de son logement, *c'est clair qu'elle ne va pas bien.* Mais en même temps, rien à faire, elle sent que Saga-Lill refuse toute proximité, pas seulement celle qu'elles avaient dans le temps, mais en général. Toute proximité avec elle. Emmy. Genre, elle s'énerve quand Emmy lui demande comment va sa maman, ou qu'elle lui pose une question, même très anodine.

Comme si elle la trouvait soudain idiote, ou qu'elle la regardait de haut. Comme si elle, Emmy, n'était pas *digne* de partager ses soucis, son chagrin – et un instant, une expression la traverse, FEMME ENTRETENUE, que Saga-Lill a employée une fois en parlant d'elle, pour rire, d'accord, mais maintenant :

Est-ce que c'est ça qu'elle pense de moi, au fond ?

« Femme entretenue ! » Et il y a un autre sujet qu'Emmy aurait aimé aborder avec elle. Il aurait peut-être été possible d'en rigoler ensemble et de l'exorciser. Celui de

Therese, l'ex de Mats, qu'il a laissée tomber, et bien sûr c'est dur pour elle, mais qu'est-ce qu'elle y peut, Emmy ? Ce n'est pas sa faute après tout, si Mats est tombé raide dingue d'elle. Mais ce truc qu'a dit Gunilla Gahmberg l'autre jour, en passant, au téléphone (bon, Gunilla ne connaît pas Therese mais elle *sait*, parce que Gunilla est le genre de femme qui connaît le monde entier). « Ne sois pas triste, mais on m'a rapporté le surnom qu'elle a inventé pour toi, a dit Gunilla. — Ah oui, et c'est quoi ? a demandé Emmy. — Tu es sûre de vouloir l'entendre ? — Oui. — Elle t'appelle (et là on a entendu Gunilla respirer à fond dans le téléphone) "le Cochonnet". »

« Mais que c'est drôle ! » Emmy a essayé de rire, au téléphone, sans grand succès cependant car il n'est pas possible de rire avec Gunilla comme autrefois avec Saga-Lill.

« Que c'est drôle. Qu'elle dise ça. *Le Cochonnet.* »

N'empêche, avec Saga-Lill, il y a eu des ouvertures. Vers quelque chose de différent, de nouveau, de plus honnête d'une certaine façon. Car elle se souvient d'un autre détail : dans le fouillis chez Saga-Lill elle a découvert tout à coup un livre ouvert posé sur le sol. Avec un tas de phrases soulignées dans tous les sens. Simone Weil, c'était le nom de l'autrice. Elle supposait que c'était, ou avait été, un livre qu'elle lisait pour ses études, un truc religieux.

« Pourquoi tu as arrêté la théologie ? » Elle avait soudain eu envie de lui poser la question. « Est-ce que tu crois en Dieu ? » Entamer une nouvelle conversation, discuter avec Saga-Lill comme elles ne l'avaient jamais fait ensemble, en oubliant un peu Gusten, qui était pourtant la véritable raison de sa présence chez elle. Et dont elles avaient parlé ensuite, car sous le livre, au milieu d'un tas de vêtements, elle avait soudain reconnu un pull de Gusten, tout en lisant du coin de l'œil une citation soulignée d'un gros trait, dans le livre :

Aimer un étranger comme soi-même implique comme contrepartie : s'aimer soi-même comme un étranger.

S'aimer soi-même comme un étranger. Ces mots-là, comment ils sont entrés en elle, si bien qu'un instant elle pense soudain à ce qui les unit au fond depuis le départ : pas Gråbbå, les rêves dans les meules de foin, etc.

Mais Joel. Joel qui était le frère cadet de Saga-Lill et qui est mort dans un accident de la route. C'était dans ces circonstances qu'elles se sont rencontrées, Saga-Lill et elle, dans ces circonstances qu'elles sont devenues amies peu de temps après. Emmy et Joel étaient ensemble depuis huit jours quand il est parti cette nuit-là en février pour participer à un camp de ski en Laponie avec son camarade d'entraînement, Edvin Bäck, grand espoir de ski alpin de Gråbbå, et qu'il est mort. Le car rempli de participants de tout le pays venait de les ramasser, en pleine nuit, et puis soudain le chauffeur avait perdu le contrôle (il y avait une tempête de neige, la route était glissante et étroite), le car avait dérapé et était entré en collision avec un poids lourd qui arrivait en sens inverse : vingt blessés, huit morts, parmi eux les deux jeunes de Gråbbå, Edvin, Joel.

Joel et elle : ce n'était pas une vraie histoire, ils avaient à peine eu le temps de lier connaissance. Avaient été ensemble, prudemment, s'étaient serrés l'un contre l'autre comme deux bébés lapins sur le lit de la chambre de garçon dans l'immeuble en pierre où habitaient Joel et Saga-Lill – sa drôle de sœur, loup solitaire, mais pleine d'orgueil, le genre à marcher la tête haute avec toujours un livre sous le bras. « Un ouvrage quelconque tiré de la littérature mondiale », comme tenait à le souligner la mère de Saga-Lill, cette crâneuse.

Pas de sexe, juste ensemble dans le noir, dans la douceur, la douceur-Joel.

« On est en couple maintenant ? » avait-il demandé.

Et elle : « Tu as une bague ?

— Quelle bague ? » Car Joel n'avait pas de bague, bien entendu, il n'était pas comme ça, il avait quinze ans, il était comme un enfant, et elle seize, presque dix-sept, et elle aussi – comme une enfant.

L'étranger, et l'étranger en moi. Non, aucune bague – et rien d'autre non plus. Alors elle n'avait eu, quand il était mort soudain par cette froide nuit d'hiver, aucun souvenir de lui.

Quelque chose qu'il lui aurait donné – comme une sorte de preuve.

Oui, c'était ainsi qu'elle avait rencontré Saga-Lill – et qu'elles étaient devenues amies –, la sœur de Joel qui en ouvrant la porte de l'ancienne chambre de son frère peu de temps après l'accident avait découvert Emmy (qui s'était glissée dans le groupe d'amis venus « honorer sa mémoire » avec des fleurs) couchée sur le lit de Joel.

… Dans sa mémoire cette douceur, cette sensation de début précautionneux.

Mais – où en était-elle ? Ah oui. Ici, devant la maison d'après-guerre, celle du vétéran.

Bien sûr. *La musique,* la sienne, si c'était à ça qu'elle devait penser. (*Une fille dans une chambre qui jouait et composait en solitaire,* était-ce vraiment ça ?) Pendant sa période avec Gusten, elle avait peu à peu arrêté – comme si la musique se trouvait toujours ailleurs, elle n'arrivait plus à entrer en contact. *La bicoque pourrie d'où nous venons, cette obscurité-là* – alors elle s'en était désintéressée, elle avait fait autre chose. Et, avec le temps, ils avaient cessé d'en parler, l'art et la « création », tout ça, alors qu'avant, Dieu sait qu'il avait adoré discourir là-dessus. Achevé les études (elle) pendant que Gusten quittait l'école de théâtre après deux trimestres et devenait agent immobilier. Un job d'été, et il était resté scotché dans le business. D'emblée il avait été incroyablement bon. Avec le temps il avait gagné divers certificats et diplômes, qu'il faisait encadrer et accrocher dans l'agence qu'il s'était aménagée au rez-de-chaussée de la maison, que les héritiers avaient bien voulu lui louer après la mort du vétéran. Jusqu'au jour où il avait tout arraché des murs, cassé les cadres, déchiré le papier. C'était leur dernier été ensemble, elle avait entendu le tintamarre jusqu'au grenier, d'où elle était descendue en courant. Sur le seuil elle était restée yeux écarquillés. Ça lui ressemblait tellement peu, Gusten était d'habitude quelqu'un de très contrôlé : *« Je me suis senti tellement énervé tout à coup, Emmy, contre moi-même, contre tout ! »*

L'étranger, et l'étranger en moi : comme de rencontrer soudain, chez quelqu'un qu'on connaît de fond en comble, quelque chose de nouveau dont on ignorait tout. Mais pas du tout comme si cette rage, cette agressivité imprévue, lui avait fait peur, ou comme si ça venait remettre en cause brutalement tout son quotidien et qu'elle comprenait en un éclair qu'elle devait le quitter (ainsi qu'elle allait le faire quelques jours plus tard à peine, après cette soirée à la salle paroissiale).

Plutôt comme si elle découvrait une chose qu'elle aurait d'une certaine façon toujours guettée chez lui. Une faille, ou un trou, qui aurait dû au fond entraîner un intérêt renouvelé pour sa personne et, par suite, un approfondissement de la relation (*l'étranger en lui, l'étranger en moi*).

Au lieu de cela, elle avait compris autre chose : la relation allait finir car elle ne l'aimait plus. Elle l'aimait bien, l'appréciait, éprouvait de la tendresse pour lui – toute la tendresse du monde, en fait, quand elle s'était approchée de lui, « Gusten, Gusten », l'avait pris dans ses bras, il n'y avait personne comme lui, personne, personne.

Toute la tendresse du monde (et c'était affreux).

Car elle allait le quitter. L'amour était fini.

Non. Il n'y a rien à venir chercher ici (une famille sort à l'instant de la maison, une mère avec deux enfants qui se précipitent vers le trampoline et se mettent à rebondir en hurlant, rebondir, rebondir).

Le chien gronde. « Mais voyons, calme-toi, mon Cœur », murmure-t-elle.

Et se détourne, s'en va, d'où elle vient.

EMMY EN PLEIN DANS LA VIE.

Retour dans le quartier des villas, la rue du Soleil, la pharmacie (vers laquelle elle est *aussi* bizarrement en route depuis le début de la matinée).

Mais quelques instants plus tard, alors qu'elle est devant la pharmacie en train d'attacher la laisse du chien à la barre de la station vélos, son téléphone sonne. Le nom « Saga-Lill » clignote sur l'écran, Saga-Lill, enfin ! – *combien de fois* elle a tenté de la joindre, tout le week-end, sans arrêt, pour une raison qui ne lui revient plus maintenant, alors cette raison n'était peut-être en fait qu'un prétexte pour l'appeler.

Elle décroche, Saga-Lill commence à parler.

Emmy écoute, et devient muette.

En quelques secondes, tout est transformé.

La rage, comme une torche, l'embrase de haut en bas.

« *Ahbonilafaitça ? Jcroyaisqutudvaispasyaller –* »

Mais ce n'est pas possible, elle ne PEUT PLUS parler comme ça.

« Attends, donne-moi une minute, c'est un peu le chaos ici à la maison, je te rappelle. »

Elle raccroche. Reste plantée là, sur le trottoir du quartier des villas dans la rue du Soleil, à respirer et à voir rouge.

Ressort son téléphone, balance un sms à toute allure. Piong !

Tu l'as emmenée à Vienne Gripe espèce d'enfoiré !

Puis, tête haute, elle ouvre la porte de la pharmacie à la volée.

Mais en même temps, à cet instant précis : la certitude d'être observée, qu'il y a quelqu'un, pas loin, qui la regarde.

Tourne la tête vers le bout de la rue.

Gusten.

Comme si ça pouvait être lui, genre.

Mais elle ne peut pas rester là, il y a du monde derrière elle.

Alors elle interrompt l'instant EMMY EN PLEIN DANS LA VIE

et entre dans la pharmacie.

Gusten au bord de l'eau, 2

Oui, c'est lui, bien sûr. Gusten. À l'ombre, au bout de la rue du Soleil, qui la regarde. À deux cents mètres de lui peut-être, Emmy. Que fait-elle là ? Il s'immobilise, interdit, jusqu'à ce que ça lui revienne, encore, comme pour la millième fois, mais tout naturellement, *elle habite ici bien sûr* – dans l'un des nouveaux immeubles stylés qui ont été construits du côté de La Playa, appartement en étage élevé de la Tour de Verre, qui donne directement sur le lac. Ne devrait-il pas être au courant, lui, Gusten Gripe, puisqu'il est *l'agent de l'enfer*? Rien que pour cette raison ?

C'est lui, à strictement parler, qui n'habite plus ici dans le quartier des villas, lui qui ne fait qu'y courir. Ou s'y « entraîner pour le triathlon » comme il le dit parfois quand il lui arrive de la croiser – *et il veut la croiser* (c'est bien pour ça qu'il vient courir par ici). Et maintenant qu'il vient de l'apercevoir une fois de plus il voudrait crier « Emmy ! Emmy ! », la rattraper en courant, signaler sa présence, pour la énième fois, parce qu'il n'en a jamais assez de la voir, encore, encore… Mais soudain, un obstacle : une camionnette noire, initiales NH sur le flanc, s'arrête au bord du trottoir opposé, le conducteur descend et le rejoint en quelques enjambées.

« Hey man. Gripe ! »

Nathan.

C'est Nathan.

Nathan au soleil – et oui, c'est un instant vraiment tordu, une violente nausée le prend à la gorge, affreux relent amer dans la bouche. Gusten est arraché à ses pensées, à tout ce qu'il est, tout ce qu'il a été, ces derniers temps, toutes les années écoulées *depuis lors* – et tous les souvenirs, toutes les histoires, tout, tout ce qu'il devait oublier lui revient à l'instant même ou Nathan Häggert lui tend la main.

Gusten prend la main tendue, elle est dure et fraîche, il avale sa salive et entend sa propre voix qui le rassure : « Ciao, commentva ? » Naturel à souhait, détendu et tout, il est vrai que Gusten n'est pas le genre de type paumé qui a un comportement bizarre en public, oh non, Gusten sait se tenir, de ce point de vue il ne se distingue pas des autres jeunes du cercle privilégié dans lequel ils ont grandi, Nathan et lui, dans le quartier des villas : de la maternelle au lycée, jusqu'à la vie d'adulte qui pour la plupart d'entre eux, surtout les garçons, toujours aussi détendus et bien élevés quand il le faut, s'est traduite au cours des cinq-six années écoulées depuis le bac par une progression rapide vers des postes importants au sein de l'industrie ou de la finance. Ou alors par la reprise de la boîte de papa, par exemple – et bien sûr, mariage et vie de famille avec « épouse » (mot pompeux que ces « jeunes gens » ont appris à prononcer avec naturel à partir de l'âge de, mettons, vingt-cinq ans) issue de la même catégorie sociale qu'eux. Et si ça ne s'est pas passé tout à fait ainsi pour Gusten Gripe, la branche de l'immobilier, où il est étonnamment et même parfois à ses propres yeux scandaleusement performant, ce n'en est quand même pas très loin. Plus down to earth peut-être, *plus proche de la matière,* en quelque sorte, car maisons et appartements sont choses concrètes : ciment verre béton et en tant qu'autoentrepreneur on devient peut-être un peu plus enclin à la couperose, plus enclin à transpirer, en tout cas mentalement (mais Gusten n'a que vingt-six ans alors *ça,* au moins, ça ne se voit pas encore à l'extérieur).

Tandis que Nathan Häggert, qui était autrefois ce qu'on pourrait appeler le chef d'un petit cercle, d'une petite coterie crème de la crème, *Being in a gang called The Disciples,* des garçons et des filles du quartier des villas nés avec une cuillère en argent dans la bouche, le plus brillant et le plus doué d'entre tous – eh bien il n'est arrivé à rien. Il n'a pas fait son école d'architecture. Il n'y a même pas été admis – un raté, un exclu, un zéro Mr Trash (comme dit Cosmo, parfois sur un ton neutre, parfois avec satisfaction), qui vit reclus dans le Vaisseau Hanté, la maison des Häggert, autrefois si prodigieuse.

« Bien, répond Nathan, laconique, en enlevant ses lunettes de soleil. Ça va bien, Gripe, ma foi », et malgré la tenue débraillée (jean sale, vieux sweat délavé) se révèlent les mêmes yeux d'un bleu familier, d'un bleu presque irréel, qui donnent toujours à son visage une acuité si particulière – et soudain on voit aussi combien ce visage est encore lisse, comme celui d'un bébé, et beau – oui ! les pommettes hautes, le nez droit, les lèvres minces.

Comme avant

puis aussitôt : le regard perçant, la pâleur, l'air inexpressif qui instille le doute, qui met mal à l'aise.

« Cosmo. Il t'a contacté ?

— Quel Cosmo ?

— Il n'y en a qu'un, Gripe. »

Frémissement microscopique au coin des lèvres.

« Ah, lui. Non… j'étais à Vienne. Ce week-end, je veux dire. Maman…

— Il m'a appelé.

— … se produit là-bas, à Vienne.

— Ah, Angela. (Un sourire normal, vite effacé.) Je suis sa carrière de loin. Une carrière superbe. »

Superbe. Seul Nathan, *Nathan au soleil*, est capable de dire un truc pareil et que ça sonne tout à fait naturel, intéressant.

« Et… c'était à quel sujet ?

— Un projet de film.

— De f–ilm ?

— Oui. Il va en faire un. Un film. Tu sais bien. Il a une boîte de production, Cosmo's Factory. »

Nathan esquisse un sourire. Gripe esquisse un sourire.

« Ah bon. Et ça va parler de quoi ?

— Je suis obligé de le dire, Gripe ? »

Silence.

Non, bien sûr. Bien sûr. Nathan n'est pas obligé. Gusten change de position.

« Quoi qu'il en soit, Gripe. Ça ne va pas se faire.

— Mmm. »

C'est tout ce qu'il arrive à répondre, et ça sort de lui comme un petit cri animal, un couinement.

Mais voilà que Nathan se secoue, se détourne.

« Faut que j'y aille. Appelle-moi, Gripe, si tu as un point de vue sur la question.

— Oui », complète Gusten, comme par réflexe.

L'instant d'après Nathan traverse la rue à grands pas, monte dans la Toyota noire – et démarre.

Et disparaît. Gusten Gripe reste seul sur le trottoir de la

rue du Soleil dans la partie récente du quartier des villas. Quand il y vivait, il y a des éternités, il n'y avait que de la forêt à cet endroit – et jamais, sérieux, pas un instant, il n'a eu la moindre idée de revenir habiter ici.

Nathan.

Nathan au soleil. Dans son atrium, le demi-sous-sol du Vaisseau Hanté. Au moins cent mètres carrés, de grandes fenêtres du sol au plafond du côté qui donne sur le lac Froid avec un ponton de baignade à un jet de pierre de l'entrée privative de Nathan – tout l'étage du sous-sol, avec sauna et jacuzzi.

Nathan qui danse, yeux fermés, seul sur l'immense plancher, surface vide, vide.

Being in a gang called The Disciples, high on –

Time. Time.

Prince, toujours Prince, Nathan adore Prince.

Nathan danse. Ils sont peut-être plusieurs, pourtant, et c'est assourdissant, il n'y en a qu'un : Nathan.

Nathan qui danse seul – et qui ouvre les yeux.

« Gripee !! »

Et

on peut s'enfoncer dans ces yeux-là, entrer dans ce regard qui est

dur, intransigeant, cruel.

We have to break through the stage of pleasure to reach the stage of tears.

« Un film. Et ça va parler de quoi ?

— Je suis obligé de le dire, Gripe ? »

Non. Bien sûr que non. Nathan n'est pas obligé.

Et soudain pour Gusten ici maintenant dans le quartier des villas, dans la rue du Soleil en cette matinée de lundi, septembre 2014, six ans après les faits : autour de lui, la rue, le trottoir, la chaleur moite (c'est l'été indien, orage dans l'air, c'est comme ça depuis plusieurs jours), tout est exactement pareil qu'il y a quelques instants – et pourtant, complètement transformé. Neuf.

Comme d'être transporté sur une nouvelle planète. Ou, plutôt, une ancienne devenue inhabitable pour la vie humaine, hélas, hélas, on a dû la quitter et c'est pourquoi on a passé les années suivantes à

voguer librement dans l'espace.

Mais maintenant : retour. Brutal. Vlam. Sur Terre. Dans le quartier des villas. Impossible d'y échapper. *Nathan au soleil. Le quarteron de l'horreur. Les jouvenceaux.*

Ils ne lui ont fait grâce de rien.

Il va tourner un film. Cosmo.

Un film ? Ça va parler de quoi ? Je suis obligé de le dire, Gripe ?

Non non non, on ne veut pas, on aimerait protester aussi parce que ce n'est pas non plus comme ça. L'eau a coulé, il – on, tout le monde – a changé, n'est plus pareil.

Et Emmy !

Gusten se retourne, presque aux abois.

Elle était là ! À l'instant ! À l'autre bout de la rue, il l'a vue –

Là, dans le trou entre deux trottoirs, au coin de la pharmacie.

Elle était là !

Et maintenant plus personne. Désert. Un instant, le monde entier vacille et tangue, l'idée le traverse : *comme si elle n'avait jamais existé, jamais.*

Des papillons dans le ventre et la nausée, de nouveau, cette fois pas de recours, le vomi atterrit sur le trottoir noir devant une haie bien entretenue qui protège l'un des pittoresques jardins – quasiment tous identiques – qui entourent les petites villas de plain-pied dans cette partie récente du quartier des villas.

Se redresse, regarde autour de lui. Non, personne n'a vu ou entendu, il essaie de respirer. Vite, partir d'ici. Gusten détale au pas de course –

Saga-Lill m'a dit que vous étiez partis à Vienne ensemble J'ESPÈRE que c'était bien !!! Quand il trouve le message sur son téléphone il est déjà ailleurs, au bord du lac, pour la deuxième fois ce jour-là : à côté de La Playa, dans la clairière du bois où il y avait autrefois à l'adolescence un bar idiot qui s'appelait le Cosmo Beach Club (l'une des premières « affaires » de Cosmo Brant et l'une de ses toutes premières faillites aussi, depuis il y en a eu bien d'autres). Auparavant, c'était une sorte d'aire de pique-nique pour les familles de randonneurs dont les planificateurs urbains avaient imaginé qu'elles viendraient de la capitale à leurs moments perdus pour pratiquer la vie en plein air, par exemple observer les oiseaux autour du lac et faire griller des saucisses. Les bancs et les tables sont toujours là, solidement vissés à la roche, ainsi que la grille de barbecue calcinée insérée dans un cube en ciment couvert d'obscénités et autres graffitis. En général, il n'y avait personne – pas même en ces temps lointains, sauf, petit à petit, une partie des jeunes du quartier des villas, qui avaient commencé à traîner là en soirée et le week-end… Et l'enseigne en fer-blanc cabossée, oui ! *Cosmo Beach Club*, elle est toujours là, jetée sans ménagement un peu plus loin dans les roseaux. Dans d'autres circonstances ça le ferait sourire – même si le « club » n'était entré en activité qu'après les événements. Et ça n'avait pas duré – un été, c'est tout, pluvieux et froid, et l'endroit avait toujours été plutôt à l'ombre, en plus. *Cosmo Beach Club*, ridicule – tout ce que touchait Cosmo devenait ridicule. « An entrepreneur at heart », le texte qu'il avait fait imprimer sur des cartes de visite en cinq cents exemplaires dans un supermarché. Ils avaient l'habitude de venir là et de se moquer de lui, Nathan, lui et les autres jeunes de leur cercle, qui étaient un peu plus vieux – par exemple Alex, John, la Petite Evelyne, Sara, Natalie… ça, c'était avant, quand ils avaient treize, quatorze, quinze, seize ans – et plus tard aussi Sascha Anckar qui avait surgi pendant le premier trimestre de leur avant-dernière année de lycée. *Bling bling bling petit chien dans un sac à main trop grand,* mais elle n'était pas d'« ici », bien sûr, elle venait du foyer de jeunes filles Grawell.

Gusten, soudain, fixe le sms qui vient d'arriver comme s'il avait vu un fantôme : un message d'*elle,* Emmy, suivi de trois points d'exclamation et d'un nuage d'orage. Pas un message aimable, donc, mais quand même. Il sourit, s'efforce de sourire – pour effacer ce qui occupe son crâne et y faire revenir plutôt ceci : Emmy, merveilleuse Emmy, se remplir d'elle, comme une protection. Par exemple en se jetant dans une discussion qu'ils ont déjà eue assez fréquemment, lui et elle… *« Combien de fois dois-je te dire Gripe que ce n'est pas bien de ta part d'exploiter une fille qui a des sentiments pour toi alors que tu n'en as pas pour elle. — Comment suis-tu que je n'ai pas de sentiments pour elle ? — Ben, tu l'as dit toi-même ! — Moi ? Ah bon ? — Alors ? Tu as des sentiments pour elle oui ou non ? »* Et bien sûr elle a raison, ils le savent l'un et l'autre, la réponse est connue d'avance, bien sûr qu'il n'a pas de sentiments pour Saga-Lill, la meilleure amie d'Emmy, pas de cette façon, même s'il aime bien la voir de temps en temps et coucher avec elle. *« Tu m'entends Gripe ! Saga-Lill est mon amie et je ne peux pas rester passive quand quelqu'un pour qui j'ai malgré tout de l'affection la maltraite.*

— Tu as de l'affection pour moi ? Combien ? » Et là, en général, silence, où alors elle interrompt leur dialogue en disant qu'elle

doit y aller. « Mon mari Mats et mon chien me réclament, mais merci pour cet échange, Gusten. »

Et elle raccroche.

Merci pour cet échange, Gusten Gripe. Alors oui, bien sûr, il pourrait rester là avec Emmy, dans cette prise de bec autour de Saga-Lill, avec qui il a eu, de fait, une courte liaison il y a quelques années, après qu'Emmy l'avait quitté, mais ensuite il y a mis un terme, sans avoir pour autant l'énergie, ou la volonté, ou quoi, de rompre tout contact avec elle. Par exemple, pas plus tard qu'hier et avant-hier, ils ont passé un très bon week-end ensemble à Vienne, Saga-Lill et lui. Ils ont dormi dans un hôtel-boutique et vu différentes choses à voir ainsi que sa mère Angela sur scène (nue dans une baignoire pendant tout le premier acte) dans une création très controversée du nouvel opéra *Dissections of the Dark Part III* de Schuck & Gustafson, et c'était beau, franchement, comme une descente dans l'inconscient, ce qui est souvent le cas avec le très bon opéra, même du point de vue de la mise en scène, paysage onirique, contrastes puissants, ombre et lumière, noir et rouge… *« Aprèsjeconnaisrienàlamusiquemaiscétaitintéressant »*, a dit Saga-Lill pendant qu'ils dînaient avec Angela après le spectacle. Une formule extra, prononcée avec l'accent de Gråbbå, même Angela a bien aimé, et plus tard elle a dit qu'elle s'était sentie tellement bien en compagnie de cette jeune femme (Emmy et Angela ne se sont jamais franchement entendues) – et puis ils sont rentrés à l'hôtel et ils ont baisé, baisé à en avoir mal partout jusqu'au dimanche où il a fallu reprendre l'avion.

Mais maintenant, se laisser agréablement submerger par les remous affectifs et les prises de bec auxquelles se livrent ceux qui ont *malgré tout* de l'affection l'un pour l'autre quand ils ne veulent pas, ou ne peuvent pas, ou quoi, renoncer à être en contact bien qu'ils ne partagent plus la vie l'un de l'autre… *I can't live with or without you,* comme le lui avait chanté Emmy un jour au cours de leur relation qui était orageuse intense ludique lourde légère. *Adults by daylight, Just kids,* vraiment fantastique.

Tant que ça a duré (jusqu'à ce qu'elle le quitte et qu'il ne reste plus que la prise de bec, et c'est entre autres pour ça qu'il faut s'y accrocher, comme d'ailleurs à cette, let's face it, parce que c'est peut-être le bon mot : cette façon de la traquer comme un stalker).

En même temps

ce n'est pas possible.

Gusten le comprend, là, sur La Playa, et il range son téléphone.

Car c'est un soulagement, mais en même temps, ça ne lui fait aucun effet.

Ceci est tellement plus fort :

Nathan au soleil.

Being in a gang called The Disciples –

Time

Genre : rien ne peut redevenir comme avant.

Il n'y a pas de retour.

Nathan. Dans son étage en sous-sol, tout un paysage, au moins cent mètres carrés, de grandes fenêtres du sol au plafond du côté qui donne sur le lac avec un ponton de baignade à un jet de pierre de l'entrée privative de la chambre de Nathan – son atrium : tout l'étage, avec sauna et jacuzzi.

Nathan danse. Les yeux fermés, seul sur l'immense plancher, surface vide, vide. Prince, Nathan adore Prince, Being in a gang called The Disciples

Time. Time.

« Pitié » avait imploré Sascha.
Mais ils ne lui avaient fait grâce de rien.
« Le quarteron de l'horreur », ainsi qu'on les appellerait plus tard.
« Gripee ! »
Being in a gang called The Disciples –
« Viol collectif particulièrement brutal. »
« Jeune femme violentée pendant des heures. »
« … les quatre coupables, "les jouvenceaux", tous membres de la même bande – camarades de lycée… »

Nathan danse, Gusten danse, contemple Nathan, le dévore du regard.
Nathan s'en aperçoit. En dansant, regarde Gusten, danse, Nathan danse, Gusten danse.
Nathan s'arrête, se retourne et le regarde –

Autrefois ils étaient amis, Nathan et lui. Meilleurs amis, même s'ils ne le disaient jamais ainsi. Ensemble : autrefois, c'étaient eux qui descendaient à La Playa à vélo le soir pour faire ce que font les garçons, par exemple regarder les étoiles – un passe-temps qu'ils partageaient – avec un vrai télescope que le père de Nathan, « Abbe », Albinus, avait acheté et installé pour eux au bord de l'eau. Ou observer les oiseaux de la forêt, la forêt qui s'étendait encore à l'endroit où se dresse maintenant la Tour de Verre : écouter attentivement leurs cris, les enregistrer ou essayer de s'en souvenir et les écouter ensuite en s'efforçant de les identifier, en s'aidant de livres ou de l'ordinateur. *Être des ornithologues*, c'était aussi un centre d'intérêt rien qu'à eux (même Cosmo Brant, qui avait un an de moins et qui s'était mis à les suivre partout à cette époque, n'arrivait pas à éprouver de réel intérêt pour les étoiles, les oiseaux ; il voulait juste traîner avec eux).

Mais ce que Gusten se rappelle le mieux de cette époque, c'est le silence. Le silence en lui, Gusten, en Nathan, le silence entre eux : un silence calme et concentré dans tout ce qu'ils entreprenaient et qui n'était interrompu que de temps à autre quand l'un avait lu ou pensé ou compris quelque chose qu'il fallait vraiment communiquer à l'autre – à propos des oiseaux, ou des constellations qu'on pouvait admirer dans le télescope qui offrait par endroits un panorama sans contours, lumière, lumière et rien d'autre. Regarde, Gripe, regarde ! Qui vous explosait dans les yeux vu que le noir, autour, était tellement compact. Oui, toutes ces choses-là, et d'autres du même genre, et puis des informations objectives sur ces phénomènes naturels et autres, où les jeunes garçons sont capables d'exceller dans une sorte de curiosité sans réserve pour le monde tel qu'il est – et qui disparaît souvent par la suite, avec le temps. Oui, et puis ils lisaient des livres, aussi, à une époque : Jules Verne, plus tard Lovecraft – des livres comme des mondes dans lesquels on pouvait entrer, séjourner. Et oui, avec Lovecraft, ç'avait été aussi le début d'autre chose. Une histoire, ou des bouts d'histoire. *Deux garçons à casquette/Les interchangeables* – et leur imagination faisait le reste. Le garçon à l'intérieur et le garçon à l'extérieur, ils étaient les deux interchangeables, tantôt l'un, tantôt l'autre... Compliqué, oui, et on pouvait devenir dingue à réfléchir ainsi et il – Gusten – l'était peut-être devenu, à force, il avait été interné chez les fous, psychotique, après les événements (mais ça, c'était bien des années plus tard, il était presque adulte à ce moment-là).

Un livre de prédilection sur Lovecraft : *Contre le monde, contre la vie* (goûter ces mots-là).

Mais ils avaient grandi et le silence avait pris fin. Ou peut-être : ce silence s'était transformé chez Nathan en une étrange façon de voir… qui, oui, déstabilisait tout. Chez Gusten. Peut-être aussi chez d'autres, il ne le savait pas, ne le sait pas car il était à une époque, au cours de l'adolescence, treize-quatorze ans, si absorbé par cette transformation que chaque fois qu'il y pensait, c'était comme de se raconter des histoires à soi-même.

Comme si un Mr Hyde avait surgi à la place de ce garçon de treize ans relativement normal qui était parti au mois de juin en vacances avec ses parents comme d'habitude. La famille de Nathan passait toujours l'été à l'étranger, ce n'était qu'à l'automne et au printemps qu'ils allaient à la « Cabane de pêcheur » (une luxueuse villa située au bout du bout de l'archipel à laquelle on pouvait néanmoins accéder en voiture par la route). Sinon, c'était la Suisse, où papa Abbe avait aussi une « hutte » comme on le disait avec tant de légèreté dans la famille, ou une île des Caraïbes qui permettait à *tous les membres de la famille de se retrouver* et de se consacrer les uns aux autres pour de vrai. Cela pouvait être vraiment très *absorbant*, comme le disait Annelise, la mère de Nathan, avec un petit rire, à son amie Angela qui avait pris l'habitude de rentrer au pays pour les vacances. *« Tellement dommage, Angela, que nous n'ayons presque jamais le temps de nous voir. Nous devrions vraiment… Mais tu sais ce que c'est, Albinus a son allergie au pollen qui s'aggrave d'année en année et lui rend ce climat difficilement supportable… Dieu merci* (elle ébouriffe la tignasse de Gusten) *nous avons Gusten qui a promis d'être notre homme à tout faire cet été encore, de s'occuper de la maison en notre absence et d'arroser les fleurs ! »*

Mais Nathan était revenu transformé cet automne-là, tellement foutrement beau, tout à coup, ou beau gosse, canon, comme une sorte de fleur sombre qui aurait éclos. Les cheveux presque noirs, les yeux bleu acier, et ce visage lisse, lisse, la façon qu'il avait de bouger, comme un félin (c'est aussi à ce moment-là qu'il avait arrêté le patinage artistique, il s'entraînait depuis de longues années dans la série juniors – mais le côté souple, sexy, gracieux était resté inscrit dans son corps, dans ses mouvements).

Sympathique ?

Nathan ? Hum. En soi, Nathan n'avait jamais été très agréable dans le sens poli bien élevé (même s'il pouvait l'être au besoin, bien sûr). Pas non plus le pur opposé, c'est-à-dire carrément ignoble. Comme tant d'autres jeunes privilégiés du quartier des villas, Nathan était un enfant gâté. Il avait l'habitude d'être au centre de l'attention et d'imposer sa volonté, sinon il était de mauvaise humeur et n'hésitait pas à le montrer. Mais il y avait déjà eu des incidents par le passé, bien sûr, de vraies scènes, à l'école par exemple. *« Dans le fond, Nathan est un garçon timide et sensible »*, avait dû expliquer sa mère au cours de réunions avec les professeurs ou avec d'autres parents (mais, sans doute à cause de son statut, Annelise Häggert, économiste internationale, ancienne élève de Milton Friedman en personne, une telle carte de visite pour le quartier des villas, dans le pays comme au-delà des frontières, on ne voulait pas l'exposer à la honte d'une confrontation en présence de tous les parents d'élèves réunis, alors la question se réglait le plus souvent en privé, en tête à tête avec elle)... *« À la maison il n'est pas du tout comme ça. »* En général il s'agissait de harcèlement, parfois de maltraitance légère sur la personne du camarade Cosmo Brant, qui avait un an de moins et qui était le souffre-douleur de Nathan (pourtant Cosmo continuait à coller aux basques de Nathan, à l'école, sur l'aire de pique-nique au bord du lac, partout).

Gusten, lui, se tenait à l'écart, délibérément. À l'école, il recherchait la compagnie d'autres élèves et se choisissait d'autres activités. Il n'avait jamais eu les facilités scolaires de Nathan, le côté brillant sans effort, mais il était apprécié, un « bon camarade », engagé dans divers clubs, le club nature, le club lecture et – ce qui allait se révéler être un tournant pour lui – le club théâtre (combien il aimait le théâtre, voir jouer, jouer lui-même, être sur scène). Il s'attardait dans une forme d'enfance, et parfois on aurait dit que ça plaisait à Nathan. Qu'il aimait, par exemple, être chez lui, le Vaisseau Hanté, avec Gusten, comme autrefois, ce qui ravissait bien entendu Annelise : *tu as une si bonne influence sur lui, Gusten.* Gusten avait presque essayé de se réfugier dans des activités enfantines, mais tout s'était accéléré et il n'avait plus été possible de s'y intéresser pour de vrai : un télescope renversé dans le sable et, à y regarder de plus près, vandalisé bien comme il faut – il n'est pas dit que ç'ait été Cosmo.

Quelqu'un d'autre, si ça se trouve, n'importe qui.

Mais

Stefan PtitCul. Il est emmené à l'hôpital, en ressort contusionné, avec des bandages. Mais à part ça, zéro changement – tout est exactement comme d'habitude, merde alors (sauf que Stefan change de prénom, devient « Cosmo » et fait imprimer des cartes de visite, *Cosmo Brant, an entrepreneur at heart*).

Vient ensuite la puberté, puis Sascha…

Sascha quitte Nathan. Nathan devient fou

et tout s'emballe –

« Je vais la tuer. » C'est ce qu'il dit (Nathan).

Gusten et Nathan. La dernière fois qu'ils se voient c'est au Vaisseau Hanté, dans la chambre de Nathan, après le procès, la nuit après que les verdicts (cléments) sont tombés – ils manquent s'entre-tuer. Gusten frappe, encore, encore, presque en transe, Nathan qui est bourré, bourré. Puuutain, tellement parti, avec l'alcool et le reste, affalé sur le sol de son immense chambre, la lumière du plafond – on dirait un projecteur – tombe sur lui comme un éclat de soleil, *Nathan au soleil* qui rigole en regardant Gusten qui frappe, frappe –

Et puis Gusten s'arrache de là, s'enfuit en courant, traverse la forêt vers la route et le pont, il va l'enjamber, se suicider, mourir – mais il est rattrapé, et atterrit chez les fous (et une convalescence commence alors qui, pense-t-il à présent, se poursuit peut-être encore).

Quatre ans plus tard, Sascha Anckar meurt d'une overdose (héroïne) aux États-Unis, où elle a déménagé quelques mois après le procès afin d'entreprendre des études sportives dans une université d'élite.

Et la mère de Nathan, Annelise.

« Aimée, regrettée, ton fils Nathan. »

« Tu sais, Gusten, on se sent comme une survivante. Mais le prix à payer pour avoir survécu, c'est qu'on devient une parodie de soi-même. »

Angela sur Skype après que tous deux ont repéré, chacun de son côté, l'annonce de la mort d'Annelise dans le journal.

Il voudrait lui demander ce qu'elle entend par là, mais elle fond en larmes. Maman qui pleure sur l'écran de l'ordinateur et l'été qui fleurit de l'autre côté de la fenêtre. Bien plus tard, donc, après l'enfance/la jeunesse, le dernier été avec Emmy, sauf que ça, il ne le sait pas encore, mais quelques jours plus tard elle va monter sur scène chez les Amis de la Chanson, dans la salle paroissiale, rencontrer Mats G, emménager dans le quartier des villas et le quitter. Le dernier été dans la maison du vétéran qu'ils louent dans la banlieue voisine : Emmy qui répète en vue de son spectacle. « *Mes débuts* », dit-elle, c'est important, il l'entend qui pince les cordes de la guitare et qui chante, faux, là-haut sous les combles.

Et lui, au rez-de-chaussée, dans son bureau d'agent immobilier, entouré de diplômes et de certificats qu'il a encadrés et accrochés au mur pour que ses clients comprennent à quel point il est bon, sérieux, ambitieux et fiable.

Gusten conclut la conversation avec maman, il la fait disparaître au beau milieu de ses larmes, éteint l'ordinateur (il lui dira que la communication a été coupée et qu'il a essayé de la rappeler, en vain, le réseau est vraiment pourri là-bas dans le Coin Secret où elle passe ses vacances), *c'est bon, ça va, les larmes de crocodile*, pense-t-il soudain, c'est sorti de nulle part–

Et c'en est trop, d'un coup il a juste envie de *démolir*, et l'instant d'après c'est ce qu'il fait. Il arrache les dossiers des étagères, balaie ceux qui sont sur le bureau, se déchaîne contre les misérables certificats dans leurs cadres.

Emmy, à l'étage, entend le raffut, cesse de jouer, descend en courant. Ne l'a jamais vu à ce point en colère. *« Mais Gusten. »* Ça ne lui ressemble tellement pas.

Emmy !

Quand Gusten a rencontré Emmy, tout avait déjà eu lieu. Mais il ne lui en a rien dit.

Rien du tout. Bizarre. Ils sont restés plusieurs années ensemble et pourtant il ne lui en a jamais parlé.

En même temps, complètement logique.

Ne te retourne pas, on commence ici. Comme un accord tacite entre eux.

Quand ils se sont rencontrés sur un banc du parc des Lions fin août 2009. Emmy lève le doigt (quand il ouvre la bouche pour lui en dire plus sur lui et sur ses, comment dire, « antécédents ».)

« Chut. Je ne veux rien entendre, dit-elle. Et toi non plus. Personne. »

Sortie de l'ombre, entrée dans le soleil, ne te retourne pas. Tabula rasa.

Quitter le trottoir ombreux et rejoindre l'autre côté de la rue : celui où le soleil brille. Et c'est ce qu'ils font, ce qu'ils ont fait. Même le chien débile qui refusait de bouger a dû capituler devant le risque de rester en plan et les a suivis.

Nöffi.

Il a voulu dire quelque chose à propos du chien (le caniche hors d'âge à moitié demeuré des grands-parents de Cosmo).

« Je vais te raconter –

— Chut – On n'a pas le temps. Viens, on y va. »

Elle s'était levée. Et c'était comme au cinéma.

D'une histoire à l'autre.

Une vie complètement nouvelle

explosait

sous leurs yeux.

Comme l'arc-en-ciel, et dans ce film en Technicolor ils avaient plongé, elle et lui, et toute la vieillerie s'était irréalisée.

Mais ici maintenant, tant d'années plus tard ; à fixer du regard une vieille enseigne cabossée, *Cosmo Beach Club.* Dans les roseaux, c'est là qu'elle traîne.

Cosmo Brant et les autres avaient l'habitude de se réunir à cet endroit au bord de l'eau. Après aussi, quand tout avait déjà eu lieu, mais que personne ne le savait encore. Les jours pendant lesquels Nathan était resté introuvable, et Sascha – où était Sascha ? Descendre ici au bord du lac parce qu'il n'y avait pas vraiment d'autre endroit où il était possible d'être, à cause de l'inquiétude, et parce que l'ambiance était tendue. Nathan soudain comme évaporé, et Sascha ? Où était Sascha ? La dernière fois qu'on l'avait vue (ceux qui l'avaient vue, pas tout le monde, mais ceux qui étaient présents alors dans le sous-sol de Nathan) elle gisait en vrac, inconsciente et en très mauvais état, dans le sauna de Nathan. Dans la lumière blême du matin, après coup, quand ce qui était fait était fait.

« Nathan s'occupe d'elle », voilà ce qui avait été dit le dimanche quand on s'était réveillés en fin de matinée avec la gueule de bois, pleins de dégoût face au sang, aux vomissures et à soi-même. Et pleins de remords, sous le choc (y compris Nathan, c'est du moins ce qu'on pensait), on était partis. Gusten le dernier. À la maison (*chez maman.* Oui, de fait, Angela était attendue en visite au pays pendant quelques jours de vacances d'hiver et Gusten devait – après s'être douché, changé, et avoir fait des lessives, des lessives de vêtements – aller la chercher à l'aéroport).

Mais, « s'occuper de ». Ça voulait dire quoi ? Les jours passaient, Sascha n'était nulle part. Nathan non plus. D'après la rumeur, il avait été aperçu chez lui, mais quand on sonnait à la porte du sous-sol personne ne venait ouvrir. Les rideaux opaques étaient fermés, le téléphone coupé.

Où est-elle ?

Et lui ?

Que faire ?

Questions non formulées qu'il fallait néanmoins garder

secrètes. Ou : les garder confinées ici, au bord du lac – l'air gris, glauque, épais du mois de mars, plein à craquer de silence frustré, agressif (et Gusten s'en souvient, comment il sentait la fureur monter en lui : une rage telle qu'il n'en avait jamais ressenti avant).

Et comment allons-nous par ici ?

Un certain Cosmo Brant, au beau milieu de tout ça, qui avait surgi parmi eux sur l'aire de pique-nique, comme toujours. L'air de rien, mais pourtant, fidèle à lui-même, antennes invisibles frémissantes, humant l'air *hmmmm que se passe-t-il ?* (En raison de la varicelle il n'était pas allé à la fête chez Nathan – il ne savait rien mais pressentait, voulait savoir *tout tout tout.*)

Alors, ça fait des enfants par ici ?

Ta gueule Brant.

Pardon pardon, je me disais juste – Cosmo, malicieux, grand geste de dénégation, comme s'il était mine de rien, malgré tout, au courant de tout sans exception. Et c'était déstabilisant, ça aussi, il n'avait pas été présent au moment des faits, mais *que savait-il ?* Et qu'avait-il l'intention d'en faire ?

Cette curiosité, cet esprit d'initiative.

Il était une fois une trogne aplatie : dans un autre endroit, une sorte de véranda chauffée avec des plantes vertes sur les rebords des fenêtres et sur les tables – l'impression d'être dans un jardin en plein hiver – où ils étaient assis en rond, à peine un an plus tard, avant et après le procès. « Les jouvenceaux » ainsi qu'on les appelait à cette époque où le monde entier semblait savoir qui ils étaient. Une appellation aimable et plus neutre en soi que les autres, « le quarteron de l'horreur », les « violeurs », mais ce n'était pas l'impression que ça leur faisait.

Sous la direction de leur thérapeute officiel (bon, pas

tout à fait, mais ç'avait été une recommandation) : un type flashant, psychologue des vedettes, qui se trouvait être par hasard le *cousin plus âgé* du nez-patate qui venait s'écraser, en ces après-midi de la fin de l'hiver, contre la vitre de la porte intérieure pour espionner en secret, absorber, sans en perdre une miette.

Un affreux jardin dont on repartait (si on était Gusten Gripe) malade (encore plus malade) dans sa tête et après, direction la maison de fous.

Mais la trogne aplatie de l'autre côté de la porte, c'était donc un autre rejeton du quartier des villas, Cosmo Brant.

Gusten Gripe observe la rive opposée du lac.

Grimpé sur le rocher, au milieu des roseaux.

Le Vaisseau Hanté, la maison de Nathan.

Là, en biais, au fond de la baie.

On ne la voit pas très bien (mais on la devine).

Brume sur la baie, autour du petit ponton qui s'avance dans le lac. Le soleil a disparu derrière les nuages, c'est de nouveau comme si l'orage qui menace depuis des jours maintenant était tout proche, tout proche. Pouvait éclater d'un instant à l'autre, se décharger.

Gusten regarde son téléphone.

Qui se met à sonner dans sa main. C'est elle. Emmy. Emmy clignote sur l'écran.

Il ne répond pas.

Il voit un ballon.

Un ballon à l'hélium, rouge, flotte majestueusement sur le lac dans le ciel d'automne mat où le soleil fait soudain une dernière petite apparition.

Des larmes dans la gorge, les sonneries du téléphone cessent. Et soudain il aperçoit d'autres ballons, toute une armada, verts, bleus, jaunes, multicolores, certains avec des publicités – surgissant par-dessus les arbres, se disséminant au-dessus du lac –, ballons ballons, et au même instant le soleil disparaît et la pluie s'abat avec fracas. *Up, Up and Away.* Nancy Sinatra chante cette chanson dans un très vieux bout de film des années 1960 qu'ils ont regardé plein de fois sur YouTube, maman Angela et lui ; Nancy, en hautes bottes blanches, grimpe dans une nacelle, décolle et monte en planant vers le ciel – *Up, Up and Away.* Nancy chante, maman chante – pour une raison quelconque elle adore cette chanson.

Je dois me trouver un nouveau hobby, pense Gusten. *Le vol en ballon par exemp…*

« *Le film s'intitule…* Qui a tué bambi ?

« *Une construction métaphorique –*

« *Cette virginité, cette innocence parfaite –* »

L'instant d'après il compose le numéro de Cosmo Brant.

L'animalerie

(Emmy l'après-midi)

Avant d'être embauchée à l'animalerie, Emmy a travaillé dans une clinique vétérinaire, à l'époque il y en avait plusieurs dans le quartier des villas. Un jour était arrivé un lapin. Un lapin trouvé, vieux, esquinté, mais gros et bien nourri, alors où qu'il ait été avant, on voyait que ça ne s'était pas trop mal passé pour lui.

Il s'agissait de l'opérer, pour une raison quelconque. Mais l'opération avait échoué, l'animal était mort et quelqu'un avait prélevé son cœur (un jeune étudiant vétérinaire qui voulait montrer aux soigneurs à quoi ça ressemblait).

Le cœur était posé sur la table d'opération. Elle s'en souvenait parfaitement. Sombre, rouge-marron, absurde, mais chaud, presque fumant.

Avant qu'il ne refroidisse – cœur de lapin palpitant.

Une vision qui ne s'effaçait pas, elle n'était pas horrible (ou si, elle l'était, mais ce n'était pas l'essentiel, pas du tout, et quand on avait étudié pour être soigneur de petits animaux comme Emmy, on avait déjà eu l'occasion de voir ce genre de choses).

Mais. Une vision. Cœur de lapin palpitant.

Et pourquoi y pense-t-elle à l'instant ? C'est un peu plus tard dans la journée, elle est au travail dans l'animalerie vide silencieuse au premier étage du vieux centre commercial où personne ne vient plus, surtout à l'étage – est-ce pour cette raison que le magasin est au bord de la faillite, va fermer ? Elle ne sait pas. En tout cas : c'était pour ça entre autres qu'elle avait donné au chiot le nom de Cœur. Le chiot que Mats lui avait offert, une surprise, leur premier Noël, après la fausse couche.

Elle est seule dans le magasin. Les heures passent, les minutes. Alors elle a beaucoup de temps pour faire ce qu'elle ne veut pas faire : jouer avec le téléphone. Ça sonne, ça sonne, mais Gusten ne répond pas.

L'animalerie va donc fermer dans quelques jours. Soldes en cours. Mais pas de danger, les animaux à prix sacrifiés sont bien partis, il ne reste que trois lapins et quelques serpents.

Et un rongeur, un genre de petit hamster (il a un pedigree), précieux, il est mignon.

Tous les lapins ont trouvé preneur sauf un. Mais Emmy projette de convaincre la fille qui a déjà réservé le hamster de prendre aussi le lapin, quand elle viendra le chercher plus tard dans l'après-midi. Ça devrait marcher, la fille est comme le hamster, petite, mignonne. Elle pourrait aussi le prendre elle-même… Emmy a une relation spéciale avec les lapins, ils lui rappellent Gråbbå, où elle avait autrefois mis en place une « ferme » – un beau nom pour un projet mal conçu de club 4-H, elle allait monter une affaire de vente et location de lapins, lapins d'hiver, lapins d'été, pour clients potentiels, mais ça s'était mal passé, il n'y avait pas de marché pour ça, en fait, et les lapins avaient commencé à se reproduire indistinctement, à copuler comme

comme des petits lap–

Non, maintenant le mot lui vient, un bref sifflement en elle, comme des petits *cochonnets* –

Oui, d'ailleurs, ce lapin. Un souvenir absurde de l'été remonte à la surface. Cosmo Brant, petit-fils de son ex-employeur à la clinique vétérinaire (le genre de clan dont les membres vivent tous au même endroit dans le coin le plus chic du quartier des villas et n'arrêtent pas de rappeler à tout propos de quelle façon ils sont apparentés les uns aux autres car c'est un détail important à savoir et à faire savoir), s'était pointé un jour à l'animalerie en insistant pour la photographier avec le lapin dans les bras. Elle avait refusé, Cosmo n'était pas quelqu'un qu'elle appréciait, et en plus il était d'une façon ou d'une autre ami avec Gusten. C'était même le seul ami d'avant qu'ils aient fréquenté quand ils habitaient ensemble dans la maison du vétéran, mais Cosmo avait toujours pris soin de montrer qu'elle lui était indifférente, aucun intérêt, une plouc de la campagne avec laquelle il ne valait même pas la peine de lier connaissance. « Mignonne », avait-il dit à Gusten, comme il aurait évalué un objet. Et elle avait été folle de rage bien sûr, mais d'un autre côté qu'avait-elle à faire d'un Cosmo ? Ou eux, Gusten et elle, qu'en avaient-ils à faire ? Ils se suffisaient l'un à l'autre en ce temps-là et rien n'existait en dehors de cette intimité. Mais Cosmo avait insisté, disant que la Vendeuse, dans ce magasin, c'était elle, et qu'elle était donc tenue de lui fournir le meilleur service possible. Or il avait vraiment besoin de cette photo pour un film qu'il allait faire. « Je ne veux pas jouer dans tes films. » Il avait rigolé. « Du calme, on ne parle pas de ça, ce sera juste une photo, une silhouette en ombre chinoise, la fille avec le lapin dans les bras. Pour la couverture du dossier de présentation qu'on doit monter quand on cherche des financements. C'est tout. — Une silhouette en ombre chinoise ? — Oui, c'est ça. » Et sans avoir eu le temps de comprendre ce qui lui arrivait, elle s'était retrouvée de dos, le lapin dans les bras, en train de se laisser photographier.

« Tu ne me demandes pas quel est le sujet du film ?

— M'intéresse pas. T'as bientôt fini ?

— Presque. (Il avait continué, toujours en se marrant.) La mort de l'innocence. Qui a tué bambi ? D'après une vieille chanson des Pistols.

— Ah bon.

— Quoi, "ah bon" ? Tu es censée dire "intéressant", la Vendeuse. Intéressant.

— Mais de quoi tu parles, à la fin ? Dégage ! »

Au même instant, un client était entré dans le magasin et le lapin, rapide comme l'éclair, en avait profité pour filer, et elle avait dû le rattraper en vitesse avant qu'il ne s'enfuie par la porte ouverte. Cosmo était parti, et plus tard, à nouveau seule, elle était restée un long moment assise, le lapin dans les bras. À sentir son corps chaud contre le sien, sa fourrure douce, avant de le remettre de nouveau dans sa cage.

Oui, elle pourrait le prendre, mais qu'en ferait-elle ? Elle a déjà le chien et Mats estime, en quoi il n'a sûrement pas tort, que les lapins, c'est pour les enfants.

Bon, les enfants.

Les enfants.

Et merde, Gusten, réponds à la fin ! Emmy se lève d'un bond de sa chaise derrière le comptoir où elle était avachie en proie à l'indécision dans le vide et le silence. Non, il n'y a personne par ici ! Elle s'approche de la vitre, toute une putain de vitrine, on ne peut rien voir au-dehors… Ça sonne, sonne, Gusten ne répond pas. Elle vérifie pour la énième fois son propre message énervé, celui qu'elle lui a envoyé dans la matinée. Oui, il a bien été envoyé. Quand même, très inhabituel que Gusten ne se manifeste pas d'une manière ou d'une autre. Ça ne lui ressemble pas du tout, en fait, en y réfléchissant (c'est même l'un de ses plus grands plaisirs, d'habitude, de se prendre le bec avec elle, surtout quand elle lui fait la morale, comme il dit, à propos de Saga-Lill : « *Kessia, t'es jalouse ?* » Et oui, elle entend bien, quand il dit ça, tout l'espoir qu'il y a dans sa voix).

Et aucune nouvelle de Saga-Lill. Chez elle *le numéro que vous avez composé ne peut être joint*, encore et encore ; pourtant, elle avait bien dit que c'était elle qui rappellerait, la dernière fois, quand elle s'était mise dans une telle RAGE qu'elle n'avait pas réussi à prononcer un seul mot.

Aujourd'hui même, il y a quelques heures à peine, et pourtant, bizarrement, ça paraît très loin, une autre époque.

Dans cette horrible lumière solaire gluante, devant la pharmacie. La rue du Soleil.

Le soleil n'est plus là, peut-être a-t-il déjà commencé à pleuvoir : une brume douce sur le lac Froid quand elle est partie de chez elle tout à l'heure. Des ballons à air chaud flottaient au-dessus des arbres, scintillants, multicolores sur le ciel bleu. Partis maintenant – tout est sombre, maladif, gorgé de pluie.

Mais ici dans l'animalerie, rien que le silence. Elle s'imagine qu'on pourrait entendre tomber une épingle ; toutes les filles qui doivent venir chercher lapins, serpents, hamster ne seront là qu'à partir de seize heures, c'est dans longtemps, il n'est que quatorze heures trente.

Saga-Lill. *Le numéro que vous avez composé ne peut être*

joint. Et oui, elle comprend bien qu'elle doit vivre et laisser vivre, arrêter d'être jalouse. Est-ce qu'elle l'est ? Bon, ça ne change rien mais, SI, elle l'est quand même, malgré tout.

On ne peut pas juste fengshuiyer ceux de ses amis qui n'ont pas exactement le style qu'on aimerait qu'ils aient (ou comment dit-on maintenant, wawisaba, ***FAIRE LE MÉNAGE DES MORTS ?).***

Là-dessus elles étaient déjà d'accord du temps de Gråbbå, Saga-Lill et elle. Un souvenir de leur dernière année là-bas, elle est allongée, la tête sur les genoux de Saga-Lill, qui a rangé son appareil photo. *Tu es mon modèle préféré,* dit-elle souvent mais là, donc, elle n'est pas en train de la photographier... là elle parle, de l'amitié, à voix basse, les doigts dans les cheveux d'Emmy. *Une amitié qui n'autorise pas le changement n'est pas une amitié,* dit-elle et Emmy est d'accord – à propos de l'avenir dans le vaste monde, ce qui va arriver après, quand elles vont quitter Gråbbå et se retrouver séparées peut-être, car en plus elles ne vont pas faire les mêmes études et cela va peut-être aussi les transformer. À l'avenir. Avant de rencontrer Saga-Lill, Emmy n'avait pas d'avenir. Non, elle ne se le disait pas solennellement de cette façon, elle n'était pas malheureuse, mais aucun avenir en dehors de Gråbbå. Elle ne prévoyait pas de quitter Gråbbå, ou alors, quitter, ne pas quitter, là n'était pas l'essentiel.

Mais se marier avec un gars quelconque.

Et avoir beaucoup d'enfants.

Ça, déjà, c'était une certitude, solide comme le roc, qu'elle aurait beaucoup beaucoup d'enfants ! Mais avec Saga-Lill il y avait eu soudain tant d'autres pensées, de possibilités, de changement, de développement, et ça lui avait fait l'effet d'être tellement juste, ça aussi, tellement excitant et positif.

Une si belle scène du temps de Gråbbå, Saga-Lill et elle au bord du ruisseau (celui qui traverse le centre de l'agglomération comme un trait, rien de spécial, ce centre, à part cette fente, cette blessure, en plein milieu – pour le reste, laid et insignifiant), le dernier automne, été indien, et elle la tête posée sur les genoux de Saga-Lill.

Sur un banc
Cette chaleur
La douceur
La docilité –
et quelque part, pulsant à l'arrière-plan, s'effaçant peu à peu de sa conscience : Joel qui n'était plus là, mais ce toucher, ce contact.

La docilité-Joel.

« Je veux des ENFANTS ! dit Emmy à voix haute, dans le vide, à propos de l'avenir.

« Et puis je veux un blog.

— *Un blog*? fait Saga-Lill amusée.

— Oui, un blog et je vais l'appeler UNE MAMAN DIFFÉRENTE.

— Attends ! (Saga-Lill, très excitée.) Garde ça !

— Quoih ?

— Ton expression, là ! Je dois – »

Prendre une photo. Et Saga-Lill y va.

Clic.

Une MAMAN DIFFÉRENTE. Ça donne un gros plan assez flou sur un infiniment beau – oui, elle est si belle, Emmy – visage.

Et soudain, alors qu'elle est là, désemparée en plein jour, dans l'animalerie, Emmy éprouve son corps.

SON corps.

Si puissant, si musclé, si chaud, vivant.

Et irréductible.

Et elle pense : Oui. Maintenant.

Une telle certitude d'un coup : comme si toute cette journée n'avait eu pour but que de l'amener à ça.

Emmy, à 15 h 03 dans l'animalerie, accroche le panneau DE RETOUR DANS 5 MIN sur la porte du magasin et donne un tour de clé.

Tire ensuite de son sac à main le sachet de la pharmacie contenant le test de grossesse, va dans l'arrière-boutique, aux toilettes, et fait le test.

Il est négatif.

PARTIE 2

BAMBI

Les photos d'Emmy, 1

« Then I got Mary pregnant and BOY that was wohoho all I wohoho and for my nineteenth birthday I got a union card and a wedding wohoho – »

Le paysage d'Emmy : Gråbbå, il y a des éternités, Emmy chante. Elles sont descendues au bord du ruisseau à l'endroit où il fait le plus de bruit : dégel, pluie, inondation, en quelques jours c'est le printemps. Elles ont les lapins – morts, ceux qu'elles ont libérés de leurs cages dans la « ferme » d'Emmy parce qu'elles sont débiles : Saga-Lill allait photographier, photographier Emmy avec les lapins, capturer l'instant où les cages s'ouvriraient et où ils feraient en sautillant leurs premiers pas de lapins libres, autour d'elle (Emmy a certifié qu'ils lui obéissaient, mais bien sûr ce n'est pas le cas). Clic clic clic, Saga-Lill appuie sur le déclencheur, mais ils s'échappent. Tout dégénère, elles sont obligées de leur courir après, mais certains se sont égaillés dans la forêt, beaucoup trop loin pour être rattrapés et capturés, d'autres se sont égarés dans le champ où des machines agricoles en pleine action les écrasent ou les hachent menu – elles ramassent les cadavres et achèvent les blessés (Emmy les tue à la carabine ou leur tord le cou, elle a le coup de main, c'est rapide et sans heurt) et elles les emportent jusqu'au ruisseau, les balancent à l'eau là où c'est profond et où le courant est fort – lapins morts, corps flasques sanguinolents, tombent de leurs mains dans le ruisseau, le ruisseau rugit, Emmy chante, ça y est Emmy chante, de plus en plus fort pour couvrir le bruit de l'eau, elle hurle vers le matin humide et froid :

« Now all the things that seem so important mister woho woho vanish into Earth is a dream a lie that don't come true or is it something worse –

« That sends us down to the River

« And into the River

« We dive –

« Down to the RIVER *you and I – »*

Totalement ringard mais une image fabuleusissime : Saga-Lill appuie – Emmy, le regard épuisé résigné, le sang sur les mains, le blouson

clic clic clic

C'est la première fois que Saga-Lill entend la voix d'Emmy. Une voix fausse et franchement pas belle.

Mais inoubliable.

Et quand Saga-Lill a fini d'appuyer elle prend la main d'Emmy et pense à Joel pour la première fois.

Emmy lui serre la main en retour, continue de chanter, rigole. Elle n'est pas triste, pas du tout, juste chamboulée, mais les bêtes meurent, doivent mourir parfois… Affreux, mais naturel, ici à la campagne – et les mouettes les découvrent, se ruent à tire-d'aile et tournoient en criaillant au-dessus de leurs têtes –

(Les images les images les mille millions d'images d'elle, Emmy, me coupent le souffle. Je m'assieds sur le couvercle des toilettes dans ma chambre noire, ma maison d'enfance, j'entends mon cœur qui palpite palpite.)

Out of Africa

(Saga-Lill à Gråbbå)

C'est moi Saga-Lill. Je suis de retour à Gråbbå, ma maison d'enfance, j'ai abandonné mes études, mon logement d'étudiante dans la capitale doit donc être vidé, et ma mère qui a besoin de moi et qui est gravement malade doit elle aussi déménager bientôt.

Cette maison d'enfance – la deuxième, celle qui est venue « après l'Afrique » ; j'avais déjà quatorze ans quand nous avons emménagé dans le centre de Gråbbå. « Après l'Afrique » – un nom de code dans le jargon familial pendant que la famille existait encore, pour résumer le sentiment d'avoir quitté une petite ville pittoresque au bord de la mer, remplie de vieilles maisons en bois ornées de tours et de tourelles, une vieille station balnéaire avec pensions de famille, en échange de quoi ? Gråbbå, gris et silencieux, loin de toute mer, avec en tout et pour tout un maigre ruisseau qui traverse le centre de l'agglomération comme un trait qui saigne, noir, noir et insignifiant.

Gråbbå où ma mère est restée beaucoup trop longtemps, dans un grand cinq-pièces qu'elle a toujours refusé de quitter. Jusqu'à maintenant ; l'été dernier elle a accepté de vendre l'appartement aux nouveaux propriétaires du cabinet UN GRAND SOURIRE ÉBLOUISSANT *(qui ne s'appelle plus comme ça bien sûr, mais un nom plus rectiligne, comme par exemple La Clinique Dentaire – en tout cas il fait partie d'une chaîne de ce genre). Le large sourire blanc au néon qui clignotait dans la nuit de Gråbbå a été démonté et conduit à la décharge car il prenait trop de place dans les boxes étonnamment exigus de la cave du prestigieux immeuble en pierre.*

Ma mère s'est soudain mis en tête qu'elle devait partir, au beau milieu de son traitement contre le cancer. Gunvej en Norvège est enceinte, Bror (mon père) étale sur Facebook les photos de son ventre arrondi, des images si lumineuses, si heureuses, peut-être y a-t-il un lien ? (On ne peut évidemment pas poser la question à maman en direct, et pourquoi le ferait-on ?) « Loin d'ici le plus vite possible » c'est son nouveau discours. « Je veux retourner en Afrique. Mon Afrique » – la station balnéaire venteuse complètement abandonnée en hiver où elle prétend être chez elle. Mais de plus en plus souvent je me dis qu'elle n'est chez elle nulle part sauf dans son chagrin, sa haine qu'elle couve comme un sombre fœtus, malgré la maladie et malgré les, comme elle le dit elle-même, « pensées positives que je devrais nourrir, j'imagine, dans le cadre de ma lutte pour la survie ». Qu'elle devrait donc s'efforcer d'avoir à la place, lui dit-on, de ces autres pensées, pour guérir. Tandis que moi, de plus en plus souvent, quand je l'entends et qu'elle est de cette humeur, je me demande s'il est possible de la haïr, elle, Karen, ma propre mère ? Question idiote. Bien sûr que oui, mais moi qui suis sa fille et la seule à être encore là – est-ce que je le peux ? Et quel serait l'intérêt, dans ce cas ?

Je ne sais pas. Alors je continue, je passe ces derniers jours dans l'appartement avant de céder la place aux nouveaux propriétaires à remplir des cartons, jeter, trier, emballer, jeter, démonter la chaîne stéréo, la TV, chambre de fille, chambre de garçon, chambre noire… Les restes d'une vie, d'une vie de famille, d'une enfance et d'une adolescence.

Et Emmy. Toutes les photos d'elle accumulées dans ma vieille chambre noire, les images, les images d'elle, Emmy.

Emmy. « Mon modèle. » Oui, je disais ça. Mais avec dérision.

Emmy. Une petite fille dans la chambre de Joel. « Vous étiez ensemble ? »

Emmy a haussé les épaules. Est partie, avec son anorak beaucoup trop petit. Et moi derrière. « Attends ! »

Mon modèle lui ai-je donc dit – déclaration solennelle – un peu plus tard en allant la voir là où elle vivait à cette époque, une bicoque pourrie qui appartenait au grand-père côté maternel ; et Emmy, le modèle, qui se marrait bouche ouverte dans les champs de Gråbbå – et clic, je capturais aussi ce moment. Emmy, ravie : « Il te manque un boulon. — À toi aussi », et on rigolait de nouveau.

C'était comme ça exactement qu'on adorait se décrire. Et on adorait ça : un boulon en moins, reckless, « dingues » (aucun problème à condition d'être deux).

Et oui, bien sûr, je peux la voir aussi maintenant peut-être : là où elle est, dans le bel appartement du quartier des villas avec son Mats. Mais il n'est pas à la maison ce soir, soir de novembre, il est tard, elle est debout à la fenêtre du séjour, seule à la maison. Il se met à neiger.

La première neige : de fins copeaux qui scintillent à la lueur du lampadaire, en bas, tourbillonnent vers la promenade du lac, ainsi qu'on appelle le sentier goudronné entre l'immeuble et le bord de l'eau, enfin c'est comme ça qu'on est censé l'appeler parce que si on dit autre chose, par exemple le chemin piéton, il y a toujours un voisin membre du conseil syndical qui vous corrige, comme si la valeur des appartements allait baisser à cause de ça.

Mais sentier goudronné pour sentier goudronné, on s'en fout. Pense peut-être Emmy en cet instant, pensée hérétique. Avec des cubes de béton de part et d'autre – des blocs de cent kilos régulièrement espacés, au millimètre près, des sortes de jardinières remplies de plantes mortes. Exactement comme à Gråbbå, réalise-t-elle soudain. Des géraniums rouges tout à fait ordinaires dans des cubes de béton… bong bong bong, puutains de géraniums et soudain, dans le souvenir, elle est de nouveau avec moi à Gråbbå, un samedi soir désespérant pitiéemmenezmoiloindici en train d'évaluer la situation, dans Gråbbå-centre. Totalement « reckless », comme on se le disait quand on avait bu quelques bières ou cet affreux vin fermenté qu'on piquait dans la « cave à vin » de maman, en vrai ce n'étaient que quelques étagères tout ce qu'il y a de normal entre les confitures et les sirops, dans le garde-manger du bel immeuble en pierre où on vivait, toute la famille dentiste. Maman papa enfants au début mais peu à peu et pour de vrai, à cette époque-là, sombres soirées d'automne de la dernière année à Gråbbå, famille totalement décimée, mère et enfant. Un seul enfant. Puisque Joel était mort, et que d'après les rumeurs en ville, quelques mois seulement après l'horrible accident de car où il avait trouvé la mort, mon père Bror avait abandonné la famille du jour au lendemain pour s'enfuir en Norvège avec Gunvej, la réceptionniste du cabinet dentaire avec qui il avait une liaison depuis un certain temps, ce que la ville entière savait (la ville entière, sauf sa femme – et sa fille, donc, moi).

« Vin d'été de Karen », « Vin de dessert de Karen », « Vin de rêve de Karen » – ma mère produisait elle-même son propre vin à une époque (mais peu importe l'étiquette, toujours le même épouvantable goût sucré).

Quoi qu'il en soit, bong bong bong sur la place centrale dans la nuit déserte et silencieuse de Gråbbå : bong, le bruit que ça fait quand je, totalement « reckless », balance un coup de pied à une station vélos entre deux cubes de ciment identiques remplis à ras bord en été d'horribles géraniums mais enfin, le bong n'était pas terrible, sauf que douleur fulgurante au pied, obligée de hurler et de me mettre en rage (je n'étais jamais enragée sauf quand j'étais paf, ce qui était rare, mais je n'avais pas besoin de boire beaucoup car j'ai toujours été nulle pour ce qui est de tenir l'alcool).

Et là, prendre le mors aux dents dans la nuit de Gråbbå pendant que derrière Emmy hurle « Arrêêête Saga-Lill ». Mais j'étais déjà loin, et toujours enragée, jusqu'à ce que nausée, pliée en deux, vomir.

« Vin de rêve », « Vin de dessert de Karen » et ainsi de suite.

Puis le calme. Sans doute car Emmy était là alors, me passant le bras autour des épaules, me consolant même si je ne pleurais pas – ne pleurais jamais, me sentais juste, putain, tellement mal.

Mais ça passait et bientôt le lendemain arrivait.

Et alors j'étais de nouveau là-bas. Chez Emmy. Avec idées, projets, imagination, et le putain d'appareil photo, et on sortait, et après un petit moment j'étais à fond, à photographier, infatigable, clic clic clic –

Attends : on en était où. Ah oui, Emmy, dans le séjour, s'est éloignée de la fenêtre. Gråbbå est venu et reparti et elle n'a pas la force de regarder la neige.

Elle me laisse ici, à Gråbbå. Dans une vieille histoire.

Je lui donne un titre, Out of Africa. *D'après la première phrase du livre de Karen Blixen dont maman disait toujours, du temps de l'âge d'or quand tout allait encore bien, que c'était « notre livre » et, de tous les beaux livres de la littérature du monde entier, son préféré.*

Elle pouvait se trouver alors par exemple sur la place centrale de Gråbbå et se lancer dans un long discours scintillant, légèrement déplacé, devant toute la population réunie pour expliquer qui « nous » étions – pas sur un ton supérieur ou pour se mettre en avant, pas du tout, mais juste histoire de nous présenter, dans une veine qui avait tout à voir avec le désir, la liberté, un rêve immense de grands espaces. I once had a farm in Africa. J'avais une ferme en Afrique. Au pied du mont Ngong…

La porte de la chambre de maman est fermée : maman est allongée, elle se repose. Elle a mal, elle est seule, et bien sûr il y a vraiment objectivement de quoi avoir pitié.

Les nouveaux propriétaires du cabinet du rez-de-chaussée : « les dentistes voraces » (dit maman) – un couple, d'ailleurs, là aussi, comme Bror et elle dans le temps. Karen et Bror – ces parents du temps où la vie, c'était de débarquer à Gråbbå en jeep (promis), avec des vêtements en lin coordonnés, kaki, blanc et beige, achetés par correspondance sur le catalogue J. Peterman. Karen et Bror étaient sûrement les seules personnes de tout le pays à commander leurs vêtements par correspondance chez J. Peterman aux USA, à cause de leur catalogue, ils adoraient plaisanter sur ce catalogue... This is what you wore coming back from the gold fields (The Linen Suit) – et à une époque, la vie était de fait un peu comme ça, comme dans le catalogue de chez J. Peterman – avec un clin d'œil, bien sûr, tout comme le catalogue lui-même est écrit avec un clin d'œil. Ou alors comme si un certain film avec Robert Redford et Meryl Streep dans les rôles principaux, tiré d'un livre qu'on n'avait jamais vraiment lu jusqu'au bout, même si on était capables de réciter la première phrase à toute occasion, était d'une importance cruciale et donnait le ton à tout le reste. Ce film Out of Africa, *autrefois le meilleur film au monde – le premier que Bror et Karen (le couple légendaire) avaient vu ensemble tant d'années auparavant, quand ils étaient jeunes, amoureux et en première année d'école dentaire.*

Arriver ainsi toutes voiles dehors dans le centre de Gråbbå : Karen et Bror, deux enfants à l'arrière (maman, papa, garçon, fille). Out of Africa *? Ridicule ? Peut-être. Vrai ? Oui. Hélas. Vrai.*

Irma, tel est le nom de la femme du couple de dentistes du rez-de-chaussée. Au début, maman est occupée à lui trouver des sobriquets désobligeants – comme un dernier effort pour invoquer une époque où on n'était pas amère, malade et seule, mais où on prenait plaisir à inventer en famille, toute la famille en chœur, des appellations pour le reste du monde. Pas du tout méchamment, un clin d'œil, c'est tout, avec de l'« esprit » (mais impossible, Irma reste Irma, c'est tout, belle, aimable, terre-à-terre).

Une époque où on n'était pas enfermée avec sa fille ambitieuse, douée, déterminée, etc. (ou wohoho, comme disait Emmy quand elle ne se souvenait plus des paroles de la chanson), sa fille qui aurait dû à ce stade avoir fini ses études (même si on n'y comprenait rien. Théologie ? Pour devenir quoi ? Pasteure ? Alors qu'on venait d'une famille libérale, large d'esprit, où tous les points de vue étaient tolérés : d'où sortait donc cette attitude en toute rigueur vis-à-vis de la vie ? « Au fait, Saga-Lill (enivrée de vin rouge juste comme il faut pour oser poser cette question alors que les études n'ont pas l'air de déboucher sur quoi que ce soit de concret) tu y as pensé à ça, au fond, au fond, en vrai, c'est quoi ta mission ? Je veux dire dans la vie ? (nouvelle gorgée de vin) En gros ? »), dans une cuisine, à faire les mots croisés que sa fille Saga-Lill, qui travaillait l'été (sagement, chaque été au début de ses études elle revenait à Gråbbå pour que sa mère ne soit pas obligée de rester si terriblement seule dans le grand appartement), photocopiait à la bibliothèque de Gråbbå certains journaux précis où les mots croisés avaient « de la finesse », pas aussi simples que les mots croisés du journal local.

Entassés en piles, après quelque temps, ces journaux, pour avoir un stock quand la fille n'était pas à Gråbbå mais sur le lieu de ses études et la mère « livrée » (un mot qu'elle adore utiliser depuis quelque temps quand sa fille est là) à elle-même après la disparition de Joel qui n'avait que quinze ans. Elle était tombée malade alors, une dépression dont elle ne s'est jamais vraiment remise. N'a jamais cessé de prendre les médicaments, qui agissent sur la motricité fine, si bien qu'elle n'a pas pu reprendre le travail. Bror en revanche s'est bien relevé de la tragédie familiale (ouvert un nouveau cabinet en Norvège, où il s'est barré après la mort de Joel).

Et elles sont restées. Nous. Sommes restées : la mère et la fille, maman et moi. À boire du vin ensemble, attablées dans cette même cuisine, pendant que maman parlait en boucle, de Bror et de la Haine qu'elle lui vouait, son propre abandon, « mon abandon ». Comme s'il en avait quelque chose à foutre. Parfois je vais voir sa page Facebook. Il a une « vie active » (dans la ville norvégienne où il vit désormais avec sa nouvelle femme, Gunvej, trente-sept ans, qui attend leur premier enfant – le premier enfant commun de Bror et Gunvej « ma si belle, si belle femme »).

« I support an Active Life Style », et puis on les voit, Bror et Gunvej : comment ils randonnent, courent le marathon, pagaient dans les rapides et autres eaux tumultueuses en souriant aux téléphones avec lesquels ils ne cessent de se prendre en photo, larges sourires blancs. Et, oui, ils ont l'air heureux, c'est vrai, de fait. Est-ce cela, le bonheur ? Oui, peut-être, et alors – peu importe. Mais oui, maman on peut devenir dingue à regarder ça. Je compreeeeends –

Les nouveaux dentistes du rez-de-chaussée sont vraiment sérieux et travailleurs. Ambitieux, les pieds sur terre. Pas d'« Africa » chez eux – rien qui déborde des cadres, rien de « magique », de grandiose (même si ridicule), aucun carnaval d'émotions bourgeois. (Pas de mère blanche, diplômée, financièrement à l'abri, totalement inconsciente de ses privilèges, qui passe son temps – dans l'unique immeuble de pierre de Gråbbå, dessiné par un architecte en plus, dans le plus grand appartement, qui occupe un étage à lui seul – à ressasser comme une adolescente sa relation avec le mari qui l'a quittée depuis longtemps et n'en a plus rien à faire d'elle.) Pas de catalogue de chez J. Peterman. (You can tell that's where her heart is. In the wild and untamed. With style and grace : The Equestrian Coat, nº 3480.) Pas de dentition schizophrène démesurément agrandie clignotant au néon dans la plus sombre des petites rues de Gråbbå : UN GRAND SOURIRE ÉBLOUISSANT. *Non, rien de tout ça. Juste un couple sérieux et travailleur, aimable – surtout Irma qui, quand je la croise dans l'escalier, n'oublie pas de poser la question que la mère n'a jamais posée. « Mais toi, comment vas-tu ? » En me regardant dans les yeux avec une gentillesse si calme que je sens presque venir les larmes et que j'ai envie de répondre : « Comme une merde. » Penser aussi aux études interrompues, ne plus avoir la foi (ne pouvoir en parler à personne, il n'y a pas de Dieu, la mère serait juste d'accord et se mettrait à pleurer), penser à Gusten, à Emmy, à tout ce qui est muet, et à l'horrible désordre de mon appartement en ville avant que je sois obligée de le quitter. Toute la saleté qui s'était incrustée et je n'avais pas la force de faire quoi que ce soit pour y remédier. Mais dans ces moments-là, avec Irma dans l'escalier, il m'est aussi arrivé de penser qu'au fond je n'ai pas le droit de me plaindre, avec tous les privilèges que j'ai. Alors je réponds : « Bien. »*

Et d'ailleurs ça fait longtemps qu'elle tourne autour du pot, cette Irma (d'où ce mot de « voraces » que la mère emploie à propos de son mari et elle : « La faim qui brille dans leur regard… ») Dans l'attente, le mot est faible, que l'appartement que maman occupe encore alors qu'il leur a déjà été vendu soit vidé. Chose qui, exceptionnellement, en raison de l'état de santé de maman, doit avoir lieu à l'initiative du vendeur « selon accord », mais au plus tard dans les douze (12) mois suivant la signature de l'acte de vente (à la fin de l'été dernier, donc, au moment où l'on avait constaté la rechute, le cancer qui était revenu). Et Irma s'impatiente. Ça se sent à des kilomètres, comme un cri, mais silencieux et bien élevé, qui est pourtant peut-être pire, me dis-je, que les hurlements qui sortaient parfois de maman après la mort de Joel et quelques mois plus tard quand Bror est parti, du jour au lendemain, sans un mot (« fugué par amour », dirait-il plus tard, comme s'il n'entendait pas lui-même le son que ça rendait. Et peut-

être ne l'entendait-il pas ? Peut-être était-ce pour lui comme… I once had a farm… Solennel et beau, adéquat en somme).

Car il y avait malgré tout une délivrance à hurler comme ça. La même délivrance – peut-être ce mot est-il bizarre ? – que la mienne quand je n'arrêtais pas de prendre Emmy en photo cette année-là après Joel.

Au lieu de cette manière contenue, au bord de l'implosion – car Irma n'ose pas montrer, bien sûr, à quel point ça la frustre que maman reste là alors que l'appartement est à eux depuis longtemps. Irma, tout comme Gunvej en Norvège, est enceinte, elle attend des jumeaux ! (Et ça ne m'étonnerait pas qu'elle soit en correspondance avec Gunvej par e-mail ; elles se connaissaient bien, à l'époque, à Gråbbå.) Le terme prévu pour l'accouchement est fin mai, alors c'est bien compréhensible qu'Irma veuille avoir déménagé avant, car après, l'été arrive… Mais jamais de la vie ! Qu'elle, Irma, aille dire ça à voix haute !

À la place, chaque fois qu'elle me croise, cet air de quelle-bonne-surprise. « Saga-Lill, tiens donc ! Quelle bonne surprise ! Et comment va ta mère ? » Me lance-t-elle pendant que je monte l'escalier, vu qu'elle ne peut pas s'adresser à maman, pas seulement à cause de son humeur imprévisible mais aussi parce que LE RÊVE D'UNE VIE RÉDUIT EN CENDRES *– c'est peut-être contagieux ?*

Comme si ma mère était un rappel de ça (de fait, c'est ce qu'elle est), et de la fragilité de tout.

Je ne réponds pas. En soi, je pourrais. Mais ça se voit à l'œil nu, non, que ça ne va pas fort : qu'elle a mal, les cheveux qui tombent, fatiguée, épuisée, se traîne, grisâtre, dans l'escalier. Mais en même temps, je suis d'accord avec eux.

Out of this house, out of here (car on crève ici). Ouste – le plus tôt sera le mieux.

La Tour de Verre

(Emmy en novembre)

Emmy à la fenêtre s'est retournée (oui, c'est ce même soir de novembre), et fait face au peu de lumière qui subsiste dans le séjour, on voit assez bien malgré la pénombre. Le pull de Mats sur le dossier du fauteuil ; elle le ramasse, y enfouit son nez pour respirer l'odeur familière, *lui*; les jouets pour chien, les journaux, les livres sous le canapé.

L'agitation inquiète du chien dans ses jambes, elle lui balance un coup de pied, peut-être par erreur, « Va te coucher, mon Cœur », il couine mais se retire, docile, dans la chambre à coucher.

Sur la table basse, l'ordinateur où elle a posté ce soir sur son blog une recette de carpaccio d'anguille. *Tranches d'anguille fraîche taillées finement comme du jambon italien et noyées sous l'huile d'olive et le citron, divin !!* a-t-elle constaté, *divin !!* Deux fois deux points d'exclamation sur ce blog dont elle a encore failli changer le nom ce soir. *Emmy en septembre*, par exemple, ça rendrait bien (même si on est rigoureusement parlant en novembre), elle change souvent le nom de son blog comme ça, en un tournemain, sur un coup de tête, l'effaçant tout de suite après pour revenir au nom initial. Le vieux nom bien connu. Qui a toujours été celui de ce blog, depuis la nuit des temps (trois, quatre ans). EMMY EN PLEIN DANS LA VIE. Mais c'est bien ça qui la fait réfléchir à présent. Est-elle vraiment EN PLEIN DANS LA VIE ? Et EN PLEIN DANS LA VIE, est-ce ceci ?

Qui suis-je dans le septembre doré ? Comme un écho qui lui traverse la tête... D'où ça sort ? Une phrase prononcée un jour par Gusten (maintenant ça lui revient).

Bof. *Emmy en septembre.* Trop coincé, et typique-Gusten, en plus, et d'ailleurs ce n'est pas bon de changer le nom de son blog. Comme dit Gunilla Gahmberg, *quand on change de marque commerciale on risque toujours de perdre des lecteurs,* ce qui serait dommage car le blog d'Emmy est un blog très lu. (Bon, « très » c'est peut-être exagéré, *mais hé,* comme le dit également Gunilla Gahmberg, son mentor, *est-ce qu'on est OBLIGÉE d'avoir une vision négative*?) Même s'il n'a jamais remporté un prix de gala – n'a jamais été ne serait-ce que nominé, ce qui a suscité des réactions dans la blogosphère. *Nominé, apparemment, ça n'arrive que si tu as les bons contacts,* voilà par exemple un avis assez répandu au sein du groupe Facebook « Les autres blogueuses » ou « Nous autres », qui a changé de nom plusieurs fois au cours de ses trois, quatre années d'existence et dont Emmy faisait partie avant que Gunilla Gahmberg ne lui propose son mentorat individuel, de la prendre « sous son aile », comme elle le dit aussi, ce groupe qui avait l'habitude de se rencontrer face to face et Emmy participait parfois car c'était amusant et utile d'avoir un réseau pour échanger idées et expériences de la blogosphère. Bons conseils, astuces, par exemple l'importance de ne pas modifier trop souvent le nom de son blog, car *quand on change de marque commerciale on risque toujours de perdre des lecteurs.*

« No kiddin hey ! » ajoute soudain Emmy, bravache, en

comprenant qu'elle est en train de rassembler son courage pour rouvrir l'ordinateur et faire défiler la page jusqu'au fil des commentaires.

Alors elle allume la télé, appuie au hasard sur la télécommande, dans la pénombre ; un gratte-ciel brûle à Londres, beaucoup de fenêtres, beaucoup d'appartements, plus de vingt étages, les flammes lèchent la façade, lentes, sournoises, ce n'est pas un acte terroriste (elle se souvient de ces images, l'incendie a eu lieu au printemps). Matériaux bon marché, inflammables, utilisés lors d'une récente rénovation bâclée parce que l'immeuble est un HLM, et près de cent personnes périssent dans l'incendie. « Nous sommes des gens qui ne valent rien », une ancienne locataire de l'immeuble, interviewée, dit cela sans rage ni colère mais résignée, comme un constat. Emmy zappe précipitamment, mais c'est encore pire sur la chaîne suivante : un massacre de touristes sur une plage en Tunisie, cadavres sur le sable, sang sur les transats, les serviettes, les crèmes solaires, les journaux, les iPad, les livres de poche, sang sur le sable, corps démembrés. Puis un couple anglais (ils ont l'accent cockney), un homme et une femme âgés qui racontent comment un groupe de personnes poursuivies dans le couloir de l'hôtel par un homme avec une arme automatique ont réussi à se sauver de justesse en s'enfermant dans une chambre, mais la femme qui était la dernière du groupe n'a pas été assez rapide, elle est restée seule dans le couloir, et comme les autres refusaient de lui ouvrir, le mari a été obligé d'entendre les rafales qui déchiquetaient sa femme : grièvement blessée, elle a survécu. Comment s'en sort-on, que devient-on... après un truc comme ça ? En tant qu'être humain ? Et la relation ? Emmy est comme pétrifiée et maintenant ils en sont à reconstituer la séquence à l'écran, *mais n'en ont-ils donc jamais assez ?*

Elle éteint la télé.

« *Il se passe des choses tristes dans le monde et c'est pourquoi je veux – oui, je revendique carrément le droit de penser aux petites choses qui font du bien* », telle est l'une des nombreuses mini professions de foi d'Emmy, sur son blog. « *Les faire, leur donner une voix, à ces menues merveilles* (d'où ça sort, ça ?) *qui font tourner le monde : tricoter des moufles, repasser les draps de ma petite famille jusqu'à ce qu'ils soient vraiment lisses, parfumés et blancs… Témoigner une attention au quotidien, par mes actes surtout.* »

Voilà ce qu'elle a écrit, entre autres, et ça lui a paru convaincant. Mais de plus en plus souvent, pendant qu'elle écrit, et après, quand elle relit son blog, il lui vient une sensation croissante, bien que secrète car il est impossible d'en parler avec qui que ce soit ou de se la formuler à elle-même, vu qu'il ne s'agit pas seulement du blog et de ce qui s'écrit, ou est déjà écrit, sur le blog, ça peut vous assaillir en plein quotidien et vous faire

Oui

De fait

Exploser de rire. Un rire énorme, en pleine face.

Et –

ce qui est vraiment, vraiment comique, bien sûr, c'est qu'elle ne tricote pas (pas du tout, et sûrement pas « toutes les chaussettes d'hiver de la famille avec une laine spéciale que la mère de ma mère… » Elle n'a pas de grand-mère, juste un grand-père) – et elle ne repasse pas non plus (*repasser* les draps, et puis quoi encore…). Et le carpaccio d'anguille sur lequel elle s'est étendue tout à l'heure, doux Jé, d'où aurait-elle tout à coup réussi à se procurer de l'anguille fraîche sous ces latitudes ? Mais la question est : était-ce vraiment un mensonge, car elle s'est *vue* sans le moindre problème en train de tricoter, alors le *potentiel* de vérité existait bel et bien – il existe, plutôt (car elle a toujours continué dans la même veine plus ou moins sans interruption jusqu'à maintenant). Et tricoter ou ne pas tricoter, après tout, c'est quand même assez inoffensif. Pas franchement une BOMBE qu'elle serait en train de fabriquer dans son placard pendant qu'elle tresserait des guirlandes sur son blog pour « illustrer et clarifier sa marque commerciale ».

Mensonge ? Bon, quoi qu'il en soit. Il semble que quelqu'un ait deviné ce qu'il en était. Car un jour au début de l'été elle a trouvé un message dans la zone de commentaires, en lettres noires incontournables. Et elle a répondu un truc léger, preuve à l'appui : une photo de chaussettes qu'elle a, de fait, tricotées elle-même (mais ça remonte à au moins dix ans, en cours de travaux manuels à l'école). « Voilà le résultat ! Joli, non ? » Alors le troll implacable : « Oui, bon, ça date pas d'hier » – comme s'il connaissait aussi la vérité là-dessus.

« Nous avons tous nos trolls. » Voilà ce que Gunilla Gahmberg – blogueuse renommée vers qui Emmy s'est tournée pour demander conseil, « J'ai un TROLL, que faire ? » – a répondu par sms, avant de l'appeler personnellement au téléphone, incroyable mais vrai. « Parfois, il arrive que des trolls se promènent dans la vie sociale. Alors. *Take a deep breath. It may also mean that you are appreciated.* Je veux dire, ton nombre de visiteurs est en hausse, souvent ça attire aussi les indésirables. »

Grâce au troll, Emmy a donc réussi à établir une relation avec Gunilla Gahmberg, la Number One dans la blogosphère, et même à en faire son mentor. « J'aime bien ce que tu fais sur ton blog » a répondu Gunilla par sms un peu plus tard. « Je peux être ton mentor si tu veux. On se voit ? »

« Tu as pensé à ça, Mats, qu'il peut y avoir des trolls qui se promènent dans ta vie sociale ? »

Elle a raconté l'affaire à Mats (qui ne lit pas son blog, et elle lui en est reconnaissante ; c'est tellement agréable, ça, avec Mats, si peu de mots, de déchiffrage de sentiments, et en revanche tant d'autres choses... oui, bon, le sexe bien sûr), elle lui en a parlé en passant, et pas comme d'une chose qui lui causerait spécialement de l'inquiétude. Ce sont des choses qui arrivent sur la toile et, si on veut jouer, il faut aussi assumer les conséquences du jeu.

« Bon, ce n'est pas non plus comme si tu avais reçu des menaces de mort. »

Mats dans la voiture, au volant, haussement d'épaules, petit rire, main tendue, lui a ébouriffé les cheveux.

« Non, bien sûr. » Elle a ri aussi, d'accord avec lui. Et enchaîné sur un ton plus léger : « En soi, le troll peut fonctionner comme un détecteur de mensonges. C'est vrai que parfois on se laisse un peu aller.

— Comment ça ?

— Quoi ?

— Tu veux dire que tu mens ? »

Mats lui a jeté un regard amusé, en coin. Nouveau sourire ensoleillé. Ils sont en route pour un week-end en amoureux, c'est la première fois depuis longtemps.

« Pas directement... mais le troll... a parfois des idées assez nettes. Sur la réalité des choses.

— Pas directement, a répété Mats. Ça veut dire que tu recoiffes un peu la vérité ?

— Que je la recoiffe ?

— Oui, bon, que tu mens. » Nouveau rire. Dans un premier temps, ça l'a mise en colère, et elle a envisagé de laisser libre cours à sa fureur, mais ensuite elle a réfléchi, respiré un bon coup et dit, avec un clin d'œil, en riant elle aussi : « Oui, c'est affreux, n'est-ce pas ? Parfois j'écris ce qui me passe par la tête, je dis que je fais un tas de choses qu'en réalité je ne fais pas, mais en soi, je pourrais les faire, et alors je me laisse entraîner, comme fascinée par ce que je suis en train d'écrire. Comme si c'était quelqu'un d'autre qui écrivait. Bah, je ne sais pas. *Si tu dois choisir entre la vérité et la légende, choisis la légende,* comme disait Therese.

— Therese ? » Elle a vraiment cru le sentir sursauter mais, pour sa part, elle est soulagée d'avoir trouvé une façon de placer son nom, comme ça, direct (quoique en passant).

« Oui, tu sais bien, dans l'émission où elle était interviewée.

— Quelle émission ? »

Il a posé la question sur un ton nonchalant, comme il le fait parfois. Si bien qu'on ne sait pas s'il est sérieux ou non.

« Tu ne te souviens pas ? C'était toute une putain d'émission sur sa carrière et la suite de sa carrière ! Il y a peut-être deux ans ! On la regardait ensemble et après... on n'a plus trop regardé, si tu te souviens. Trois petits points. »

Mats, ça se voit, se souvient très bien, pas seulement à cause de l'insupportable prétentiosité de Therese (l'art par-ci et l'art par-là, *mon art* et blabla, et pourtant elle n'avait joué que dans une série lambda, certes populaire à l'époque mais tout à fait banale et qui avait été abandonnée par la suite), mais avant tout parce que ce souvenir en évoque si étroitement un autre, érotique : car soudain, pendant qu'ils regardaient l'émission, Emmy s'était laissée glisser lentement dans le canapé, avait ouvert la braguette de Mats, l'avait pris dans sa bouche et laissé grossir contre son palais pendant que Therese continuait de pérorer sur la carrière et la vie et ses Nombreuses Relations Amoureuses Ratées. Et l'instant d'après, oubliée Therese à la télé, Emmy et Mats étaient entortillés sur le tapis persan à longs poils au milieu du séjour.

« Tu te souviens ? a répété Emmy dans la voiture, une fois certaine qu'il s'en souvenait, en détail.

— Pourquoi, je ne devrais pas ? » La voix un peu enrouée. Et soudain en route vers la campagne la situation a évolué, est redevenue une fois de plus spéciale et intime. Et elle a pensé, même si elle ne l'a pas dit à haute voix, *nous sommes sans doute assez heureux.*

Je te veux, Mats ! Dit-elle à la pièce plongée dans l'obscurité, car Mats n'est pas à la maison. Il a appelé plus tôt dans la soirée, il était à une fête ; enfin, fête ou pas fête, elle ne sait pas, mais d'après le bruit de fond ça y ressemblait. « Un projet », a-t-il marmonné et elle a entendu qu'il était un peu ivre mais elle n'a pas eu la force de commenter, *elle n'est pas comme ça*, au lieu de cela : « Pas de problème, moi je profite à fond de ma soirée en solitaire. » C'était un peu vrai d'ailleurs, car ils ont passé tout un week-end ensemble, rien que tous les deux pour une fois, et quand on est deux adultes impliqués dans une relation adulte, il est important que les deux parties puissent aussi avoir un peu de temps pour elles parfois (elle a beaucoup écrit là-dessus sur le blog – EMMY EN PLEIN DANS LA VIE LIBRE COMME L'AIR).

« En train de lire des livres de cuisine et de sentir l'appel de la Grèce… », a-t-elle poursuivi mais la communication a été coupée et, quand elle a rappelé, c'était occupé, puis quelques minutes plus tard, ping, un sms « bisous, je rentrerai peut-être tard ».

Et elle est retournée à son blog, la Grèce ! « En ce moment je ressens l'appel de la Grèce, et la famille en profite ! » a-t-elle écrit en introduction à une recette tirée de *The Greek Way of Life*, un livre qu'elle aime bien feuilleter avant de se laisser aller à la rêverie. « Quelque chose d'unique, la Grèce, la lumière, cette simplicité – l'huile d'olive, l'oli–

Oui. C'est là qu'elle en était restée.

Retour sur le canapé. Trouve enfin le courage de rouvrir l'ordinateur, le blog, le dernier post. Et puis, guidée par cette étrange agitation inquiète qui l'habite, de descendre jusqu'à la zone de commentaires.

Tout juste. Le troll est de retour.

Et c'est un bon moment pour éteindre complètement l'ordinateur : commencer par effacer le commentaire, bien sûr, même s'il ne disparaît jamais complètement, même s'il continue à subsister à jamais dans le cyberespace : EMMY EN PLEIN DANS LA VIE, au milieu d'une mer infinie d'autres bêtises insignifiantes – des océans entiers.

Mais, d'accord, le troll a raison. Comme d'habitude. De fait, il n'y avait pas eu de *dîner grec pour deux* samedi soir, mais « l'époux » et elle avaient bien été seuls tous les deux, ce point est vrai. Du samedi au dimanche, et il a plu sans interruption – ils ont fait du feu dans le poêle, ils ont bu du vin, ils sont restés au lit du matin au soir. À copuler comme des petits, oui, lapins, et quand ils commençaient à avoir faim, knackis avec ketchup et purée de pommes de terre en flocons fouettés dans de l'eau car il n'y avait rien d'autre dans le placard. À l'aller, ils avaient été si pressés soudain qu'il n'y avait pas eu le temps d'aller s'approvisionner au magasin.

Un week-end fantastique, donc. Mats et elle, tout ce côté physique qui existe entre eux – existe, un point c'est tout, tellement évident. Elle l'a senti dès leur première rencontre, comme si ces deux corps-là s'étaient cherchés longtemps. Attirés l'un par l'autre, par-delà le temps et l'espace ! Et ça N'A PAS disparu quelque part, ça *existe* et c'est quelque chose qu'elle n'a JAMAIS connu auparavant.

Mats le sait. Ils n'en parlent pas, mais il le sait. Et c'est réciproque. « Tu as quelque chose que personne d'autre… »

Mais le troll sait aussi ? Est-ce possible ? Et si oui, que sait-il ?

Emmy s'est involontairement redressée sur le canapé de son immense séjour, l'ordinateur glisse de ses genoux mais elle le rattrape et le dépose sur la table, à côté de *The Greek Way of Life* – immobile, cœur palpitant : les restes du jour autour d'elle dans la pièce.

Tout ce qui t'est donné peut t'être enlevé.

Memento mori.

Voilà ce qui était écrit. Pas, par exemple, qu'elle est STÉRILE (comme les vaches).

Memento mori.

Était-ce une menace ?

Vite, le numéro de Saga-Lill. La seule personne au monde qu'elle peut envisager d'appeler à cette heure, en pleine nuit, parce qu'elle se sent à présent, comment dire, mal à l'aise. Presque effrayée – petite et effrayée. La seule avec laquelle elle oserait être ainsi, petite et « faible », sans perdre la force, la bonne humeur, l'énergie.

Saga-Lill – avec elle il serait aussi possible de rire, comme on a ri de ce que Gunilla Gahmberg avait entendu dire à son sujet et lui avait gentiment communiqué (à sa demande).

Le coup du « Cochonnet ». Ou la dernière en date : « Mais peut-être qu'elle est STÉRILE ? Comme certaines vaches ? » Exorciser ça.

Memento

Ha ha ha –

Blip, le téléphone.

Ping.

Un sms.

« Voulais juste te remercier pour une excellente recette, j'en ai l'eau à la bouche. Viva Grecia ! Ton blog est juste le meilleur, salutations, Gunilla. Pst je vais commencer à le mettre en lien un peu plus souvent. D'ailleurs je viens juste de le faire. Clin d'œil clin d'œil. »

Back to normal.

Mais ridicule, « ton blog est juste le meilleur ». Quand même, ça réchauffe, et mettre son blog en lien, c'est un beau geste.

Emmy revient à la réalité.

Et pense, rebelle tout à coup : Non ! Saga-Lill, qui ne donne plus jamais de nouvelles, qui ne prend jamais de nouvelles. Pourquoi l'appellerait-elle ?

Saga-Lill qui n'en a rien à faire d'elle et qui la double, en plus, avec son ex.

Son ex. Elle s'immobilise. Car dans la nuit de novembre l'image de Gusten envahit soudain son esprit, prend toute la place. Une tendresse désespérée aussi chez Gusten. En *tenue de triathlon* (ou un truc comme ça). Gusten et ses nombreuses activités. « *J'ai un nouveau hobby, le vol en ballon.* »

Non, il était trop foufou, on ne pouvait pas, ne peut pas, s'empêcher de sourire, et de devenir, comment dire, toute douce à l'intérieur. Non, non ! Elle ne l'aime plus, mais quand même, il lui manque, parfois tellement fort que ça fait mal… Ce qu'ils avaient ensemble, cette légèreté, parfois, *Adults by daylight… Just kids.*

Oui, puéril aussi bien sûr, mais…

En tout cas, dans la tendresse, l'amour, un monde vaste et ouvert.

Et oui. L'amour, son amour à elle, et le sien à lui, si désarmant –

Une jungle touffue de mots pour décrire ses sentiments, mais soudain en pleine cascade verbale il s'interrompait, devenait muet, la regardait intensément et disait :

Bon, c'est sûr, il y a aussi simplement la possibilité que je t'aime.

Comme sidéré, et d'y penser Emmy se sent encore toute chaude à l'intérieur. Quelque chose à quoi songer par ces soirées, nuits, silencieuses, solitaires… (quand on ne sait pas trop où on en est).

Dans le septembre doré (bien qu'on soit maintenant en novembre) : qui suis-je ?

Gusten. Que fait Gusten maintenant ?

Vole en planeur, court le marathon, escalade des rochers. S'entraîne pour le triathlon.

Et son dernier projet en date : vol en ballon. Ha ha.

Et qu'est-ce que je ressens, au juste ?

Non, pas de l'amour, mais en quelque sorte : le sentiment d'avoir autrefois partagé les débuts, un tâtonnement – une maladresse.

Gusten en tenue de triathlon (elle s'en souvient). Un jour, il y a environ un an, alors qu'elle était dehors avec le chien, une voiture avait ralenti à sa hauteur : la Porsche de Gusten, avec Gusten à l'intérieur, vêtu d'une sorte de panoplie, casque et combinaison d'athlète collante (dont elle a contemplé la splendeur sans pouvoir retenir un sourire).

Gusten était descendu et l'avait embrassée, une étreinte sportive, comme en passant. « En route vers l'entraînement de triathlon », avait-il expliqué en peu de mots, ce qui était inhabituel pour lui en compagnie d'Emmy. Toujours ces explications : *je me sens* par-ci et *mes sentiments* par-là, il était incapable de parler court quand il était avec elle. Et vraiment attirant : *supercanon* ! Il l'était encore, bien sûr, et surtout là, quand au lieu de paroles il lui avait décoché un étincelant, un énorme sourire plein de dents où il était en quelque sorte possible de se reposer – regard brillant, intense posé sur elle, un matin de printemps en banlieue. Oui, fantastique : au lieu de mots mots mots un grand, grand silence inattendu.

Un instant.

Et tout à coup elle s'était trouvée à court de mots elle aussi. En silence, ils s'étaient regardés. Comme dans un film (ou une chanson pop).

After all this time – comme deux…

Deux… oui, que dire ? Deux idiots ?

Deux fools autrefois in love.

Et ensuite bien sûr Gusten s'était remis à parler. À *bafouiller* un truc incohérent sur son nouveau hobby qui était l'escalade.

« Mais tu es en tenue de triathlon ! s'était exclamée Emmy à son tour, l'interrompant au milieu de sa première phrase, gênée d'une certaine manière par la situation.

Et Gusten s'était tu, l'avait dévisagée avec le même regard sourd plein de dévotion toujours suivi, du temps où ils étaient ensemble, par la même phrase prononcée à voix basse :

Et puis, Emmy, il y a aussi simplement la possibilité que je t'a–

Mais cette fois, la réplique n'avait pas été prononcée. Rien de plus n'avait été dit, Gusten avait juste jeté un regard théâtral à sa montre en marmonnant : « Ouh là. Si tard. Faut que j'y aille. » Avant de tourner les talons, de sauter dans la voiture et de démarrer en trombe.

Et là, dans l'obscurité du séjour, en pleine nuit (l'écran affiche 00:53) Emmy sent les larmes qui commencent à couler sur ses joues. Soudain, c'est une cataracte. Elle pleure bruyamment, sans retenue, inconsolable, comme un enfant. Sa main s'empare du téléphone et d'un geste automatique, ping, fait apparaître le nom de Gusten et l'appelle.

Il répond, c'est simple comme bonjour, voilà, il est au bout du fil. « Emmy, que se passe-t-il ? Il est arrivé quelque chose ? » La voix de Gusten, inquiète, intense et agitée. « Qu'y a-t-il ? Emmy ? » Dans tous ses états, et elle, du coup, redouble de sanglots. « Gusten, chante-moi une berceuse », réussit-elle à dire. « Chante jusqu'à ce que je m'endorme…

— Emmy.

— Gusten, s'il te plaît. »

Et c'est ce qu'il fait. Au téléphone. Il lui chante sa berceuse préférée. Une vieille chanson qui parle d'une maman troll qui attache ses onze bébés trolls par la queue et leur chante les plus belles paroles qu'elle connaisse : « Oh ayayayay Buff Oh ayayayay Buff Oh ayayayay Buff Buff »

Hey Kid, je suis là, Kid
Tout va bien se passer, Kid –
Buff, buff.

Et pendant qu'il chante, elle s'apaise. Complètement. Et lentement, elle coupe la communication, alors qu'il chante encore. Se dirige vers la salle de bains à grands pas décidés. Sort un test de grossesse (encore un) de l'armoire à pharmacie. S'assied sur les toilettes, fait pipi en tenant la tige dessous. Attend.

Quelques minutes plus tard le résultat apparaît. Elle est enceinte.

Mais bien sûr. C'est comme une décharge. Toute tension la quitte, et soudain elle sent à quel point elle est fatiguée. Elle éteint la lumière dans la salle de bains, retourne à pas de loup dans la chambre en emportant la tige du test, se déshabille, enfile son pyjama, se glisse sous la couverture, la tige sur la table de chevet, le chien tout contre elle.

Et s'endort.

Juste avant de s'endormir, ça la traverse, mais c'est très calme, ça aussi, plutôt comme une intuition, quelque chose qu'elle a toujours su sans le savoir : *Memento mori. Tout ce qui t'est donné peut t'être enlevé. Il s'agit de s'en souvenir.*

Saga-Lill dans la chambre de Joel à Gråbbå, l'une des premières choses qu'elle lui dit. Elles viennent de se rencontrer, Saga-Lill est entrée et a trouvé Emmy en boule sur le lit de Joel. Elle la regarde et elle dit, à voix basse, sur le ton d'un constat factuel : *Memento mori. Il s'agit de s'en souvenir –*

Attends un peu. Saga-Lill. Le troll.

Mais damnation : *c'est elle !*

Quand elle se réveille, quelques heures ont passé, il fait encore nuit. Mats est assis près d'elle sur le bord du lit, son manteau sur le dos, un trench-coat clair, hors de prix, il sent l'alcool.

Emmy ensommeillée se redresse. « Quelle heure est-il ? Qu'est-ce qui s'est passé ?

— Je dois t'avouer quelque chose, Emmy, dit Mats. J'ai été infidèle. Mais ça ne veut rien dire. C'est toi que j'aime.

— Je suis enceinte, réplique-t-elle.

— C'est Therese. Ça aussi, je dois te le dire. Mais c'est toi que j'aime. Ça ne se reproduira pas.

— Je suis enceinte », répète Emmy, soudain très réveillée, le regard braqué sur lui.

« Est-ce que tu me fais confiance, Emmy ? » (Mats, quelques heures plus tard : ils sont restés éveillés, ont parlé, pleuré, fait l'amour, ri – ils vont avoir un enfant ! – se sont serrés dans les bras l'un de l'autre).

« Est-ce que tu m'aimes ?

— Je t'aime », dit-il, encore, encore, et la prend dans ses bras.

Les photos d'Emmy, 2

… Encore en note dans la marge : « UN GRAND SOURIRE ÉBLOUISSANT », *« I once had a farm in Africa » « les dentistes voraces », et ainsi de suite. Goûter ces mots-là. Pas très imaginatifs – ou bien ?*

Non, ça me frappe maintenant, l'un des derniers soirs, alors que je suis dans ma vieille chambre noire (les toilettes des invités, dans le grand appartement de Gråbbå), en train de la démanteler, trier photos, photos, photos, millions de photos d'Emmy, surtout, photosphotosphotos – que c'était peut-être la vérité sur nous, la petite famille, Bror et Karen, Joel et moi. Que nous n'étions sans doute pas si inouïs, désinvoltes, fantaisistes – si « out of Africa », le côté luxuriant, énigmatique, les grands espaces. « Tout l'immense continent, la grande lumière, les grandes ombres – TOUT *est si démesuré là-bas en Afrique, y compris les ombres. » Maman au sommet de sa forme, dans l'âge d'or, parlait ainsi après deux, trois gin-tonics, avec les invités ou avec n'importe qui, ceux qu'elle rencontrait dans le « contexte de la petite ville ». Ses propres paroles, prononcées sur un certain ton, après, au dîner, en famille, et bien sûr la fille réservée et sarcastique que j'étais à l'époque pouvait trouver ça ridicule mais aussi un peu marrant. Au concert annuel de la chorale, au Rotary, chez les Zonta, les Martha et autres amicales de Femmes : maman qui faisait son show, et elle était crédible car personne à Gråbbå n'était allé en « Afrique », et sûrement pas de cette manière. Et personne n'avait lu Karen Blixen :* La Ferme africaine, *les* Contes gothiques. *À Gråbbå, les gens lisent* Le Vieux qui ne voulait pas fêter son anniversaire *et* L'Alchimiste. *Ça je le sais, je suis bien placée pour le savoir, car j'ai travaillé à la bibliothèque de Gråbbå trois étés de suite.*

Et nous n'étions peut-être pas si incroyablement vivants non plus, ni cultivés.

« Strindberg avait une chambre rouge mais moi j'en ai une bleue ! » (maman à l'âge d'or à propos de son bureau récemment aménagé dans l'appartement de Gråbbå). « C'était un restaurant, maman ! » (moi, sa fille, à l'âge d'or). « Quoi ? — La Chambre rouge. *C'était un restaurant. »*

« Quand je prendrai ma retraite je vais enfin lire la Recherche… *En entier, les quatre tomes. — Il y en a* SEPT, *maman. »*

Et pas non plus, ainsi que la suite l'a démontré, invincibles ni éclatants dans notre supériorité.

Mais voilà (sur Facebook) Gunvej, Bror, au sommet d'une montagne norvégienne ou debout à côté d'un canoë au bord d'un fjord quelconque.

« Ma merveilleuse épouse Gunvej – donnez-lui plein de J'aime ! »

« Tu lui as parlé ? Tu es en contact avec lui ? (Maman dans la cuisine, est-ce un interrogatoire ?)

— Non, maman. »

Je réponds, docile – mais en vrai, de plus en plus souvent, pendant que je fais défiler ces statuts et commentaires idiots, il arrive que j'aille sur Messenger quand son bouton de connexion est allumé. Sinon pour écrire quelque chose, du moins pour être là, dans le cyberespace, quelques instants, avec lui.

« Stylé, stylé. » (En norvégien.)

« You're one hell of a lucky guy. »

Et dans la tête

parfois

toutes sortes de choses. Des moments de proximité.

En privé. Presque défendu : papa.

Parfois à l'automne, longues promenades le long de plages désertes (c'était en « Afrique », dans cette ville estivale où nous vivions, tellement déserte, froide et venteuse l'hiver, mais il y avait la mer. On prenait la voiture jusqu'à la réserve naturelle qui était juste à côté, on mettait de grandes bottes et on traversait la forêt, on débouchait sur les rochers glissants, la mer grise, agitée, sous la tempête, et nous deux, rien que nous deux – seuls avec la mer, à crier vers la mer, à hurler, pour essayer de la dominer, comme des bêtes).

Ou, plus tard, à Gråbbå, parfois le matin : juste marcher, suivre la route qui quitte Gråbbå, qui coupe le paysage comme un trait humide, quinze kilomètres jusqu'à la nationale, et retour.

Ne pas se souvenir de ce qu'on disait, de quoi on parlait. Se souvenir de la main posée sur l'épaule, d'embrassades rapides.

Papa. (Pas Bror.)

Papa et moi. Ça avait existé, ça aussi. Ce qui n'avait appartenu à personne d'autre, ce qui était juste à moi.

« Une petite famille, dans son instant de plus grande faiblesse, c'est là qu'elle est PASSÉE À L'ATTAQUE. *(Maman, à propos de Gunvej, dans la cuisine de Gråbbå, vin et mots croisés, après tant d'années.)*

— Maman !

— Comme un serpent.

— MAMAN *! »*

Une famille tout ce qu'il y a de banal et d'insignifiant donc. Qui s'est fracassée.

Ou qui, comme tant de familles, pour différentes raisons, a été dissoute.

Après la mort de Joel et le départ du père (lâche, minable : un soir il est sorti et il n'est pas revenu. Il a dit qu'il allait à une réunion du Rotary, mais après coup il s'est avéré que tout avait été prémédité. Gunvej avait chargé la voiture de location avec le strict nécessaire. Voyager léger. On n'avait pas besoin de grand-chose puisqu'on était amoureux et qu'on partait à deux vers la liberté).

FREEDOM. *Ainsi qu'il l'avait écrit sous la photo postée sur Facebook à son arrivée quelques jours plus tard en Norvège, pays de Gunvej, où allait commencer la nouvelle vie. Un homme de dos, en veste de satin bleu nuit, et* FREEDOM *en lettres scintillantes incrustées dans le tissu.*

J'avais failli lui écrire : « Papa, enlève au moins ça. » Mais je ne l'ai pas fait. Pas possible. Parce que c'était idiot, aussi, comme si j'avais honte. Devant les paroissiens de Gråbbå, carrément, devant tout et tous. À la fin je n'ai rien écrit, car en allant sur Messenger j'ai vu que j'avais déjà un message de lui. Celui qui commençait par : « Ma chère petite fille, ce n'était pas mon intention que les choses se passent ainsi – »

Un message auquel il a été impossible de répondre sur le moment, et encore à ce jour.

Comment ça avait commencé (la dissolution de tout) ? Si ça se trouve, ce n'était pas du tout au moment de la mort de Joel – mais il y avait clairement eu un avant et un après.

J'avais seize ans, et mon frère un an de moins. Joel et moi. Ni lui ni moi n'avions rempli les critères, si on pense à ce qu'auraient dû être les enfants d'une Karen et d'un Bror : des enfants « dorés », des personnalités exceptionnelles. J'étais timide, et Joel était timide (au moment de sa mort, l'attention générale, à Gråbbå, s'était surtout focalisée sur l'autre garçon du village qui avait péri dans l'accident : Edvin Bäck, le grand espoir des skieurs juniors de l'AS Gråbbå).

Joel était sportif. Compétiteur junior en ski tout terrain, technique classique. Pas un talent hors normes, mais un membre de l'équipe, une ressource pour l'épreuve du relais, sobrement apprécié. Y compris par moi, mais nous n'avions jamais été spécialement proches. Rien de rare, là non plus, nous n'avions pas les mêmes centres d'intérêt, c'est tout ; nous étions différents. Il était le garçon, avec son sport et ses scouts, et ça avait déjà commencé bien avant, « en Afrique ». Dans cette famille qui, j'ai commencé à le comprendre après le départ de papa, était composée de bêtes de foire. Karen, Bror : deux êtres qui faisaient bruyamment étalage de leur art de vivre, ou quoi, ou qu'est-ce. Ce truc, là, plus grand que nature (comme on disait), Out of Africa, *comme s'ils étaient sur une scène – chacun engoncé dans son « Finland-Raincoat » (un modèle de chez Peterman, ça aussi,* **Remember the Day you walked along Mannerheimintie to the Finlandia Hall…***).*

Quand il pleuvait, ce qui arrivait souvent dans cette petite ville grise, une véritable non-entité sur la carte, où ils s'étaient retrouvés par un parfait hasard.

Eux qui venaient « d'Afrique » (une façon de parler presque incompréhensible, bizarre, ridicule, impossible à saisir, même à titre de langage codé).

Mais des bêtes de foire, tous autant qu'ils étaient, et c'était une découverte désagréable. Car avant la dissolution je pensais que j'étais la seule bête de foire dans cette famille, et ça ne m'avait pas paru triste, au contraire. Il y avait presque une sombre jouissance à l'être, au milieu de toute cette clarté, proclamations joyeuses, vêtements en lin – sur fond de dents qu'on brossait, forait

remplissait de plombages

une pomme par jour éloigne les caries

à être la créature silencieuse avec ses livres, le rat de bibliothèque sur son quant-à-soi, La Solitaire ruminante, The Outsider (l'un des livres que je portais énergiquement sous le bras). Je me complaisais dans ma marginalité : me voilà, errant comme une étrangère parmi vous, et la solitude qui s'épaississait autour de moi presque comme une nappe de BROUILLARD.

« Je dois établir ce qu'est le monde à partir de ma propre Solitude. »

Je n'avais pas souffert. J'avais apprécié cette solitude. Elle était sécurisante. Car j'étais malgré tout aimée, reconnue, dans ma famille.

… Voilà notre fille qui se promène avec la littérature internationale sous le bras, murmuraient les parents, une mère flashante, un père flashant, avec un orgueil mal dissimulé, en pleine cocktail-party.

Un murmure théâtral qui s'entendait partout.

Et après, ensuite, tout envolé.

Silence muet résonnant aux oreilles, les lapins, un grand blanc.

Mais avant l'accident et la trahison de papa le monde pouvait se définir ainsi : j'étais Saga-Lill avec ses livres, et Joel était le garçon avec son sport. Et Gunvej qui accueillait les patients au cabinet était « la Norvégienne dynamique » (à la table familiale, dans ce qu'on croyait être une joyeuse complicité, mais attention ! jamais condescendante. Pas de malentendu : à l'âge d'or, il n'y avait aucune méchanceté, seulement de l'humour en toute bienveillance. « Dynamique », c'était tout simplement parce que le grand hobby de Gunvej était la vie en plein air ; elle adorait être dehors, bouger, se dépenser, elle en parlait d'ailleurs sans cesse. Elle était du genre à avoir un seul remède pour toutes les situations : ouste, sortir, marcher, randonner, courir, s'oxygéner le corps – et on pouvait la voir, dans ses éternelles tenues de sport, faire des allers-retours en ahanant sur le chemin qui conduisait à la nationale). Et Emmy Stranden, la petite blonde, mignoonne (presque comme un bébé chien). La toute petite PETITE AMIE *de Joel (comme une curiosité, petite chose toute douce), une poupée à boucles, comme l'avait dit maman huit jours avant l'accident.*

Et ensuite, après l'accident, à moi : « TOI, *tu t'es fait une copine ? » Avec, cependant, il faut le dire, enthousiasme de la part des deux parents.*

« Ben quoi ? »

Leur étonnement. Mais soulagés aussi, contents, de façon tout à fait sincère. Joel était mort, et à côté du chagrin, du choc, quelque chose de vulnérable venait de se révéler en eux, tout ce qui t'est donné peut t'être enlevé. Et avec une conscience nouvelle, quoique tacite, de ce à quoi pouvait conduire cette vulnérabilité, on pouvait devenir si épouvantablement seul. Et d'une manière tout à fait inédite. Voilà peut-être ce qu'exprimait cette inquiétude sincère, soudain, pour leur fille qui avait toujours été seule, qu'allait-il advenir de moi ?

« Je ne réfléchis pas beaucoup, a déclaré Emmy assez vite. Et un autre truc. N'attends pas trop de choses de moi. Je n'ai pas d'imagination. »

Et j'ai senti que ces mots étaient comme une douce musique à mes oreilles. Imagination. Bror et Karen. L'Afrique. « I once had a farm. »

Vite, quitter l'Afrique.

Imagination. Je n'en pouvais plus des gens pleins d'imagination. Y compris moi (« la bête de foire avec ses livres »), que je commençais soudain à voir de l'extérieur, à travers le regard des autres. Bror était déjà avec Gunvej, leur liaison avait été découverte, ils s'étaient enfuis ensemble. Et pour maman, rien à quoi se raccrocher à part quelques sms mélodramatiques laissés sur son téléphone : « Merci pour tout… Je dois… »

Et ainsi de suite, etc.

« Trop merdique », a dit Emmy, qui avait été témoin à la fois du chargement de la voiture de location et du départ proprement dit. Car Gunvej était la voisine d'un de ses frères, dans un immeuble où elle se trouvait par hasard en visite à ce moment-là. Et après, elle m'a prise par le bras, elle m'a regardée en disant : « Hé, t'inquiète, on s'en fout, tout va bien se passer. »

C'est comme ça qu'Emmy est entrée dans le paysage, pour moi, pour de vrai. Je l'ai trouvée sur le lit de Joel sous les portraits de ses idoles, les skieurs norvégiens Vegard Hulgaard, Sigred Strömsted, Magne Storfjärt et quelques autres.

Qui suscitaient une telle rage au cœur : larges sourires de médaillés d'or sous la pluie dans la lumière crue du soleil d'hiver. Sourires de pluie.

Petite Emmy, dans un blouson trop petit (tout ce qu'elle portait à cette époque était « trop petit ». Un physique, un corps comme ça, qui semblait prêt à exploser hors de ses vêtements et pourtant si lumineux ; ce qu'elle dégageait, lumière, lumière, lumière).

Et la première chose, en vrai, que je lui ai dite : « Memento mori. Tout ce qui t'est donné peut t'être enlevé. Il s'agit de s'en souvenir. » Mot pour mot, comme la petite péteuse que j'étais aussi à cette époque, par tous les temps.

Le nez en l'air, impertinente.

Mais à présent si épouvantablement triste, ANESTHÉSIÉE.

« Ma chère petite fille, ce n'était pas mon intention que les choses se passent ainsi… »

« Traite-moi de lâche, mais c'était nécessaire… »

« Ça ne change absolument rien… »
« Je t'aime toujours autant… »
« … Il faudra que tu viennes nous voir… »

Et là, maintenant, dans ma vieille chambre noire. MAINTENANT *je prends mon téléphone, je vais sur la page Facebook de mon père, sur Messenger : les yeux fixés sur ce message désespérant, qui soudain ne me fait plus rien, aucune douleur, car tant d'eau a coulé sous les ponts, ça fait si longtemps. Une pensée agréable, libératrice.*

Et tout à coup : point vert. Il est là. J'imagine la fenêtre qui apparaît sur son écran. Qui signale que je suis là. Enfin. Et que je lui veux quelque chose.

Il doit s'attendre à voir apparaître la bulle indiquant que je suis en train d'écrire.

Au fait, pourquoi pas ? Le cœur palpitant, je commence, « Papa »… Au même moment, sur l'écran : « Saga-Lill ? C'est toi ? » *Et je perds mes moyens. Pas maintenant, j'appuie sur le x en haut à droite et je verrouille mon téléphone.*

Retour dans la chambre noire. Toutes les photos d'Emmy.

L'image d'Emmy. Dans son blouson beaucoup trop petit. Elle avait toujours l'air d'avoir froid. Mais pas du tout. Emmy était plus forte que tout et que tout le monde.

Soudain un sentiment : toutes ces photos d'elle ne me disent plus rien. Alors je prends le grand sac-poubelle noir et je fourre à l'intérieur tout le « laboratoire », les accessoires, les liquides, les clichés, les planches-contacts et les négatifs d'Emmy et du reste.

Par terre, tout au fond derrière les WC, un tas de vieux journaux datant des jours et des semaines après l'accident. La une, entièrement noire : vingt blessés et huit morts. Les photographies du lieu du drame. Les interviews des survivants et des proches. Celle des parents d'Edvin sur le lieu de l'accident, quelques heures après les faits. Si fragiles, misérables, en état de choc. « Il n'est plus là. » Et c'est affreux bien sûr (on en avait parlé d'ailleurs à l'époque, le sans-gêne qu'il y avait à importuner ainsi les parents aussitôt après).

« Il n'est plus là. » Et Joel non plus. Et Emmy non plus.

Et quand il n'y a plus rien à jeter, je traîne les sacs-poubelle dans le couloir. Je les laisse avec tous les autres sacs-poubelle qui vont être conduits à la décharge demain.

Tableau : Emmy en décembre

Après coup elle ne sait plus où elle se rendait ni d'où elle venait : l'agence pour l'emploi, le centre médico-social ? Elle était en ville, la vraie ville, la capitale, se promenait, deux semaines avant Noël, toutes ces guirlandes scintillantes et les gens qui se déplaçaient en horde le long des trottoirs.

Arrêt au feu rouge, autour d'elle une petite foule, des touristes surtout, ils parlaient une langue étrangère, était-ce du japonais ? Quoi qu'il en soit, elle avait froid, avec ce vent, toujours ce vent glacé qui balaie les rues et les ruelles de la capitale, c'est à cause de la mer, dit-on, si ça souffle autant là-bas.

Et pendant qu'elle était là, au milieu de tous ces gens, à demi morte de froid, soudain elle l'a vu. Mats. Sur le trottoir d'en face. Elle, contente, prête à agiter la main et à crier : « Mats ! Je suis là ! » Mais alors, chose étrange : il a fait demi-tour, il s'est mis à courir. Comme s'il voulait lui échapper.

Le feu est passé au vert ; elle a commencé à courir elle aussi. Mats avait une petite avance, car il y avait beaucoup de monde, elle devait bousculer les passants, se faufiler dans la mêlée.

Avec la sensation de le pourchasser, à travers les rues, les quartiers qui descendaient vers la place du marché, les quais, le port.

Parfois elle le perdait de vue, avant de l'apercevoir de nouveau.

Et là, sur la place, où c'était le marché de Noël – oui. Elle était là. Therese. Elle l'attendait. Emmy a vu Mats aller à sa rencontre, elle a vu comment il l'a touchée, pas vraiment embrassée mais quelque chose de rayonnant dans la façon de l'entourer de son bras, de la serrer contre lui. Et ils ont disparu dans la foule du marché, ensemble, joyeux, rieurs.

Comme dans un film. Irréel. Elle-même est restée plantée là, yeux écarquillés. Juste avant qu'elle ne les perde de vue, il s'est retourné. Il a regardé dans sa direction. Droit vers elle. Mais il ne l'a pas vue.

Comme si elle n'existait pas. Et soudain à cet instant elle a pensé à autre chose, qui remontait à l'été. Cosmo Brant était venu à l'animalerie et l'avait fait poser pour une photo avec un lapin dans les bras (le lapin qu'une des filles, là, avait récupéré après la fermeture définitive du magasin. Elle voulait un hamster, mais Emmy n'avait pas dû argumenter très longtemps pour obtenir qu'elle embarque le lapin – le dernier, qui n'avait pas trouvé preneur – en prime).

La photo était devenue une affiche, qu'il était passé lui montrer.

« Pas mal, non ?

— Qu'est-ce que c'est ? »

Car elle n'avait rien compris. Une femme, qui était elle, même si ça ne se voyait pas puisqu'elle était de dos, une ombre chinoise, avec l'ombre chinoise d'un lapin dans les bras – on ne voyait que sa tête, et ses longues oreilles.

Une fille de l'ombre, et au-dessus d'elle le texte *Qui a tué bambi ?*

« L'affiche de mon premier long métrage. Jusqu'à nouvel ordre, la couverture du dossier, pour convaincre les investisseurs potentiels. Tu n'es pas fière ?

— Pourquoi je le serais ? »

Elle s'était fâchée parce que l'image la mettait mal à l'aise sans qu'elle puisse vraiment expliquer pourquoi.

Mais lui, Cosmo, s'était contenté de rire dans le magasin, dernier jour avant la fermeture, et il était parti.

« La mort de l'innocence. *Qui a tué bambi ?* D'après une vieille chanson des Pistols. C'est de ça que parle le film. » Avait-il dit au moment de la photographier.

Ces phrases qui ressurgissaient dans sa tête maintenant, six mois plus tard, là, au beau milieu du rush de Noël qui continuait autour d'elle sur le marché du port, guirlandes, lumières et odeurs sucrées de Noël dans le nez malgré le froid et le vent brutal qui arrivait de la mer.

Et cette image horrible : la fille-ombre avec le lapin dans les bras, une inexistante, du vide. Et elle a pensé : c'est moi.

Lentement, elle a fait demi-tour vers le centre-ville. Comme anesthésiée, il n'était plus possible de penser quoi que ce soit, mais tout à coup, en pleine rue de Noël, Gusten. Elle a failli lui rentrer dedans.

« Emmy ! » Il l'a regardée. Et elle – bien entendu – a fondu en larmes. Debout, là, en pleine rue, en larmes, bouche ouverte. Il l'a serrée contre lui, serrée, serrée, il ne la lâchait plus. Et elle, incapable de dire quoi que ce soit sauf, entre deux sanglots : « Je suis enceinte. » Et elle a continué à pleurer.

Préparatif à la descente dans le noir de Gusten Gripe

« UN BALLON QUI PLANE EN LIBERTÉ SE DÉPLACE À LA VITESSE DE L'AIR »

MAYDAY MAYDAY

Quand il rentre chez lui ce soir-là, Gusten a trois messages de Cosmo, et tous commencent de la même façon.

Mayday Mayday grandes nouvelles –

Il ne les ouvre pas.

« Je suis enceinte. »

C'est ça qui le submerge. Elle est enceinte. Emmy attend un enfant.

Le voilà à présent qui se déshabille au milieu de l'entrée – se défait de tous ses vêtements et, dans sa tête, de la « tenue de triathlon » en particulier. Car il se rappelle soudain la réaction d'Emmy, ce jour d'automne – une autre année, un autre automne – lorsqu'ils s'étaient croisés par hasard dans le quartier des villas. Comment elle l'avait regardé, scruté, un instant, avant de dire : « Mais Gusten, tu es en tenue de triathlon. »

Le chien au bout de la laisse, comme s'il le dévisageait lui aussi. Avec un air de triomphe.

Après qu'il lui avait expliqué qu'il n'avait pas une minute

à lui, sa nouvelle vie si riche, si pleine. Par exemple là, à l'instant, il devait filer car il était attendu pour une réunion importante.

« Elle commence dans cinq minutes ! »

Tout en restant planté sur le trottoir, immobile, comme un chewing-gum, collé.

Alors oui bien sûr : elle l'avait démasqué en train de jouer le coup classique – feindre que la « nouvelle vie » avait juste attendu pour se manifester qu'on s'extirpe de la précédente relation amoureuse. Il avait été quitté de façon abrupte, mais « pour être tout à fait honnête », avait-il tenu à souligner lors de la rupture, lui non plus ne s'était pas senti « vraiment satisfait » ces derniers temps… va savoir ce qu'il entendait par là, lui-même en tout cas n'en avait aucune idée. La « nouvelle vie » était si riche et enrichissante qu'on était obligé de courir de réunion en réunion, de fête en fête, de personne intéressante en personne intéressante, et « toutes ces femmes, oui, toute la vie sociale, si fructueuse ». Vraiment. « Comment le côté professionnel se synchronise avec le côté privé », et blabla, grimace tordue, *l'agent de l'enfer* dans l'immobilier – et l'entraînement pour le triathlon « qui demande beaucoup, mais vous donne d'autant plus ».

« Pourquoi parles-tu comme ça ? On dirait un professeur.

— Et alors ? C'est un problème ?

— Non, pas du tout. Juste un peu inhabituel, mais… En quoi est-ce que ça me concerne au fond ? Dépêche-toi, tu vas être en retard !

— Où ça ?

— Tu n'as pas dit que tu étais pressé ? »

Petit rire, l'œil pétillant, ils avaient dû se séparer et Gusten avait couru comme un possédé, direction nulle part car il n'avait bien évidemment aucune réunion en perspective et le triathlon, c'était surtout une idée, une possibilité, s'adonner à ça, hobby étrange, nom de code pour une autre vie possible mais, dans l'immédiat, il ne faisait que courir, comme il l'avait toujours fait, jogging sans but à travers les banlieues ouest de la capitale chaque matin de semaine avant le travail. Et de plus en plus souvent dans le quartier des villas, bien sûr. À cause d'elle, Emmy (bien sûr).

Il avait fini par échouer dans toutes sortes d'endroits – pas toujours, mais parfois ; d'autres lieux, sans lien avec elle, de vieux coins comme le Beach Fucking Club abandonné de Cosmo par exemple. L'aire de pique-nique au bord du lac – ou le parcours sportif autour du lac, où il se retrouvait parfois scotché longtemps à regarder la maison des Häggert entre les arbres, au fond de la baie, de l'autre côté. Le Vaisseau Hanté. La maison de Nathan. (Et l'air d'abandon, ensorcelant en soi, bric-à-brac partout dehors, fenêtres béantes au premier étage, même si on ne les distinguait pas, mais facile à imaginer, la maison « Bad Karma », « la vie négligente », et ainsi de suite, comme disait Cosmo.)

Et parfois il avait été obligé de s'arracher de là pour ne pas prendre racine.

Mais il court donc aussi ailleurs. Dans la banlieue voisine, où il vit lui-même désormais dans une « garçonnière », un « rêve minimaliste » (qu'il essaie de vendre, sans trouver acquéreur). Pas loin de la maison du vétéran où Emmy et lui ont vécu ensemble pendant trois ans, rénovée maintenant, famille avec enfants et jardin ombragé bien entretenu.

La maison des *Just kids*. La maison *I believe in sunshine*, la maison *I'm singing in the rain*.

Mais là, il y a une demi-heure à peine, ou le temps qu'il faut pour foncer avec la Porsche du centre-ville à cette banlieue arborée, cet appartement propre, vide, son nouveau chez-lui qui coïncide bien avec le concept de « dépouillement » – un mot que, tout agent immobilier qu'il soit, il préfère à l'expression « rêve minimaliste » et à toutes les locutions dans le même style qu'il excelle à composer quand il s'y met, ce qui n'est pas tous les jours. Mais bien qu'il ne se donne aucun mal, énorme succès dans la profession, tout cet argent qu'il gagne – la Porsche comme une sorte de preuve de –, oui, la frivolité de cette vie, car c'est bien ce qu'elle est, *frivole*, apte à résumer une certaine attitude : comme s'il était, c'est difficile à expliquer, en train de se vendre lui-même, de s'imposer au monde, d'être *à lui-même son meilleur maquereau, et attention C'EST MOI qui arrive* –

Il y a une demi-heure à peine, il l'a donc vue. Croisée, par hasard. Si, cette fois c'était vraiment un hasard.

En plein rush de Noël. Elle venait vers lui. Ou plutôt soudain elle s'est matérialisée devant lui, ils ont failli entrer en collision. « Emmy. » Neige dans ses cheveux, les yeux brillants comme des étoiles de neige (que c'est beau, étoile de neige, comme des mots inventés rien que pour elle).

Elle l'a dit, tout de suite : « Je suis enceinte. » Et elle a fondu en larmes. « Je suis si heureuse. » Lui tombant dans les bras, sans cesser de pleurer. Il lui a fallu plusieurs minutes pour se calmer et alors elle a répété : « Je suis si heureuse. »

Et il a compris : *Fini, partie pour toujours, ne reviendra plus.*

Pensée glaçante – mais comprendre, vraiment saisir quelque chose dans l'instant, ce n'est pas la même chose que de comprendre pour la vie, l'éternité. Ça, ce n'est que dans les romans. Parce que c'est si facile à écrire.

Et il aimerait pouvoir le dire à quelqu'un. Pas à n'importe qui. À elle. Il voudrait le lui dire à elle.

Qu'il a son parfum, son odeur, en lui, partout. Mais à quoi bon. Alors :

Déshabille-toi de ton amour, Gusten Gripe.

Déshabille-toi de ton amour, maintenant.

Et c'est ce qu'il fait – pantalon, chaussettes, caleçon tombent sur le parquet. Puis il va sous la douche. Y reste longtemps. Se sèche, s'habille. Coup d'œil au téléphone, ne peut s'empêcher de lui envoyer un petit message en voyant qu'il n'a rien reçu d'elle.

« J'espère que tu es bien rentrée. Prends soin de toi. » Écrit-il après une demi-heure de réflexion. L'envoie, et se force à ne pas rester assis le reste de la soirée à attendre une réponse. Ramasse les vêtements dans l'entrée, les fourre dans le lave-linge de la cuisine « compacte » qui combine lave-linge, séchoir, lave-vaisselle dans un espace ultra-réduit, remarquablement silencieux, en plus, tous ces appareils – s'il était éméché, il décrirait cet appartement comme un « rêve de célibataire ». D'ailleurs il l'a déjà fait car il a essayé toutes les méthodes, mais ça ne marche pas ; à cause du prix délirant, bien sûr. Mais le vendeur est radin, il refuse de baisser, et puis l'appartement est trop grand pour un « célibataire » tout en étant trop petit pour une famille, alors il est obligé de continuer à se battre, ivre ou sobre – pour lui, ça ne fait pas une grande différence, même si le propriétaire croit qu'il lambine parce que l'appartement lui plaît et qu'il ne veut plus le lâcher, bof oui, bof non, il n'en a pas besoin : s'il n'habite plus ici, il habitera ailleurs, un autre *objet*, ça fait un moment déjà

qu'il déménage ainsi, d'objet en objet, ça lui convient bien –

Et là, il ouvre le robinet d'arrivée d'eau et met en route le lave-linge.

Puis il retourne dans le séjour, dans cet espace dépouillé moderne qui, malgré son allure chic et aérée (à cause de la hauteur sous plafond) ne rend pas justice au mot « rêve ». Trop austère, trop nu, trop vague d'une certaine façon, mais on entrevoit la mer entre deux immeubles, elle s'étale un peu plus loin, énorme ; oui, c'est *sublime* (il se surprend souvent, dans son travail, à affectionner ce genre de mots, sublime, superbe), « vue magnifique », vraiment, car on voit aussi le sommet des arbres et le ciel, immense, là, au dernier étage ; des ballons à l'hélium glissent au-dessus des frondaisons, à l'automne, au printemps, à l'été – alors retour devant la fenêtre, téléphone à la main, il voit qu'elle lui a répondu. « Merci, oui. Tout est si bouleversant, c'est tout. Mais ça y est, Mats est là et il prend soin de moi. »

Le vieux salopard. Prend soin de. Merci bien.

Emmy. Je vois bien qu'il ne prend aucun soin de toi.

Tout le monde sait qu'il couche avec son ex.

Et une énorme fatigue l'envahit.

« Tout le monde sait qu'il couche avec son ex. » Lui a révélé Saga-Lill à Vienne dans la chambre d'hôtel, tard dans la nuit, c'était il y a quelques mois. Ils étaient allés voir Angela sur scène et avaient dîné ensuite tous les trois. Une soirée réussie, Angela et Saga-Lill se sont bien entendues, et après le dîner ils sont rentrés à l'hôtel, où Saga-Lill est soudain devenue irascible après le sexe (parfait en soi, comme toujours avec elle, c'est entre autres pour ça qu'il a du mal à mettre un terme à ce plan cul prolongé) et s'est mise à parler d'Emmy.

« Tout le monde ? C'est-à-dire ?

— Une certaine Gunilla Gahmberg. Son amie. Ou sa coach. Ou son mentor – ou bref, le nom que ça porte dans la blogosphère. Anyway, elle m'a appelée tout à coup en disant qu'elle était embêtée et ne savait pas quoi faire – elle, donc, Gunilla Gahmberg –, est-ce qu'elle devait en parler à Emmy ? Est-ce qu'Emmy était au courant ? Apparemment, ça fait un moment que ça dure.

— Gunilla Gahmberg, tu dis ?

— Oui, allô, c'est une amie d'Emmy.

— Quelle amie. Pas de point d'interrogation. Point.

— Arrête, Gusten. Maman est à l'hôpital, sois gentil avec moi car je suis fatiguée.

— Qui est l'autre ?

— L'ex de Mats, comme je te le disais. Une certaine Therese. »

Gusten pose le téléphone sur la table basse qui, contrairement à tout le reste dans l'appartement est un joyeux foutoir : journaux, CD, paperasse, documents, tous les livres qu'il a achetés ces derniers temps : *Ballooning Handbook, Falling Upwards, How We Took to the Air.*

S'étale de tout son long sur le canapé, ferme les yeux et se laisse happer par la fatigue, poids de plomb, mal au crâne, et tout ce qu'il avait l'intention de faire encore ce soir, tout le sport, la planification, se transforme comme si souvent ces temps-ci en résolutions dont il va devoir s'expliquer à lui-même pourquoi il les a négligées. Rendre des comptes. Demain, après-demain… *déshabille-toi de ton amour, Gusten Gripe.*

Ferme les yeux. Son odeur. Fraîche, comme le parfum du citron. (Emmy dans ses bras il y a quelques heures seulement.) « Zut, je pleure, parfois je ne sais vraiment plus où j'en suis mais je… je l'aime. »

Sanglotant contre sa poitrine.

Il y a quelques heures seulement. « Je l'aime – »

Regarde la vérité en face.

Un ballon qui plane en liberté se déplace à la vitesse de l'air. Une phrase sur une feuille de papier, sur sa table.

Regarde-le en face, ça aussi.

« Ces gens-là sont comme des gosses, Gusten. (Saga-Lill encore).

— Quelles gens ?

— Les gens comme elle. Kiddults. Égocentriques, naïfs, irresponsables et… charmants. C'est ça le pire. Mais tu sais, Gusten, parfois je pense : j'en ai jusque-là, de ces gens-là. »

Kiddult. Oui, peut-être, il y a peut-être de ça, c'est peut-être vrai. *« Parfois je ne sais vraiment plus où j'en suis, mais je l'aime »* – car bien sûr, indéniablement, quand il y pense (et d'une certaine manière il veut y penser de cette manière-là, comme à une réplique dans une mauvaise série télé – avec des larmes dans la voix), c'est vrai que c'est naïf et égocentrique. « Serre-moi moi moi ! » Toujours elle, jamais jamais lui.

« Cet horrible blog hypocrite par exemple : SALUT BLOG ! AUJOURD'HUI J'AI FAIT UNE DÉLICIEUSE SOUPE AVEC RIEN ! Le gaspacho refroidit ! Je meurs ! » Saga-Lill dans la chambre d'hôtel avait presque dérapé en voix de fausset comme un cochon qu'on égorge. « Ha ha ! » Il a essayé de rire avec elle. Car c'est vrai que c'était un peu ridicule, le blog, tout !

« Je veux dire, merde ! Des personnes adultes ! C'est pas croyable ! »

Saga-Lill en train de s'énerver de plus en plus dans la chambre d'hôtel. « Hé, calme-toi maintenant ! » C'est vrai quoi, la soirée était si réussie, même le sexe, jusqu'à cette dernière séquence. D'abord, donc, ils sont allés voir Angela dans ce spectacle intéressant mais dingo – comme toujours avec les compositions de Schuck & Gustafson ; tordu mais en même temps, *Dissections of the Dark*, ça vous rentre dans la moelle, une noirceur sourde, un sombre courant souterrain

qui ouvre

qui ne referme pas.

Ensuite, pendant le dîner, Angela et Saga-Lill ont tout de suite attaqué les sujets « essentiels » (comme le dirait Angela par la suite à Gusten) : le problème de la théodicée, la question de la lutte entre le bien et le mal. Elles ont parlé de Simone Weil. « Une grande philosophe vraiment », a dit Angela et Saga-Lill était d'accord. Jamais Angela n'aurait pu parler ainsi avec Emmy. « Je n'ai jamais rien compris à cette fille », a également confié Angela à Gusten lorsqu'ils se sont retrouvés seuls un moment pendant que Saga-Lill était aux toilettes. Mais celle-ci ! Cultivée, sympathique, intelligente…

Nous sommes juste amis, maman, s'apprêtait à dire Gusten mais Saga-Lill est revenue à ce moment-là, à point pour le dessert, la compote de pruneaux qui, d'après Angela, était idéale après un solide dîner pour « empêcher que des gaz se forment dans l'estomac ». Et bien sûr il n'est peut-être pas plus mal qu'Angela ne sache rien de ce qui s'est passé ensuite, quand Saga-Lill et lui se sont retrouvés seuls dans la chambre d'hôtel et que Saga-Lill s'est soudain mise à rire sans pouvoir s'arrêter.

« Une grande philosophe, MERDE ! » En riant de plus

belle, comme une sorcière du monde des ténèbres, et il avait été obligé de l'arrêter, de mettre fin à tout ça en se jetant sur elle et en donnant libre cours à ce qu'ils partageaient malgré tout, la grande concupiscence.

« Kiddults ! » Ha, ha ! Gusten se tord de rire sur le canapé, essaie de mobiliser encore plus de rage malveillante contre la bêtise et l'égoïsme d'Emmy. Mais ensuite il commence malgré tout à – oui, sourire. Sourire sourire sourire. Ce sourire enfantin qu'il n'a jamais eu qu'avec elle. Qu'il a. Avec elle, Emmy. Encore. Même si elle n'est plus là pour le voir : *vis ta vie en souriant, Gusten.*

Et voilà qu'il se surprend, sur son canapé où il est étalé de tout son long, à sourire vers le plafond, encore et encore.

Saga-Lill a recommencé à attaquer : « Mais tu n'as aucune colère contre elle ?

— Qui ?

— Ben, Emmy bien sûr.

— Pourquoi serais-je en colère contre elle ?

— Elle se sert de toi. Elle veut t'avoir sous la main mais elle ne te donne rien en retour. Tu n'as pas envie de te venger ?

— Me venger ? De quoi tu parles ?

— Mais tu me dis toi-même parfois que tu es en colère contre elle. Qu'il t'arrive d'enfoncer des épingles dans une poupée en imaginant que c'est elle –

— Mais non.

— En mode vaudou. Ça peut faire du bien, remarque. Ça donne de l'énergie.

— Quoi ? T'es complètement fêlée, ma parole.

— Bah, c'est pas si grave. On peut avoir besoin de se défouler des fois. »

Elle s'est redressée, à poil dans le lit, après le coït. Les coïts (très excitants et fructueux, il faut bien l'admettre).

« Parfois je trolle son blog.

— Quoi ? Mais t'es dingue ?

— Calme-toi. Et ce n'est pas pour lui faire peur. Juste lui rappeler…

— Quoi ?

— Tout. »

Là-dessus, Saga-Lill a lâché un pet long et sonore.

« Beurk. Arrête.

— Arrête toi-même. »

Elle s'est précipitée aux toilettes, de très mauvaise humeur. En revenant, elle était de nouveau sérieuse.

« Pardon, Gusten. Je ne sais pas. C'est juste que – parfois, c'est comme si tout n'était que des mots. Des mots, des mots – mais je veux encore dire quelque chose. Pardon de m'être moquée. Car elle m'a bien plu. Ta mère.

— Y a pas de mal.

— Pas de mal ? » Un instant, elle l'a regardé comme si elle allait exploser de nouveau, mais elle s'est retenue et a dit à voix basse : « Tu sais quoi Gusten. Il y a un truc chez toi, une avalanche, toutes sortes de vieilles merdes refoulées, je ne sais pas ce que c'est, mais il faudrait que ça sorte.

— Que veux-tu dire ?

— Nevermind, Gusten. Je ne sais pas. »

Non, il n'est pas en colère, pas du tout, pas comme ça. Il n'a aucun désir de se venger, ne l'a jamais eu, de ce point de vue il n'est pas à plaindre. Il ne souhaite rien de la sorte, car il aime Emmy. Et il n'aurait jamais l'idée de lui faire du mal, bien entendu.

Aussi parce qu'il ne trouve pas la moindre force, inspiration, énergie, ou quoi, quand il pense à elle dans un esprit de vengeance. À elle ou à quiconque, d'ailleurs, quand il y réfléchit. Ça ne fonctionne pas pour lui ; question de tempérament. Ça se remarque un peu partout, dans son travail par exemple, il est incapable de penser à ses tâches professionnelles comme à des prestations exécutées pour supplanter un rival, pour gagner, pour être le meilleur, etc. Il est totalement imperméable à toute forme d'esprit de concurrence infantile, à l'idée que ça puisse avoir une valeur en soi. Et pourtant il a un succès phénoménal, et le genre de renommée que d'autres mettent des années à construire, à supposer même qu'ils arrivent un jour au niveau qu'il a déjà atteint en si peu de temps, *l'agent de l'enfer.* Cela peut bien sûr être mal perçu par l'entourage, qui peut même trouver ça indécent. Il sait que ça suscite des réactions fortes, ce rapport entre le gain et la mise, car il n'est pas concentré sur la mise H24. Il ne se motive pas comme on doit (peut-être) le faire : ne se lève pas tôt le matin quoi qu'il arrive pour s'entraîner, soulever de la fonte, faire dix kilomètres à vélo avant le lever du soleil afin d'être *au taquet* pour de nouvelles conquêtes, de nouveaux succès. Nan, il se lève, c'est tout. Il tombe du lit et il sort de chez lui, dans le noir, ou le presque-noir, de la banlieue, celle-ci ou une autre, sur la piste de jogging, et il court, il court… comme dans un rêve car, let's face it, il n'a même plus la force de se mentir à lui-même : pour *ne m'oublie pas* la voir ou l'entrapercevoir.

Et la soif de réussir, c'est quoi ?

Alors ok, il ne l'a peut-être pas, cette soif. En revanche il a bien une ambition, une aspiration (même s'il ne peut pas tout à fait la définir, alors elle est peut-être déplacée, il ne sait pas). Mais en même temps, pour ce qui est du travail, il l'adore, il en jouit de façon infantile. Toutes ces surfaces vacantes, toutes ces vues sublimes (et ces attentes, chez les clients, les vendeurs, les stagiaires). Toutes ces pièces, toutes les – oui c'est ça – possibilités offertes par ce vide, encore et encore. Peut-être est-ce pour cela qu'il est si bon vendeur, car c'est ainsi qu'il parle à ses clients, ce qu'il leur dit ne sort pas d'un manuel pour, genre, *fengshuiyer ta vie comme tu voudrais qu'elle soit.* Mais, étrangement, de lui-même, car il reconnaît, en quelque sorte, ce vide en lui.

« Gripe Le Téflon, dit Saga-Lill. Ça te fait comme une membrane. Pan pan pan, déchire-la, explose-la, et arrête de dire que tu t'entraînes pour le triathlon, c'est débile ! Tu ne t'entraînes pas, tu fais juste ton stalker, tu cours après Emmy et c'est tout !

— Mais n'importe quoi !

— Bien sûr que si !

— Et même si c'était le cas, en quoi ça te regarde ? Tu n'es pas ma petite amie que je sache, tu es mon *ex.* N'est-ce pas ? »

Mais le fait est qu'il adore les maisons, les immeubles, les bâtiments – pas comme un architecte ou un entrepreneur (« du type ambitieux », « si, si, il y en a », et blabla, ils ont l'habitude d'échanger entre collègues à propos de tous ces bosseurs, ces marneurs, qui ne sont pas comme eux, ah non pas du tout), qui ont toujours un regard pragmatique.

Bâtiments, appartements, panorama, pas de panorama, structure fixe, ou moins fixe, tout ce travail de planification derrière, et tout le côté visionnaire de la chose… Bah, c'est difficile à expliquer

mais comme une carte
qui témoignerait
d'une civilisation.

« Mais quelle prétention ! Tu ne voudrais pas démarrer un blog toi aussi ? *Témoignerait d'une civilisation…* Tu t'entends ? »

« C'est dingue comme tu peux n'être jamais à court de paroles, Gripe ! »

Saga-Lill au bord des larmes maintenant.

Et là, elle a perdu les pédales, dans la pénombre de la chambre d'hôtel, elle s'est mise à sangloter. Et il a fallu la consoler elle aussi.

Saga-Lill sur un banc sous une pluie diluvienne, un jour d'automne pourri il y a assez longtemps (un an et demi au moins, en comptant à partir de Vienne). Elle pleure (là encore) : sanglots désespérés, inconsolables, à fendre l'âme. Saga-Lill, son ex, et sa dernière en date, et hélas, encore dernière en date, et encore, car cet on/off n'en finit pas malgré ses efforts pour la tenir à distance. Mais ce souvenir, d'un jour d'automne dans un parc sous la pluie où il s'est vraiment efforcé de lui expliquer pourquoi il ne pouvait envisager de poursuivre cette liaison entamée à la va-vite « pour de mauvaises raisons » (ça aussi, il l'avait dit, doux Jé, il avait employé précisément ces mots-là) « car les sentiments ne sont pas les bons ».

Bien sûr, il se rappelle ce jour-là (alors que ça commence à faire deux ans et que rien ne s'est pour autant terminé entre eux), sur un banc dans le parc.

Elle l'avait interrompu.

« J'ai froid. »

Elle était beaucoup trop peu vêtue.

Il s'était tu et avait maladroitement tenté de lui passer un bras autour des épaules. Tout en enfonçant le clou : « Je ne crois pas que notre relation ait le potentiel pour continuer dans la mesure où… »

Là elle avait repoussé son bras.

« Dans la mesure où quoi ? »

Elle s'était levée et elle était partie. Son dos à elle. Sa solitude à lui.

Et alors même qu'il pleuvait, le soleil avait transpercé la lourde couverture nuageuse. Un instant, il avait tout illuminé, arc-en-ciel, scintillement, lumière.

Ce jour DORÉ au début du mois d'octobre, un de ces jours où les feuilles étincellent de pluie.

Un moment.

Mais doré. S'il avait pu en être ainsi, avec Saga-Lill. Ce miroitement doré dans le cœur, le dos de celle qu'on n'aimait pas, mais à qui on voulait du bien. Cela aussi avait été dit un certain nombre de fois, *je ne te veux que du bien* – sur ce ton serein, définitif et ferme, de sa part à lui, donc, mais elle avait continué à lui envoyer des sms, à proposer qu'ils se voient (et par la suite, parfois, lui aussi, à vrai dire).

Il n'a pas dit non, mais il dit… Que dit-il ? Rien, en fait (de plus en plus souvent), et il arrive que ce soit lui qui propose de faire quelque chose, événement ou voyage, et ensuite ils baisent. Et ça se passe en général tout à fait bien. Surtout au début. Avant la baise. Par exemple, ils sont assis sur son canapé (à lui) et parlent de leurs solitudes respectives, disant que c'est bien de pouvoir malgré tout compter l'un sur l'autre en tant qu'amis, et ça peut devenir franchement très tendre, cette déclaration d'amitié réciproque et une chose en entraînant une autre, ils n'ont soudain plus leurs vêtements sur le dos et ça se fait avec le plus grand naturel, comme une évidence, mais après elle fond en larmes et parle de son rêve qui est de partager le quotidien.

« Je pourrais vivre ici.

— Tu veux acheter l'appart ? J'attends que le propriétaire baisse son prix.

— Je veux dire nous.

— J'attends qu'il baisse son prix, je te dis ! »

Saga-Lill. Quelle différence avec Emmy Stranden. Avec Emmy il voulait se promener en pleine lumière dans les rues inondées de soleil, en présence de tout le monde, du monde entier. Sunny side of the street, oui, vraiment, dans un univers plein de gens, connu et reconnu de tous, voisins, amis, famille proche et lointaine… Bref, avec elle, il était dans le monde, avec elle il était le monde –

Et voilà qu'il est de retour à la case départ.

Il est de retour à la case départ.

« Notre relation n'est qu'un passe-temps pour toi. »

Ces larmes dans la voix. Et combien elle a raison.

Il ferme les yeux, les rouvre.

Jette ton amour, un, deux, trois. Un vêtement après l'autre – déshabille-toi de lui. Et ping ! Un message. Il se jette sur le téléphone.

Cosmo encore.

Cette fois, il le lit.

Big news de Switzerland. Va sur ma page à minuit trente. Il s'agit du film. Funding negociations.

Tremble, Gripe.

Salutations de Suisse.

De Suisse ? Gusten reste assis, un grand vide soudain. Pétrifié. Mais Cosmo. Ce n'est pas possible.

Qui a tué bambi ? The Movie. Ce ne peut pas être vrai.

Reste ainsi un long moment, et tout, toute l'angoisse, tout lui revient.

« Il y a un truc chez toi, une avalanche, toutes sortes de vieilles merdes refoulées. » Et il comprend : il n'en sortira jamais. Il faut qu'il y retourne.

Il se lève, va jusqu'au rayonnage des disques et en choisit un avec soin dans sa collection. Le sort de son étui et l'introduit avec précaution dans le lecteur.

Angela Gripe chante Schuck.

Dissections. Angela. Maman.

« Petit chou. »

Il met les écouteurs. Et quelque part un orchestre à cordes commence à jouer, une chanteuse se prépare, profonde inspiration –

Mesdames et Messieurs, permettez-moi de vous présenter Angela Gripe !

Et Gusten Gripe se rallonge sur le canapé. Ferme les yeux, lâche prise, entre dans l'obscurité.

Les jeunes violeurs

(Histoires disloquées)

« Je lavais la vaisselle. Lavais, lavais. Les mugs Snoopy. TOUS *les mugs après la réunion. J'étais en plein mécanisme de fuite. Prise sur le fait.*

« Pendant que j'essayais d'assimiler ce que je venais d'apprendre, par mon mari, au sujet de mon fils.

« Et je ne voulais pas l'assimiler. À aucun prix. C'était… comme de mourir –

« Mais maintenant…

« Je crois que j'ai – que nous avons tous… – appris quelque chose. » (Annelise Häggert, 2009, la dernière interview).

Gusten Gripe, après son effondrement, regardait fixement cette dernière ligne et posait la question (seul, à voix haute) : « Oui. Mais quoi ? »

Du temps de son adolescence, Gusten Gripe avait participé à quelque chose qui pouvait être décrit de façon adéquate comme un viol collectif. « Pouvait être décrit comme ». « De façon adéquate ». Stop aux circonvolutions. Un viol est un viol. Ils étaient quatre. John C, Alex A, lui-même Gusten Gripe. Et Nathan. Et voilà.

« Les jeunes violeurs. » « Le quarteron de l'horreur. » Ou

« les jouvenceaux », ainsi qu'on les appellerait par la suite dans l'espace public… *Lesjouvenceauxavecunecuillèred'argentdanslabouche.*

Un viol est un viol. Mais le dire, et retirer les circonvolutions surtout, cela allait se révéler être un projet de longue haleine. En partie impossible. Peut-être un échec. Car le monde environnant voulait les circonvolutions, et les produisait lui-même avec diligence. En particulier les proches ; parents surprotecteurs, dont plusieurs étaient, ou se voyaient comme – en leur qualité de directeur de société, patron d'entreprise, « représentant de l'économie », politicien, etc. – des piliers. De différentes manières, mais avec une base commune, bien ancrée dans la société et dans le monde, que ce soit le petit monde (le quartier des villas, « notre milieu ») ou le grand.

En même temps, on ne manquait pas de souligner avec force, lorsqu'on avait, en sa qualité de ceci ou de cela, l'occasion de s'exprimer, ou lorsqu'on était contraint de le faire – car à cette époque, désormais quasi oubliée, l'histoire s'étalait partout : télé, radio, journaux –, que (citation) : « Il n'est dans l'intérêt de personne, dans cette affaire qui est *en soi* une affaire judiciaire sérieuse, de s'abandonner à l'exagération, au mensonge et à la calomnie. Que la justice suive son cours, voilà l'essentiel ; c'est notre *ferme conviction.* »

Ou autre suite, au choix.

Car il n'était pas rare qu'on s'emmêle les pinceaux à cet endroit. Quand on devait fournir des déclarations qui en raison du lien familial vous concernaient de façon indiscrète et intime, autrement dit compliquée, par exemple le fait que l'un de ces pères était le juge Albinus « Abbe » Häggert, marié avec l'économiste, avocate d'affaires, dirigeante et professeure Annelise Häggert, qui était donc la mère de l'un des acteurs, celui qui avait eu le rôle le plus en vue dans, oui, il fallait le dire, appeler un chat un chat, employer le mot, le « gang des violeurs ». Et c'était donc ces deux-là, les parents de ce jeune – il s'appelait Nathan –, qui en raison de leur position influente aussi bien dans la politique que dans la vie sociale s'étaient retrouvés en première ligne devant les caméras à devoir répondre aux questions.

Et il allait leur falloir un moment pour s'habituer. Pour les faire, ces déclarations, apprendre l'art et la manière de les formuler. Car c'était un rôle nouveau, et très exposé en plus. *On est si vulnérable*, disait-elle, Annelise Häggert. Sur un ton parfois contenu, parfois très énervé (avant qu'elle ne comprenne qu'il n'y avait pas de grâce à attendre non plus pour elle : le fait qu'elle parle d'elle et de sa famille en ces termes, *exposée*, *vulnérable*, n'arrangeait rien, au contraire). Oui, ç'avait été tout un processus, en quelque sorte, d'apprendre à se tenir de manière à ne pas atterrir sans cesse en position de défense ou d'infériorité. Car c'était ainsi qu'« on » en viendrait à voir les choses : comme une situation où il était important de bien se positionner. Tout en saluant, par une drôle de contorsion, la justice qui devait « suivre son cours ».

À l'initiative des Häggert, on avait donc – « on » étant les familles des accusés, leurs parents surtout – rapidement embauché un consultant médias qui s'était aussi révélé fort utile plus tard, au cours du procès engagé contre les trois-quatre inculpés. L'hésitation sur le nombre tenait à ceci : le quatrième était Gusten Gripe, qui allait s'en sortir avec la peine la plus légère, même s'il allait, par l'intermédiaire de sa mère Angela et de son commis d'office – le seul qui se contentait de ça, les autres avaient des avocats hors de prix –, demander à ne bénéficier d'aucun traitement de faveur sous prétexte que c'était lui qui était allé voir la police en apportant des preuves irréfutables du viol et des maltraitances subies par la victime. En un mot, Gusten ne cherchait pas à se défendre outre mesure, il savait qu'il était coupable, il voulait recevoir sa sanction.

Mais au début, tout au début, il n'y avait eu de place pour aucune circonvolution. On avait été totalement pris de court.

« Un gang ? Mon fils n'appartient à aucun gang, voyons ! » Annelise Häggert capturée par les caméras devant la Fontaine d'Or, sous la neige, en plein centre-ville. Prime time sur la chaîne publique de télévision, et c'est inoubliable, le clip deviendra légendaire, il sera vu d'innombrables fois et s'attardera de longues années sur la toile. « Nathan ? » Comment son visage s'affaisse tandis qu'elle regarde autour d'elle, seule, toute seule, à la recherche d'un point d'appui ou peut-être de quelqu'un qui pourra lui confirmer la folie furieuse de ce qui vient d'être affirmé là. « Nathan ? » Pendant que la neige tombe doucement : silencieuse, indifférente. Et son regard nu, soudain intensément suppliant, en direct à la télé. Et par la suite sur tous les autres écrans.

Annelise Häggert, qui vient d'être nommée directrice des opérations de la Fontaine d'Or – un laboratoire d'idées néolibéral –, sous son bonnet de fourrure en forme de cône (luxueux, comme tout ce qu'elle porte, sans être pour autant tape-à-l'œil : son élégance feutrée et chère va, elle aussi, susciter des réactions négatives).

« Allez-vous-en ! » L'instant d'après, elle semble se réveiller, son visage se tord en une horrible grimace, sa main se lève en un éclair comme pour empêcher la caméra de la filmer, ce geste brusque déséquilibre le bonnet de fourrure qui tombe pendant qu'elle s'avance vers l'objectif en moulinant des bras, de grands gestes désordonnés : « **Vautours, médias comministes !** » (Oui, elle prononce ainsi : *comministes*) – ce qui n'arrange rien, mais bon, elle est connue en tant qu'opposante acharnée à la télévision publique. L'image s'interrompt, pendant quelques secondes on ne voit qu'un bonnet noir en forme de cône gisant à l'endroit où il a atterri, sur les marches conduisant à un demi-sous-sol sur la porte duquel il est écrit « La Fontaine d'Or » en lettres noires toutes simples. *Salope de tueuse de visons,* peut-on lire en descendant dans la zone de commentaires sous la vidéo. *Pute capitaliste.*

La Fontaine d'Or, un local sélect dans un quartier chic. Un lieu de réunion affectueusement surnommé « le Cagibi », on y accède en descendant quelques marches. C'est donc de là que sort Annelise Häggert quand elle se fait surprendre par les journalistes en cet après-midi de mars 2008. De la Fontaine d'Or sans transition aux caméras de la télé : comme si elle n'avait pas encore compris, même s'il va s'avérer qu'elle est déjà au courant (après la réunion du conseil d'administration elle est restée pour laver les mugs dans la petite cuisine jouxtant son nouveau lieu de travail et c'est là qu'elle reçoit l'appel de son époux Albinus Häggert l'informant que la police vient d'arrêter leur fils dans la maison de vacances où il se cachait depuis quelques jours). Mais au moment de sortir, elle est comme absorbée dans une autre histoire, elle croit qu'il s'agit d'autre chose, et c'est cela qui se voit à l'écran. Dans cette histoire-là, elle est Annelise Häggert, connue pour ses nombreuses missions dans divers comités directeurs et les postes de confiance qu'elle a occupés dans le monde économique, et elle vient d'être nommée directrice des opérations du laboratoire d'idées le plus riche et le plus influent du pays, la Fontaine d'Or, dont elle incarne donc désormais le nouveau visage opérationnel. (Incroyable ! Elle qui vient de l'orphelinat Grawell, « alumni de chez Grawell » comme le dit son mari Albinus avec un rire satisfait, et parfois non sans un rien d'ironie irrespectueuse, à la table familiale chez les Häggert. Et Gusten, qui est là, voit et comprend – et se demande s'il rêve.)

On l'a vue partout ces temps-ci, à la télé à la radio dans les journaux. Et pas plus tard que dimanche dernier : un grand reportage *à-la-maison-avec* agrémenté de photos exquises dans le supplément week-end sur papier glacé du principal quotidien du pays.

Annelise H, toute de blanc vêtue, dans de grandes pièces dépouillées, belle hauteur sous plafond, deux petits chiens blancs (caniches nains, « les chouchous de leur maman », et dire que Gusten n'arrive jamais à se souvenir de leur nom, bien qu'il vive de longues périodes d'affilée dans la maison à cette époque, comment s'appellent-ils déjà ? Mutti ? Putti ?). Et sur le canapé, étendu, le fils : l'adolescent doré dont le prénom est Nathan (*Nathan, 18 ans, veut devenir architecte*, peut-on lire en légende). Et sur le tapis à longs poils au pied du canapé, si on fait l'effort de bien regarder, on entrevoit quelqu'un d'autre : l'ami de la famille, le voisin, Gusten, qui est « comme un fils dans notre maison ». Annelise, débordante d'invincibilité et de bonheur, se promène en jacassant, sans se douter de rien, sous le regard amer et fatigué de ces deux garçons – car le jour de ce reportage, le crime commis au sous-sol de cette même maison n'a pas encore été révélé. Tout est accompli, il n'y a pas de retour possible, mais au moment où ces photos sont prises, Annelise n'en a pas la moindre idée. Annelise, *au sommet de sa carrière*, ainsi qu'elle ne cesse de l'expliquer elle-même au journaliste (comme si c'était nécessaire – alors l'effet est aussi d'un comique involontaire). Elle aperçoit de nouveau Gusten, lui ébouriffe les cheveux en passant, « notre Gusten, comme un fils… » (Cette image ne figurera pas dans le reportage publié et, si l'on est Gusten, on peut avoir des raisons d'en concevoir de la gratitude – après coup, quand les médias s'abattront sur la famille Häggert. Mais en découvrant qu'il a été omis, il ne pourra s'empêcher d'éprouver une morsure de – oui, de quoi au juste ? De jalousie ?)

Et c'est bien sûr tout à fait affreux, tout.

Et là, Gusten est obligé de faire une pause.

Toutes ces coupures, images, scènes, séquences. Il les a gardées. Il en a tout un dossier, qu'il n'a jamais besoin de consulter, même si ça fait longtemps, presque sept ans, à force, même s'il n'y pense pas… N'y a pas pensé depuis longtemps. L'a X:ed de son monde, terminé fini. Pourtant, maintenant qu'il les voit en vrai, il s'aperçoit qu'elles se sont gravées en lui qu'il le veuille ou non, parfois elles lui paraissent plus réelles que la réalité. (Et pour cette raison aussi on ne peut pas y penser consciemment, elles risquent de tout envahir.) Dans la réalité, tout ça est effacé depuis longtemps, l'eau a coulé sous les ponts et la vie a continué, ainsi qu'Annelise H – qui elle-même n'est plus en vie – l'avait pronostiqué sur les marches du tribunal en cet après-midi de printemps de 2009 après qu'étaient tombés les verdicts, cléments, dont il ne serait d'ailleurs pas fait appel : « Nous allons maintenant tourner la page. Et un beau jour nous aurons tourné tant de pages que rien de tout cela n'aura eu lieu. »

À haute et intelligible voix.

Et la famille, les familles avaient applaudi, le consultant médias mandaté par les proches des accusés avait applaudi – en l'honneur de la vie qui continuait, continuait, continuait malgré tout... Et oui, un moment il en avait été ainsi même pour lui : *Just kids*, une histoire merveilleuse avec Emmy Stranden, dans laquelle il avait été emporté par un hasard qui avait tout transformé, qui lui avait ouvert un nouveau monde – preuve en soi que cette chose qu'on pouvait appeler dans son cas guérison, et qui avait commencé par un internement volontaire chez les fous, était bien réelle. Entre autres parce qu'elle apportait un « oui » si clair à une question à laquelle il n'a jamais pu répondre par l'affirmative après cela...

Oui, après ce qui avait eu lieu. Était-il capable d'aimer, d'être aimé, après ça ? Voilà la question. Et même si Emmy Stranden n'avait jamais su exactement ce qui s'était passé, ni d'ailleurs quelle avait été la vie de Gusten (sauf dans les grandes lignes) avant le soir magique où ils s'étaient soudain trouvés, lui, elle et Nöffi, un chien idiot, au même endroit au même moment, dans un parc de l'univers, la réponse était : oui oui oui, c'est possible, aimer, être aimé, aimer si fooort, de façon malgré tout si authentique et bouleversante qu'il avait paru tout naturel de remettre tous les compteurs à zéro et de commencer ici. Là. *Des gamins, c'est tout*, Emmy riait. *Just kids*... un livre de Patti Smith qui avait été leur bible, avec un titre qui était devenu comme leur emblème, et leur histoire, au cours de laquelle ils avaient vécu et aimé et construit un monde rien qu'à eux pendant quelques années dans une vieille maison de vétéran au jardin envahi par les mauvaises herbes dans la banlieue voisine du quartier des villas. Mais peu importe, l'important c'était *nous deux et ce qu'on est ensemble*, même si par la suite Emmy avait trouvé de plus en plus insupportable ce genre de ressassement, parler sentiments et « disséquer la relation »... *l'évidence, Gusten, c'est tout ce qui compte.*

Il se rappelle encore la joie d'Emmy quand elle avait dit ça, un jour à la fin de l'été au bord de la mer, au tout début de leur histoire, je t'aime, gouttes d'eau dans les cheveux, le bronzage qui faisait briller ses yeux. Comment elle souriait bouche ouverte et rien jamais jamais n'avait été plus entier qu'elle lui le soleil la mer le rocher l'été en cet instant.

Aimer, je t'aime... mais il avait continué d'insister malgré tout.

« Moi aussi, Gusten, mais il ne faut pas le dire sans arrêt », avait-elle commencé à répéter de plus en plus souvent, avec une imperceptible impatience : « Je veux vivre l'amour, pas en parler. Vivre dans l'amour comme dans la musique, comme dans ce qui ne s'explique pas... cette évid... » Et oui, elle avait raison, il était d'accord, il l'avait donc interrompue en la couvrant de baisers et en la serrant encore plus fort : je t'aime, t'aime, t'aime, continuer à le répéter, ne pas pouvoir s'en empêcher, comme un perroquet, répéter, répéter... « Gusten, moi aussi, mais il n'y a pas toujours besoin de tant de mots. » Sa voix de plus en plus tendue (oui, il avait perçu ça, de fait). Et puis, deux ans plus tard, c'était vers la fin de leur histoire, qui s'était ensuite terminée de façon assez abrupte – le coup classique : un autre homme avait surgi, s'était abattu dans *Just kids*, leur réalité dans une vieille maison branlante avec jardin –, il avait aperçu un avis de décès dans le journal du matin. « Aimée, regrettée », solennellement, et dessous : « Les funérailles auront eu lieu dans l'intimité. »

Ma maman Annelise Häggert, 27.2.1961 – 28.8.2013
Aimée, regrettée, ton fils Nathan.

Annelise, Nathan… Et alors, un bref instant, il avait pensé qu'il devrait appeler Nathan et… présenter ses condoléances ou envoyer un télégramme, ou faire un don à la Fondation d'intérêt général Grawell, dont il était question dans l'annonce. (La fondation existait encore, même si le bâtiment où avaient été hébergées les jeunes filles avait été vendu et même si Annelise elle-même avait été congédiée depuis longtemps aussi de ce conseil d'administration là : désormais une instance qui distribuait des bourses aux jeunes défavorisés du quartier des villas qui manifestaient des dons pour l'étude.) Grawell, peut-être était-ce aussi ce nom qui l'avait fait tressaillir… Peut-être se souvenait-il… Peut-être cela l'avait-il traversé comme un courant d'air, le souvenir d'une rencontre, d'une avant-dernière rencontre : *« J'étais la fille sortie de rien et ta mère, elle avait tout. Et toi, tu étais le garçon avec la cuillère d'argent dans la bouche – mais Gusten, on ne peut pas raisonner ainsi, tu étais toujours comme un fils dans notre maison, c'est la vérité, tu le sais. »* Annelise dans la forêt, ce printemps-là, après que tout avait eu lieu, peu avant l'effondrement, l'asile… Comment elle avait soudain été là, comment elle lui avait sauvé la vie, l'avait tenu à bout de bras pour l'empêcher au moins de sauter de ce pont, le grand pont éclairé à plusieurs voies qui conduisait vers le centre-ville.

L'avant-dernière rencontre – la dernière, ce serait six mois plus tard, à la fin de l'été alors que le fou (lui) serait guéri, ou du moins autorisé à quitter la maison de fous. Alors Annelise au téléphone, comme si de rien n'était, ni la scène dans la forêt, ni autre chose. Pourtant, elle avait perdu tant de choses, sa carrière, son mari Abbe, presque tout.

« Qu'y a-t-il, Gusten ? avait demandé Emmy, là, à la table

du petit-déjeuner où il venait de tomber sur l'avis de décès dans le journal. Pourquoi ce silence tout à coup ?

— Rien, Emmy. Chérie –

— Rien ?

— Mais c'est ce que je viens de dire ! »

Il avait jeté le journal et s'était enfui comme un enfant gâté penaud, en claquant la porte, et ensuite il avait passé un moment à côté des lilas fanés, toute cette luxuriance hypocrite le faisait presque hyperventiler. Et soudain, par la fenêtre ouverte du grenier, de nouveau la voix frêle et fausse d'Emmy : *Just a countrygirl (not hillbilly !)* – en train de répéter en vue de sa première prestation solo qui devait avoir lieu quelques semaines plus tard lors de l'open mike des Amis de la Chanson dans la salle paroissiale. Le son était affreux et pourquoi, pourquoi ne pouvait-il, ne voulait-il pas le lui dire ? Un instant, là, dans le jardin, tout lui était soudain remonté en travers de la gorge, impossible de respirer. L'odeur de végétation dans le nez, cette horrible chanson et le jour d'été moite qui ne voulait jamais s'arrêter et évoluer comme il aurait dû le faire vers : tonnerre, orage, pluie et un froid clair et calme, après.

Planté là, dans l'ombre du grand érable (abattu depuis par les nouveaux propriétaires), les poings serrés l'un contre l'autre et presque en état de haine.

Mais ensuite, bien entendu, il s'était calmé, il était retourné à l'intérieur, il était redevenu comme d'habitude, il avait découvert Emmy – aimée ! – de nouveau, toujours toujours de nouveau comme pour la première fois, Emmy assise avec sa guitare et ses accords de débutante et il était allé l'embrasser. En pleine chanson, il l'avait assaillie avec ses embrassades, pardon pardon pardooon.

« Mais bon sang, Gusten, c'est pas grave, je SAIS que tu m'aimes mais je dois répéteeer maintenant ! »

Alors non. Pas même à ce moment-là – pas même à ce moment-là il n'avait saisi l'occasion de tout lui raconter, sur Annelise, Angela, Nathan, les Jeunes Violeurs... et Sascha Anckar. Sascha, qui surgit un beau jour à l'automne au début de leur avant-dernière année de lycée, en 2007, qui débarque sur l'aire de pique-nique, sauvage, abîmée (selon certains) et belle – *le premier amour* pour Nathan qui en tombe raide dingue.

Mais peu de temps après l'avis de décès dans le journal, il a skypé avec sa mère, Angela, qui séjournait à ce moment-là dans le Coin Secret. « J'ai vu qu'Annelise était décédée, a-t-elle dit sans attendre. J'ai envoyé des fleurs. Tu sais, Gusten, on se sent comme... oui, comme... un genre de survivante. Mais le prix à payer pour avoir survécu, c'est qu'on devient comme une parodie de soi-même. »

MAMAN remplissant tout l'écran de l'ordinateur, turban de soie hors de prix et lunettes noires immenses. Cette peau qu'elle a, ridée, tannée. Par le soleil, l'âge, l'expérience. Quel âge a-t-elle ? Il ne l'avait pas précisément en tête, mais c'était la première fois qu'il y pensait, ça il s'en souvient : qu'elle était vieille et qu'elle avait peut-être, d'une certaine manière, raison – comme une caricature malveillante d'elle-même. Ce turban ridicule par exemple (atrocement cher, Louis Vuitton peut-être ?). Rien que ça, pour commencer, rien que ça.

« Tu sais, Gusten, j'y pense parfois. Comment les choses ont tourné entre nous. Annelise et moi – »

Elle s'était interrompue, avait enlevé ses lunettes de soleil et fondu en larmes.

« Maman.

— Oui, Gusten. »

Puis s'interrompant de nouveau, se redressant, essuyant ses larmes.

« Oui, Gusten. »

Elle le regardait bien en face. Son âge.

Cette peau. Sur l'écran de l'ordinateur. Deux mères, deux amies. Ça aussi, détruit.

« Je… »

Non. Sa voix le trahissait. Aucune idée de la façon dont il allait poursuivre.

« Je…

— C'est bon, Gusten. Tu n'as pas besoin de – »

C'est toi, Gusten, qui as détruit cette amitié. Mais non, bien sûr, elle ne l'avait pas dit. Personne ne l'avait dit. Rien du tout. À aucun moment.

« Je crois que nous avons tous appris quelque chose. » Il se souvenait d'Annelise Häggert juste après le procès, un autre journal, un autre reportage, il y a longtemps.

Et de lui-même, fixant cette phrase du regard en se demandant : « Oui. Mais quoi ? »

Ça suffit. Stop.

Où en était-il ? (À croire qu'il essaie à nouveau de fuir, d'échapper à la réalité en baratinant.)

Mais là : aux images. Qui se sont incrustées en lui.

Une femme au sommet de sa carrière (à l'instant T).

L'instant d'après, bonnet conique échoué dans la neige. Devant un sous-sol. Un instant dans le temps. Neige douce qui tombe : la Fontaine d'Or.

« Votre fils est recherché pour participation à un viol collectif avec maltraitance aggravée et séquestration. Le crime se serait déroulé à votre domicile. »

« Nathan ? »

Elle regarde autour d'elle. Rien que la neige, et les journalistes. La caméra tourne, mais personne ne parle.

« Nathan ? »

Nathan veut devenir architecte (une légende, sous une photo). Cette image est prise un après-midi dans la maison häggertienne – à peu près une semaine avant que le scandale ne soit révélé – à l'occasion d'un reportage chez Annelise H, nouvelle directrice des opérations de la Fontaine d'Or, un richissime laboratoire d'idées néolibéral. Une Annelise qui pépie et jacasse, au sommet de sa carrière (ce qu'elle ne manque donc pas de répéter à l'envi, Gusten l'entend, puisqu'il est présent). Après l'interview, on passe à la séance photos, qui se déroule à différents endroits de la maison, y compris le séjour où « les garçons », Nathan et Gusten, sont vautrés à ce moment-là, l'un sur le canapé, l'autre un peu plus bas, sur le tapis, mais tous deux d'un silence de plomb (nous allons bientôt comprendre pourquoi). Tandis qu'Annelise, shootée à elle-même, à la vie, à sa famille, à tout ce qui est si *riche et enrichissant,* fait son show. Et, ce n'est pas un secret, Annelise n'est pas franchement connue pour sa retenue quand elle s'emballe. On peut trouver ça comique et lever les yeux au ciel, si on veut. Mais à ce moment-là encore, avant le scandale, ce n'est pas vraiment un problème, pas de la manière dont ça va le devenir par la suite, dans la nouvelle réalité, celle où elle ne va pas tarder à être propulsée de force, *sans défense, comme du bétail* (ses propres mots, et combien ces métaphores vont faire mauvais effet dans cette réalité nouvelle où son fils est accusé d'un viol particulièrement brutal commis *chez elle*, dans sa propre maison, et c'est pourquoi on comprend assez vite qu'il s'agit d'engager un consultant médias pour contrôler ses déclarations).

« Oui, quand on était jeunes, on grimpait sur les barricades, pépie-t-elle. Et maintenant on est *ici*, ou plus exactement *là-bas*, dans le Cagibi, oui, c'est le nom de notre salle de réunion, un local en sous-sol dans le centre-ville… » Là-dessus, un rire léger, qui s'entend presque sur la page du supplément où est publié le reportage… « Mais nous avons tous en nous un petit idéaliste qui veut rendre le monde meilleur, alors de ce point de vue, je peux encore m'identifier à ma jeunesse révolutionnante (le lapsus est reproduit tel quel dans le journal sans commentaire, peut-être est-ce délibéré)… Et il est *indéniablement* stimulant de discuter avec des gens aussi intelligents que ceux qui se retrouvent autour de la table du Laboratoire pour partager leur vision du monde, et leurs idées sur la manière de rendre ce monde encore meilleur grâce à un ordre économique libre ! Quel privilège, dis-je, de pouvoir être là en compagnie des personnalités les plus intelligentes, les plus célèbres et les plus notoires et de boire du thé dans des mugs Snoopy. Tout à fait comme… Oui, tout à fait comme avec des gens ordinaires ! » Et aussi, ce mantra : « la première femme à occuper ce poste d'influence, quel honneur ». Aucune fausse modestie (le montant du salaire qu'elle a réussi à négocier a déjà figuré dans le débat public). « Bien sûr, c'est un salaire élevé, mais pas immérité, ils savent pourquoi ils me paient, ils savent ce qu'ils obtiennent en échange, et je n'ai jamais (rire léger encore) je n'ai jamais été gratuite. »

Elle n'a jamais été gratuite.

Tout cela, qui sera encore en train de bouillonner en

elle une semaine plus tard, quand elle se retrouve soudain propulsée dans une situation totalement nouvelle, seule par un jour de neige inoubliable devant la Fontaine d'Or après le coup de fil d'Albinus « Abbe » qu'elle a reçu dans le Cagibi. Et qui a pulvérisé son monde, même si elle ne l'a pas encore compris (il faut du temps pour qu'une telle pensée vous atteigne, c'est ainsi). Elle s'est préparée à toute allure – son manteau de fourrure précieux et son bonnet de fourrure design en forme de cône – pour rentrer chez elle au plus vite, où se trouve déjà la police, *Nathan !*

Mais, surprise par les journalistes, les photographes, obligée de faire une déclaration. Voudrait taaant, contre toute rime et raison, et réalisme et réalité, car elle *sait* déjà, mais cerveau, émotions et facultés perceptives sont rarement connectés, ce qui dans des situations de tension extrême peut conduire aussi bien au déni qu'à des erreurs de jugement entraînant à leur tour des comportements absurdes : *Vautours, médias comminiiistes !!*

Finalement, donc, elle perd les pédales, et le cône de fourrure qui tombe et tchac tchac, moulinets de karaté, bras frappant dans le vide : *« Arrêtez de filmeeeer !! »*

Et, là, devant la Fontaine d'Or, la voilà qui fonce, droit vers la caméra.

Bon, la Fontaine d'Or, à part ça. Rien de comique. Le laboratoire d'idées le plus riche du pays, avec des tentacules au plus haut niveau un peu partout dans l'industrie l'économie la politique. Ainsi nommé en hommage à un certain Gayn Hand, un maniaque américain, fumeur à la chaîne, mort il y a quelques décennies, qui aimait se revêtir d'un imperméable imprimé de dollars après avoir écrit de nombreux livres qui étaient plutôt des romans. La plupart avaient pour thème, outre les débordements sexuels entre Titans, l'Opportunisme Sacré et Inviolable, soit maintenir quoi qu'il en coûte que l'argent est tout (tout sauf un affront fait à chacun).

« Au secours », soupire en général la maman de Gusten, Angela Gripe, quand son amie d'enfance, Annelise du foyer Grawell, s'exprime de la sorte. Y compris à la table du petit-déjeuner en ce dimanche matin du début du mois de mars, dans le petit appartement qu'elle partage avec Gusten dans le centre du quartier des villas ; quelques jours après la séance photo d'Annelise dans la résidence häggertienne (Angela se trouve par hasard au pays pour quelques jours, elle a un engagement en Australie en ce moment, et Gusten qui habite sinon la plupart du temps chez les Häggert est à la maison avec elle). Elle lit le grand reportage publié dans le supplément du week-end. « Omondieu », mais bienveillant, ce rire, hihihi. Car elles sont très amies, Annelise et elle, elles se connaissent depuis forever and ever. C'est ce qu'elles disent, en s'embrassant tant et plus dès qu'elles se voient, ce qui est désormais assez rare. Trop rare, disent-elles, l'une et l'autre, car elles ont beau être très occupées par leur carrière, elles sont amies, comme leurs fils sont amis, et tout le monde est encore ami jusqu'à nouvel ordre – pendant un petit moment encore, semble-t-il, mais en réalité bien sûr, les fils, Nathan et Gusten, c'est déjà un nouveau chapitre.

« Au secours », répète Angela devant le journal à la table du petit-déjeuner. Elle cite le ridicule lapsus d'Annelise dans le journal, ma jeunesse *révolutionnante*, lève les yeux au ciel. « Mais *comment* la faire taire ? »

Car bien qu'elles soient amies et qu'elles soient restées

proches, elles ont choisi des voies différentes dans la vie. L'une, l'argent : la Fontaine d'Or, Gayn Hand et l'Opportunisme Sacré. L'autre, *ce qui compte pour de vrai* (citation Angela) – ainsi l'art, la culture, la musique, *l'opéra, la musique classique.* « Une attitude humaniste, Gusten, l'humain avant tout. » Angela ne partage vraiment pas la vision ultranéolibérale d'Annelise et ne se laisse pas impressionner par la Fontaine d'Or, peu importe le nombre de gros bonnets, hommes d'affaires et politiciens qui la soutiennent. Parce qu'ils ne veulent rien faire pour les autres, par exemple payer leurs impôts (L'Union soviétique ! Comminisme ! Gauchistes !), et qu'ils habillent leur avarice foncière en principe pseudo-philosophique, prétendant qu'il est juste et bon de s'engraisser sur le dos d'autrui. Le malheur des uns fait le bonheur des autres. « Nous devrions nous entraîner davantage à être en cooompétition les uns avec les autres » (Annelise, quand elle avait pu intégrer l'école du quartier des villas et tenir ce qu'elle appelait ses « séances de motivation du matin »). « Non, vraiment, Gusten, on ne peut pas la prendre au sérieux quand elle sort des baaanalités pareilles. Gayn Hand, un philosophe ? » (Baaanalité, chez les Gripe, c'est l'insulte suprême.)

« Comment le sais-tu, maman ?

— Je l'ai lu. Et Annelise l'a lu. On l'a lu ensemble. Dans notre jeunesse, nous lisions Gayn Hand pour les scènes de sexe. À voix haute. Quand les architectes – ils sont toujours architectes dans ces livres, et ils se donnent à eux-mêmes le nom de Titans – baisent ensemble. Je veux dire FORNIQUER, Gusten. Se mettent au lit et font ça et ça et ça de plein de façons inventives, les uns avec les autres. Je n'imaginais pas, personne n'imaginait à cette époque, qu'Annelise ou quiconque (et même des sociétés entières, des politiciens sérieux) en viendraient à prendre au pied de la lettre les quelques idées qu'il présentait comme en passant. C'est tellement risible ! Franchement, ça me dépasse.

« Comme un roman Harlequin, à peu près, Gusten. Ou comme *Le Clan de l'ours des cavernes* – pour milliardaires.

— *Le Clan de l'ours des cavernes* ?

— Sexe à l'âge de pierre. Tu sais quoi, Gusten, j'ai longtemps cru dur comme fer que les gens lisaient *Le Clan de l'ours des cavernes* parce qu'ils se passionnaient pour le côté historique. Ho ho ho…

— Ça suffit maman.

— Quoi ?

— J'ai dit, ça suffit. Tu es jalouse ?

— Jalouse ? Moi ? De qui… Annelise ? *Notre* Annelise ? La fille-de-rien de chez Grawell ? Ne grimace pas, Gusten, c'est elle-même qui le dit. Et sans nous, sans notre famille, elle serait…

— Maman (Gusten, profond soupir), arrête.

— Ok, Gusten, mais Annelise est mon amie. Je lui souhaite tout le meilleur. Je ne suis pas envieuse. Mais ils sont très influents maintenant. La Fontaine d'Or. Et cela m'effraie. Peut-être. Et qu'une fille au fond futée comme Annelise puisse se laisser avoir. Avaler tout ça. Quelle banalité. »

Il regarde Angela. Il la trouve soudain laide.

Annelise aussi est laide. Et Nathan. Tout le monde est laid ce matin.

Sascha à l'hôpital. *« Jamais. Je me fous de ta justice, Gusten. »* (Dira-t-elle quand il lui demandera d'aller raconter la vérité à la police.)

Et Nathan. Nathan disparu, où est Nathan ?

Il a la nausée. Du vomi dans la bouche, il se lève. Et s'en va.

Doit s'en aller, s'en aller, s'en aller –
Il ne veut être nulle part.
« Il faut que j'y aille.
— Où ?
— Au boulot. »

À cette époque, Gusten trie le courrier au bureau de poste quelques heures dans la soirée en semaine, et le week-end quand il y a beaucoup à faire.

« Un dimanche ? Le bureau de poste est fermé. Et les vacances de Noël sont derrière nous.

— Il y a toujours des trucs à faire. » Crie-t-il depuis l'entrée, attrape son sac à dos. Dehors, un dimanche matin obscur, toute la neige a fondu en quelques jours de dégel.

Se met à marcher. Sans savoir où aller, le bureau de poste est effectivement fermé et il ne travaille pas le dimanche, sauf exceptionnellement pendant la ruée des cartes de vœux. Mais ses jambes le conduisent naturellement là-bas : le Vaisseau Hanté, la maison de Nathan –

Une demi-heure plus tard il est de nouveau dehors avec, entre autres, quelques manuels scolaires sous le bras. Et un appareil photo (non, il n'est pas à lui). Il reste un moment planté devant la maison, côté route. Et c'est là qu'il prend sa décision. Ça va vite, dès lors qu'il autorise l'idée à prendre forme. D'abord à l'hôpital où gît Sascha déchirée de partout après avoir été selon ses propres dires attaquée par « chaispasqui, une bande, quoi ».

À part ça je me souviens de rien j'étais trop bourrée…

Puis avec l'appareil photo : au commissariat.

Oui. Mais avant de continuer nous devons revenir à ce jour J dans la maison häggertienne où reporter et photographe sont en visite pour un reportage maison chez Annelise Häggert, *au sommet de sa carrière,* en raison de sa nomination au poste de directrice des opérations de la Fontaine d'Or. Une semaine à peine avant le jour où elle se tiendra si piteusement seule en manteau et cône de fourrure, le regard vide ne sachant où se poser, s'éveillant à une réalité d'un nouveau genre – où *on est si vulnérable, sans protection,* et où il y aurait besoin de mots nouveaux, qui n'existent pas encore. C'est pourquoi tous les mots anciens, tirés d'une vieille histoire – *la crème de la crème de l'économie et de la politique, dans le temps je grimpais sur les barricades, ma Vie si Riche, etc.* –, veulent, peu importe si ça paraît choquant dans ce contexte nouveau, sortir de sa bouche envers et contre tout. Comme une protection aussi ; combien il est difficile, surtout au début, de les retenir.

Deux garçons – le fils, Nathan, « veut devenir architecte » et Gusten « comme un fils dans notre maison » – sont présents. Le second ne sera jamais qu'une ombre, une tignasse sombre entraperçue sur les photos et dans les propos que tient Annelise au moment où cette photo est prise, ce qui va donc, curieusement, lui causer un petit pincement au cœur.

« ... *La première femme à ce poste d'influence* et bien sûr, le salaire est élevé, mais pas injustifié. Ils savent ce qu'ils obtiennent, affirme Annelise encore et encore, plantée dans son séjour. Et je connais ma valeur. » Un rire charmant. « Je n'ai jamais été gratuite. »

« Maman ! crie soudain Nathan. Arrête. » Il se redresse sur le canapé où il était jusqu'alors étalé, muet, comme Gusten, son ami, couché un peu plus bas sur le tapis blanc à longs poils. Nathan, très occupé à feuilleter un quelconque magazine de voyage, Gusten le regard dans le vague, à compter les secondes, il est hors de lui, il *faut* qu'il parle à Nathan. Surtout, il faut que Nathan lui parle, qu'il réponde à la question : *où est Sascha ?* Car le crime a déjà été commis (ce qu'ils sont parmi les personnes présentes seuls à savoir). Une situation épouvantable, et pour le reste il n'y a, entre eux, plus rien à dire. Nathan et Gusten, autrefois deux garçons à casquette, *les interchangeables* (et toutes sortes d'autres choses), amis d'enfance. Qu'y a-t-il s'il n'y a pas de mots ? (Et avec quelle clarté il s'en souvient, tant d'années plus tard, bien qu'on ne le voie presque pas sur la photo, et comment Nathan et lui avaient vraiment protesté, ils ne voulaient pas être photographiés.) Mais quoi qu'il en soit, soudain : cette étrange attente, frustration, sentiments divers.

Par exemple quelque chose de tout à fait nouveau entre eux : de la haine. À quel point ils se haïssent l'un l'autre. Gusten en prend conscience pour la première fois dans cette situation précise, couché par terre à côté du canapé comme un chien. *Il hait Nathan.* Pendant qu'Annelise Häggert continue de jacasser en ne se doutant de rien, elle ne sait rien de rien. *Not a clue.* Annelise, qu'ils ne vont pas tarder à démolir. Gusten Gripe, l'ami d'enfance, « comme un fils dans la maison », et le vrai fils, Nathan.

Et : il n'y a pas de retour. Car tout a déjà eu lieu.

« Que dis-tu, Nathan ? s'écrie Annelise, très excitée.

— Rien », marmonne Nathan en se recouchant.

Ensuite le reporter et le photographe s'en vont, Annelise les raccompagne jusqu'à leur voiture. Alors, comme sur un signal, Nathan et Gusten se lèvent en silence et descendent dans l'atrium de Nathan, le demi-sous-sol qui n'est pas à rigoureusement parler une « cave », même si c'est le mot qu'emploieront les médias pour décrire le lieu du crime. Et là, Nathan lui explique soudain qu'il va faire ses bagages et s'en aller pour une durée indéterminée,

« peut-être à Bali ». Il se lance dans un monologue confus mais stylé sur le côté extra de voyager sac au dos en Asie du Sud-Est, cette liberté-là, « tu viens ? »

« Nathan, l'interrompt Gusten. Je suis allé à l'aire de pique-nique –

— Et ? fait Nathan en sortant son sac à dos et en commençant à le remplir d'affaires.

— Elle n'y était pas.

— De qui tu parles ? Regarde. » Nathan lui montre un papier, apparemment une page arrachée au magazine de voyage qu'il feuilletait tout à l'heure dans le séjour. Une île des mers du Sud : palmiers, mer bleue, récifs de corail.

« Personne ne l'a vue. Elle n'est pas retournée à Grawell depuis… le week-end dernier. Sara est allée là-bas. Sara et Natalie disent…

— Quoi ?

— … qu'elles ne l'ont pas vue.

— Non. Moi non plus. Tu veux quoi ?

— Savoir. Où elle est. »

Et Nathan, bon, il hausse les épaules.

« Faut que je me tire. » Enfile sa veste, attrape le sac, le hisse sur son dos. Alors Gusten dit enfin ce qu'il aurait dû dire depuis longtemps : maintenant ça suffit, il doit savoir où est Sascha sinon il va à la police.

L'instant d'après, il se jette sur Nathan. Et ils se battent. Pendant que la neige se remet à tomber de l'autre côté des grandes fenêtres panoramiques, où tout est si dénudé et froid. Le lac gelé se perd dans une brume grise, les jours de grand ciel, les jours de patinage sont derrière eux, et tout est terriblement terriblement vide

dans l'univers –

Fioup. On entend le bruit des coups car ni l'un ni l'autre ne parle, fioup, fioup.

Et quand Nathan a réussi à faire tomber Gusten, à s'asseoir sur lui et à lui balancer quelques claques sur les deux côtés du visage – des claques dures, qui font mal –, il se relève. Rajuste ses vêtements, remonte la fermeture Éclair de sa veste, ramasse le sac à dos, s'en va.

Et Gusten reste couché dans l'atrium de Nathan, sur le dos, à regarder le plafond. Contusionné, mais soudain étrangement vigilant, en alerte. Il écoute les bruits de la maison, la voix claire d'Annelise là-haut, d'une gaieté forcée, elle appelle les chiens, ou peut-être parle-t-elle au téléphone ? Il ne distingue pas ce qu'elle dit, d'ailleurs il n'arrive pas à se concentrer là-dessus.

Et puis l'autre bruit. Ce geignement bas. Il croit d'abord avoir rêvé. Mais non.

« Guusten ! Naathan ! » Ça résonne dans la maison, Annelise est dans l'escalier, Gusten se lève d'un bond, comme s'il avait peur qu'elle ne le devance. Mais Annelise est restée en haut des marches, à la porte de la cuisine, son manteau sur le dos. Elle crie salut, vers l'escalier, elle part pour l'aéroport, elle se rend à Davos où doit se tenir la réunion d'hiver du Forum économique mondial.

« Prenez soin de vous, les garçons !! » Un dernier pépiement joyeux, et elle est partie. La porte d'entrée se referme, Gusten se retrouve seul. Dans l'escalier entre l'étage principal et le demi-sous-sol.

Il s'immobilise. À mi-hauteur de l'escalier il y a un palier et une porte. Qui donne accès au cellier, qui ne porte pas bien son nom, lui non plus, car c'est une grande pièce lumineuse avec fenêtre. Au début, c'était là que dormait Gusten, avant d'emménager dans la chambre d'amis sous les combles.

Mais depuis quelque temps c'est devenu autre chose. Nathan l'a insonorisée dans l'idée d'en faire un studio de musique et d'y enregistrer ses propres morceaux (disait-il, c'était à un moment ou à un autre pendant l'automne).

Gusten abaisse la poignée. La porte est verrouillée. Il trouve la clé, elle est toujours sur son trousseau avec les autres. Il ouvre la porte.

Ce qu'il voit lui coupe la respiration.

« QU'EST-CE QUE… PUTAIN ! »

Ceci se passe donc une bonne semaine avant l'après-midi où Annelise Häggert perd les pédales devant le monde entier – son mari l'a appelée au téléphone et lui a annoncé que leur fils Nathan est recherché pour maltraitance, séquestration, viol en réunion. Tout cela à leur domicile. Elle sait donc, mais n'a pas encore – lorsqu'elle enfile précipitamment sa fourrure et s'élance vers la rue où elle est surprise par les caméras de télévision – assimilé.

C'est ça qui se voit, si clairement, dans la séquence filmée. Comment une vieille histoire, dans laquelle on aurait tant préféré rester, tombe comme une peau morte.

Restent l'agressivité, le vide, les moulinets, *qui suis-je*, rien du tout.

Nathan sera retrouvé dans la villa de vacances de l'archipel, la « Cabane de pêcheur » où ils ne vont presque jamais.

Cela grâce à l'assistance empressée de Gusten, c'est lui qui a remarqué que la clé de la « cabane » n'était plus pendue à son crochet dans l'entrée de la maison des Häggert, où il va fouiner ce dimanche matin, jusqu'au moment où Abbe le surprend. Le porte-clés est assez volumineux, bateau peint en bleu sculpté par une main d'enfant : celle de Nathan, l'un de ses premiers travaux manuels à l'école (très joli, il était doué pour *tout*, Nathan, dans l'enfance, et un tempérament artistique en plus).

Ce même dimanche Gusten retourne dans la Chambre :

tout est rangé, nettoyé, le matelassage des murs a disparu, la pièce est de nouveau baignée de lumière. Des draps frais, un couvre-lit bleu, mais l'appareil photo est toujours là, sur la table de chevet. L'appareil photo de Sascha. Gusten l'emporte.

(Mais quelques jours auparavant : l'après-midi où il la découvre, attachée sur un lit de camp, dans la chambre matelassée. « Maintenant on va à la police », dit-il après avoir défait ses entraves, et le foulard qui lui couvrait la bouche. Et le Gaffer autour de ses bras blancs, maigres.

Sascha secoue violemment la tête. « Non ! Jamais de la vie. »

Mais il le fait quand même. Quatre jours plus tard.)

Le dimanche où est publié le reportage dans le supplément week-end, il a donc laissé sa mère dans la cuisine après s'être pris le bec avec elle à propos d'Annelise et de la Fontaine d'Or.

Sascha à l'hôpital (Gusten l'avait emmenée tout droit là-bas après l'avoir trouvée dans la chambre chez les Häggert) a informé Nathan de la situation par sms. « Appelle-moi. » Mais Nathan n'appelle pas, et Sascha, dans son lit d'hôpital, s'obstine à répéter que ses blessures lui ont été causées par une « bande », des types qu'elle ne connaissait pas, qui l'ont attaquée dans le petit bois pas loin du foyer Grawell, *à part ça j'étais trop bourrée, je me souviens de rien.* (Une explication pas tout à fait tirée par les cheveux, chacun savait qu'elle vendait de la drogue.)

Nathan ne répond pas, n'appelle pas, ne communique pas, ne donne aucune nouvelle. Et Gusten ne peut pas continuer à porter tout ça tout seul, il ne peut pas. En même temps : il est comme paralysé. N'ose rien faire, alors c'est un soulagement, quoique bizarre, de partir avec sa mère – un petit voyage de vacances d'hiver, après la fin des vacances officielles. Il s'absente du lycée, ils prennent le bateau, traversent le détroit et vont voir *Lady Macbeth* à l'opéra, ou était-ce *Lucia di Lammermoor*? Il ne se souvient pas, mais beaucoup de sang et de folie, quoi qu'il en soit – ils reviennent tard le samedi soir, et c'est le lendemain dimanche qu'il retourne au Vaisseau Hanté, avec la nausée qui lui pulse dans le corps, de partout.

Maman et l'intimité : ils parlent d'Annelise à l'hôtel ce soir-là, après l'opéra, dans la ville de l'autre côté du détroit. Chacun dans son lit, dans la grande chambre d'hôtel, lampes éteintes, ils discutent en murmurant.

« On l'appelle ? Maintenant ?

— Non. Elle est à Davos. (Gusten)

— Davos ?

— Forum économique mondial. Ils ont leur réunion d'hiver en ce moment, tu sais bien.

— Qu'est-ce que je sais ?

— Ben, les riches et les puissants se retrouvent pour *faire le point*, ou un truc comme ça.

— Qu'est-ce qu'elle fait là-bas ? Annelise ?

— Elle y est pour la Fontaine d'Or, bien sûr. Ça doit faire partie de ses nouvelles missions, j'imagine.

— Ah bon. Quel milieu *fascinant et inspirant*... Au secours, Gusten, je crois presque (glousse, glousse) l'entendre. »

Où est Nathan ? Gusten est retourné au Vaisseau Hanté, la maison des Häggert. Planté devant les grandes fenêtres de l'atrium, il essaie de voir à l'intérieur. Personne. C'est aussi vide que lorsqu'il est parti quatre jours plus tôt avec Sascha (ils ont pris un taxi jusqu'à l'hôpital). Gusten a les clés de la maison sur son porte-clés, il entre par le demi-sous-sol et monte les escaliers, dimanche matin, pas un bruit… C'est affreux de fureter ainsi dans cette maison où il a circulé « comme un fils » car maintenant il se fait l'effet d'un vulgaire voleur, d'un intrus. Et que cherche-t-il ? Nathan ? Non, pas de Nathan ici, mais au pied de l'escalier qui monte vers la chambre d'amis, sous les combles, sa chambre quand Angela travaille à l'étranger, il croise Abbe, en peignoir, le journal sous le bras : « Gusten ! Tu es là ? Je croyais qu'Angela était rentrée. »

Pourtant il n'a pas l'air plus surpris que ça. Il est habitué à la présence de Gusten, qui va et vient comme il veut dans leur maison.

« Oui, oui, elle est là, elle te passe le bonjour, je dois juste récupérer quelque chose, un manuel, on a un DST d'histoire, là je vais travailler au bureau de poste mais j'aurai peut-être le temps d'étudier un peu à la pause.

— Bien, bien, marmonne Abbe approbateur. Tu ne lâches pas l'affaire, toi. »

Qui reprocherait quoi que ce soit à un « gars ambitieux » (expression favorite d'Abbe en parlant de Gusten, surtout en présence de son fils Nathan), qui étudie le dimanche en plus d'aller bosser ? Pas Abbe, en tout cas, qui présente souvent Gusten comme l'antithèse de son propre fils, qu'il considère comme un fainéant, tire-au-flanc, bon à rien – bien que Nathan n'ait jamais eu à fournir d'efforts pour être bon en classe. *« Mauvais sang du côté de la mère »*, ajoute-t-il parfois, quand tout le monde est réuni. Par exemple à table, et toute la famille, y compris Gusten Gripe, rit.

Oui, Annelise rit, elle aussi – la mère avec le sang, *la fille-de-rien*, qui devrait évidemment comprendre que ce n'est qu'une blague. Elle qui sort de l'orphelinat, elle, l'« alumni de chez Grawell », comme le dit aussi volontiers Abbe, sur le même ton enjoué, ironique. Annelise n'est plus la même en présence d'Abbe, elle devient plus nerveuse, et Nathan aussi d'ailleurs. « Oui, oui, papa », dit-il par exemple en souriant à l'évocation de sa propre nullité, ce qui ne lui ressemble pas du tout – si bien qu'on ne sait pas s'il est furieux ou indifférent. Gusten qui observe le tout comme une pièce de théâtre (lui-même n'a pas été élevé dans une famille maman-papa-enfant, il a toujours été seul avec Angela, *toi et moi, Gusten, c'est toi et moi*) s'imagine parfois que Nathan a mortellement peur d'Abbe, ce qui est en soi une pensée incroyable car pour le reste, avec les autres, Nathan est un type arrogant qui n'a peur de rien. Mais Gusten ne sait pas et ne saura peut-être jamais avec certitude, car tant de choses vont rester en suspens lorsqu'il sera, quelques semaines après ce dimanche, jeté à la porte de cette maison avec fracas.

Ce matin, Annelise n'était donc pas là. « Encore à Davos ? » a demandé Gusten dans l'escalier, question bien élevée mais peut-être inutilement intime – Abbe déteste toute forme d'intrusion à moins d'en être à l'initiative. C'est peut-être pour ça qu'il n'obtient pas de réponse, juste un « mmfff » laconique, après quoi Abbe disparaît dans la chambre à coucher et referme la porte. C'est seulement plus tard que Gusten comprendra qu'il n'était pas seul, d'où son côté peu loquace. Qu'il était avec *elle*, la fameuse maîtresse (secrétaire/assistante) dont Cosmo – ou était-ce Angela ? – allait lui révéler plus tard l'existence. Il l'avait déjà vue, bien sûr, tant chez les Häggert qu'à d'autres endroits où l'on pouvait croiser Abbe. Celui-ci occupait un certain nombre de postes de confiance dans divers comités et associations du quartier des villas – et parfois quand il avait un peu trop bu pour prendre le volant (pas de malentendu ici, Abbe n'était pas alcoolique, juste très soucieux de ne franchir aucune limite, pas de transgression), c'était elle qui conduisait la Volvojeep, ou qui le raccompagnait dans sa propre élégante petite BMW rouge. Son nom ? Birgitta quelque chose. « Joan Crawford vieille, mais en jeune », selon la description de Cosmo : cheveux noirs, traits purs, ciselés, marqués. Mais aussi dans ce visage relativement peu âgé une patine qui faisait penser à un vieux truc incrusté, comme des rides, une usure.

Comparée à elle, Annelise, qui avait au moins dix ans de plus, ressemblait à une reine : lisse, intemporelle, posée, avec ses cheveux blonds toujours bien coiffés et ses vêtements – quand elle était chez elle – en soie, clairs et amples.

Oui, après coup Gusten imaginerait – en repensant à l'épisode avec Abbe dans l'escalier, quelques heures avant qu'il n'aille à la police déclarer le viol collectif dont lui-même avait été partie prenante et dont le fils de la maison, Nathan Häggert, avait été l'instigateur – comment Abbe, après avoir refermé la porte de la chambre, s'était recouché d'un bond auprès d'elle, la maîtresse, sous l'énorme tableau *The Hunters/Les Chasseurs*, qui pendait au-dessus du lit.

Ce tableau qu'il était lui-même resté à contempler fixement tant de fois du temps où il gardait la maison pendant l'été en l'absence des Häggert. Art pompier peut-être, mais ancien – début du XIXe peut-être. Un paysage de forêt (censé représenter la forêt qui existait jadis de l'autre côté du lac, à peu près à l'endroit occupé par le foyer Grawell). Et puis ces animaux, là. Rennes, élans, chevreuils ?

Ou créatures imaginaires ?

Des animaux avec des têtes colossales, sans proportion avec le reste du corps, et d'énormes yeux fixés droit devant eux, l'air à la fois conscients et totalement inconscients, ignorant avec arrogance les Chasseurs qui les observent. Pas franchement innocents, non, plutôt impassibles. Mais par-dessus tout : de la masse. Ces corps, ces yeux, ces têtes.

Retour aux faits : Abbe a refermé sa porte. Gusten a continué de tourner dans la maison. Soudain il est de nouveau dans l'escalier de l'atrium de Nathan et s'arrête devant la pièce qui se trouve à mi-étage.

La chambre matelassée ne l'est plus, tout est nettoyé, rangé, ça sent les produits d'entretien. Le chlore. La porte est entrebâillée, il la pousse. Tout est comme avant. Quand il y a emménagé à l'automne. Mêmes lit, table, télé, mêmes rideaux jaune citron (ça le rend fou, d'une certaine manière, de voir ça).

Et la lumière qui entre à flots par la fenêtre.

Un instant ça le traverse : il a tout imaginé. Mais ensuite il aperçoit le cabas sur la table. Le cabas rouge, qui appartient à Sascha, il le reconnaît immédiatement. Il le ramasse. Le cabas est vide. À part l'appareil photo. Il n'en croit pas ses yeux. Mais c'est bien lui. L'appareil argentique de Sascha, qu'elle avait reçu de Nathan. La pellicule y est (presque entièrement utilisée). Il l'emporte.

Alors, ce dimanche, Gusten quitte la résidence häggertienne avec quelques manuels sous le bras et l'appareil photo dans sa poche. S'attarde un moment dehors, côté route, et c'est alors qu'il prend sa décision. D'abord l'hôpital, où gît Sascha déchirée de partout après avoir été, selon ses dires, attaquée par une « bande » anonyme.

Et ensuite : la police.

« Fous-moi la paix. Laisse-moi dormir. » Sascha maintient sa version comme quoi elle a été agressée par des types qu'elle ne connaît pas, qu'elle n'a jamais vus, dans le petit bois près du foyer Grawell. Et c'est le genre d'endroit où l'on peut en effet croiser à peu près n'importe qui, y compris des types au casier judiciaire chargé qui peuvent avoir divers liens avec les pensionnaires. Pas avec Sascha bien sûr, qui est le « mouton noir » d'une famille riche et célèbre (sa mère s'appelle Ursula Borggaard). Le fait que la police ne la pousse pas davantage dans ses retranchements jusqu'à nouvel ordre tient peut-être au fait qu'ils pensent, les policiers, qu'elle n'ose pas en dire plus ; le foyer Grawell n'est pas précisément connu pour être un jardin d'enfants de chœur.

Elle maintient donc qu'elle ne se souvient pas, qu'elle veut laisser tout ça derrière elle.

« Ferme-la, Gusten, arrête de parler de ça.

— Je vais quand même aller voir la police », insiste Gusten dans la chambre d'hôpital.

Elle est dans le lit, lui tourne le dos.

Gusten, je me fous de ta justice.

Il s'en va. Direct au commissariat, où il raconte tout (il a apporté l'appareil photo avec la pellicule). Nathan est arrêté, et un peu plus tard les autres participants sont arrêtés aussi. Et tout sort dans les médias : « Le quarteron de l'horreur ». « Le jeu brutal ». « Ils ne lui ont fait grâce de rien ».

Conséquence : Gusten doit quitter la maison des Häggert.

Il n'a pas beaucoup de souvenirs des derniers temps passés dans le Vaisseau Hanté. Il ne veut peut-être pas s'en souvenir, mais le fait est qu'il n'y est pas beaucoup. Pour le reste, il loge dans le petit appartement du centre du quartier des villas, bien qu'Angela soit repartie en Australie (il n'est pas possible de manquer des dates de concert sous prétexte que votre fils est interrogé par la police pour participation à un viol collectif ; cela équivaudrait à une rupture de contrat et cela coûte extrêmement cher). Mais un soir, quelques jours après que Nathan a été retrouvé et que l'histoire du viol a explosé comme une bombe, Gusten retourne au Vaisseau Hanté – tard, c'est presque la nuit, la maison semble déserte et vide, mais dans l'escalier menant à la chambre d'amis sous les combles, voilà que surgit brusquement de l'ombre : Albinus « Abbe » Häggert. Et il est ivre, à un point extrême, tangue sur place dans une puanteur de whisky. « Salut » murmure Gusten. Abbe le fixe et siffle entre ses dents : « Judas. » La salive gicle.

« Judas », répète-t-il. Il crache une nouvelle fois. Gusten Gripe vacille comme si on l'avait frappé. Derrière Abbe, il découvre la présence d'Annelise. Elle se tient dans l'embrasure de la porte de leur chambre. Hirsute, en chemise de nuit d'un rose délicat.

Elle voit tout, entend tout, reste de marbre.

I have X:ed you out of my world.

(Oui, elle aussi.)

Il n'existe pas. C'est l'un des nombreux instants où Gusten Gripe regrette tout, mais il ne dit rien, ça ne sert plus à rien de parler. Il monte dans la chambre d'amis qui était autrefois la sienne, fourre quelques affaires dans un sac de sport ; une demi-heure plus tard il quitte la maison des Häggert, où il a longtemps été hébergé, « comme un fils », pour ne plus jamais revenir.

Raconté ainsi, ça ressemble à une belle histoire, malgré tout, au milieu de toute cette violence, de tout ce qui est merdique. Une histoire de détermination et d'intégrité, car bien entendu Gusten a le droit de son côté ;

contrairement à Abbe et à Annelise et à tous les autres, qui considèrent et considéreront toujours que Gusten a trahi en allant voir la police. Avec l'appareil photo contenant les négatifs des photos prises durant les faits. Le tout trouvé dans le cabas rouge appartenant à Sascha. (Tout ça, l'appareil, la pellicule, le cabas, étant bien entendu un signe que le ménage n'avait pas été fait par les Häggert, mais par quelqu'un d'autre, qui ne connaissait pas les détails de l'histoire ; une femme de ménage anonyme, bien sûr, envoyée par une société de ménage.)

Au lieu de commencer par aller les voir, eux. Car il y avait, même s'ils ne peuvent pas vraiment le dire parce que ça rend un son épouvantable bien sûr, *une autre solution.*

Oui, une belle histoire d'intégrité, comme quoi il faut *en dépit de tout* assumer ses actes, purger sa peine et regarder la vérité dans le blanc des yeux. Mais en fait ce n'est pas ça. C'est même tout le contraire.

Car le monde tombe en morceaux.

Encore tant d'années après, Gusten se dit qu'il ne s'est jamais remis de certaines choses. Par exemple ce qu'il a vu en ouvrant la porte de la chambre du palier à mi-étage. Il faisait noir. Il a allumé. La lumière artificielle. Le lit de camp. Elle, dessus.

Toute la Chambre était matelassée, du sol au plafond. Y compris les fenêtres.

Elle, sur le lit, attachée. Sascha Anckar. Boy toy. Comme une poupée démembrée cassée démantibulée.

« *Comme dans ce film, là,* Benny's Video.

— *Quel film ?*

— *Bon, c'est un type qui tue une fille dans le sous-sol de la maison familiale, une salle de jeux, genre, pendant que les parents sont à l'étage du dessus et ne se doutent de rien.* »

(Gusten, Nathan)

Et quelques jours plus tard : tout est nettoyé, le matelassage enlevé, la chambre reconstituée, aussi lumineuse et propre que lorsqu'il y avait lui-même dormi.

Que s'est-il passé ?

Plus tard, la rumeur affirmerait que la mère de Sascha Anckar (reine de la jet-set, coach de fitness et femme au foyer d'œuvres charitables, alias « Mammssen », quelque part en Californie), Ursula Borggaard, donc, avait été contactée par Albinus Häggert pour négocier un accord financier en direct sans passer par la police et le tribunal, avec l'accord de Sascha, qui allait recevoir beaucoup d'argent en compensation de ses souffrances. Et peut-être était-ce la vérité. Gusten se souviendrait longtemps et sans cesse de la réplique de Sascha sur son lit d'hôpital : *« Je me fous de ta justice. »*

Si c'était vrai, ça voulait dire que Nathan avait pris contact avec Abbe, ou l'inverse, pendant les jours de sa disparition (dans la « Cabane de pêcheur », ainsi qu'on allait le découvrir par la suite). Qu'il avait tout raconté à son père, et qu'ils s'étaient mis d'accord sur la manière de procéder.

Mais à l'insu d'Annelise ? Pour la « protéger » ? Par considération pour son nouveau poste aussi, sa carrière (et parce qu'on savait qu'Annelise était vite débordée et avait le plus grand mal à se taire) ?

Non, *elle ne pouvait pas avoir été au courant* : sa surprise, face aux caméras, devant la Fontaine d'Or était si crue, si authentique, si brute. Cette séquence qu'il regarderait fixement, en boucle, encore, encore.

« JUDAS !! » Albinus dans l'escalier.

Judas.

Et Gusten Gripe s'enfuit, chassé de la maison.

Et, venant du demi-sous-sol, on entend une lourde basse.

Nathan dans son paysage.

Libéré en attendant le procès. Comme les trois autres : Gusten, Alex, John. « *Le quarteron de l'horreur.* » « *Quatre bourreaux adolescents.* » « *Ils ne lui ont fait grâce de rien.* »

De rien.

ELLE était ivre bien sûr, mais ils l'étaient tous.

Et elle avait joué le jeu.

Quel JEU ?

C'est ce qu'on dit.

Quel jeu ?

Bon, ils avaient ce… *Being in a gang called The Disciples, high on –*

Nathan danse.

Time.

« Nathan ? »

« Bourreaux ! Et puis quoi encore ? Des garçons tout ce qu'il y a d'ordinaire. Comme sont les garçons… « Bourreaux », enfin, c'est affreux. Pour l'amour du ciel, dites plutôt les auteurs des faits ! »

Il a le sentiment de la voir encore : debout sur la neige, la neige qui continue de tomber, de lourds flocons blancs, tête nue devant la Fontaine d'Or, bouche ouverte.

« Nathan ? »

« Nathan ? »

Histoire de Sascha Anckar
(Les soirées avec Annelise)

Proposition pour la séquence d'ouverture du film Qui a tué bambi ? *(la scène se passe au début des vacances d'hiver 2008) : Nathan en train de patiner sur le lac. Mince, tout de noir vêtu. Sascha le prend en photo. Avec un véritable appareil photo, Gusten le reconnaît : Nathan l'a reçu en cadeau de Noël, un très bon appareil, très cher.*

Elle est sur le petit ponton du sauna pas loin de l'atrium et l'appelle : « Nathan ! » Il se tourne vers elle, elle prend une photo, une autre. Et une autre. Clic clic –

Gusten au bord du rivage. Il vient après l'école ou le travail (il ne se souvient pas, mais à cette époque il lui arrive de trier le courrier certains jours au bureau de poste du quartier des villas).

« Salut. »

Le magicien sur la glace fait un double salchow. Ou – Gusten ne sait pas, ne se rappelle plus comment ça s'appelle (un genre de saut compliqué, en tout cas).

Ils ont partagé pas mal de choses, Nathan et lui, dans cette enfance/adolescence qui va vers l'âge adulte, mais le patinage artistique n'en fait pas partie, et Nathan lui-même a laissé tomber il y a quelques années. C'est-à-dire : il a laissé tomber l'entraînement. C'est les nerfs. Nathan n'a pas les nerfs qu'il faut pour la compétition, c'est bien connu, il ne supporte pas de perdre, une fois il a même commencé à étrangler un juge dans un accès de rage, ses doigts s'étaient raidis autour du cou du juge, il avait fallu les détacher de force. Dingue, Nathan ? Pas plus que d'autres – pas du tout, en fait, jeune, c'est tout, impulsif, fougueux, et il est tout aussi possible qu'il n'ait pas le courage de s'entraîner autant qu'il le devrait pour avoir une chance de se placer correctement en compétition.

Sascha se retourne et découvre, genre, derrière elle, Gusten qui les appelle.

« Gusteeen ! crie-t-elle avec excitation. J'ai reçu un appareil photo. Regarde par iciii. »

Il regarde. Elle appuie.

Par la suite la photo est développée.

Gusten, en train de rire – Nathan sur la glace, à l'arrière-plan. C'est la dernière photo normale. Ce matin, dans cette intemporalité/éternité, au tout début des vacances d'hiver.

Qui se transforment en une « grande orgie ». A dit quelqu'un, peut-être est-ce au cours d'un interrogatoire, l'un des « jouvenceaux » (ceux qui seront inculpés par la suite). Sur un ton nonchalant, avant qu'ils ne commencent tous à réaliser la gravité de la situation.

Pour l'heure Gusten dit : « Alors tu es venue finalement.

— Faut croire que oui, répond Sascha. Comme tu peux le voir – »

« Regarde ce qu'il m'a donné, Gusten !

— Quoi ?

— L'appareil ! Il n'est pas beau ? »

« Gripee ! » Au même instant Nathan l'appelle depuis la glace. (Non il n'oubliera pas. Ni maintenant, ni plus tard. Que c'est lui qui s'est laissé convaincre par Nathan d'inviter Sascha à la fête. Le truc le plus merdique que j'aie jamais fait, pense Gusten, mais ça ne se voit pas, ne se verra pas à l'image. Ou bien ?)

*

Toutes ces photos de Sascha qui sont publiées, étalées après coup dans les journaux ou ailleurs, dans l'espace public (athlète, nageuse, muscles saillants, images floues prises à l'occasion de fêtes et autres contextes indéterminés – avant et après Nathan). Ses cheveux, ses yeux lourds de sommeil, son corps, ses tatouages, ses vêtements. Et quelques photos aussi avec « Mammssen » – « estranged Mother, former Beauty Queen » en compagnie de sa fille. Adorables images de la prime enfance, mère et fille pareilles, comme deux gouttes d'eau, riant ensemble de différentes manières. Shopp, shopp, vêtements identiques, lunettes de soleil, bisou bisou, dans les bras l'une de l'autre, MA PETITE CHÉRIE... *Et à l'arrière-plan aussi un papa, à une certaine époque, à un certain endroit, ce mariage avait peut-être fonctionné.*

Et puis le plus mémorable : une vieille photo de classe (rien de surprenant en soi). Un journal quelconque est évidemment allé la déterrer. Sascha sur cette photo : onze, douze ans, sérieuse. Longs cheveux blonds, boucles naturelles, crinière, tignasse emmêlée, mais si belle, rebelle, sauvage. Regarde droit devant elle.

Pleine de défi. Fuck off. En même temps, tout ce côté enfantin, vulnérable, ce côté joueur au beau milieu de la rébellion.

Et naturellement, il n'y a pas moyen de faire autrement, cette photo DOIT *introduire le film* Qui a tué bambi ? *Car Cosmo a lui aussi vu cette photo et en a parlé longtemps avant que le projet de film ne finisse par voir le jour.*

« La vie négligente, Gripe. Bambi, The Movie. Pas vrai ? »

Toujours quand il voit cette image, Gusten pense que Sascha est une étrangère, qu'il ne la connaît pas. Il ne devrait pas en être ainsi. Mais il ne sait que faire de cette sensation – pendant tout le procès, Sascha reste muette. Comme un mur. Et quand il la verra une dernière fois, un an et demi plus tard, elle dira : « Tu penses qu'à ce stade je devrais commencer à m'ouvrir et à te raconter. À toi. Fuck you Gripe ! Pourquoi je ferais ça ? Toi. Tu n'as rien fait. Rien. Alors que tu savais.

— Je savais quoi ?

— Que Nathan est fou.

— Mais…, objecte-t-il (car c'est faux).

— Ta saloperie de justice. »

Oui, elle s'appelle Sascha.

Elle est la Nouvelle. Longiligne, blonde, avec « un chien beaucoup trop petit dans un sac à main beaucoup trop grand ». (Et de fait, le voilà qui geint, Krulli, tête de chien pointant nerveusement hors du sac, bling bling bling comme un bijou parmi d'autres, un accessoire.)

Elle dit : « … beaucoup trop petit, ce chien » et c'est à ça qu'elle ressemble, une fille comme ça (qui dit ce genre de choses). Qui rit – qui fait des blagues bizarres. C'est l'un des premiers trucs qu'on remarque chez elle. On la voit, au lycée, elle est dans une classe parallèle. Oui, elle est belle mais le lycée du quartier des villas est plein de belles filles, blondes, avec de longues jambes, comme elle – alors ce n'est que lorsqu'elle fait son apparition sur l'aire de pique-nique un soir de septembre, au début de l'avant-dernière année de lycée, qu'on la remarque pour de vrai, et peu de temps après elle devient la petite amie de Nathan.

Ce rire, enroué, supérieur.

Sascha est une nageuse. C'est la deuxième chose qu'on remarque chez elle. Son corps, dur et compact, musclé et entraîné, mais totalement lisse et doux au toucher (comme celui d'une enfant). Très blanc (y compris sur les horribles photos du viol six mois plus tard).

Sascha Anckar, dix-sept ans (aura dix-huit ans en novembre).

Et la troisième chose. Elle habite le foyer Grawell (ex-orphelinat, désormais foyer de soutien pour jeunes filles précaires). C'est une information assez fantastique.

Sauf qu'elle a ce que les filles de chez Grawell en général n'ont pas :

A) Un début de carrière de sportive de haut niveau. Elle est jeune espoir en natation, plusieurs fois championne junior sur plusieurs longueurs.

B) Une sorte de statut social, du moins en théorie. À cause de sa mère – avec laquelle elle n'a en soi quasiment aucun contact depuis dix ans – alors que les autres filles de chez Grawell viennent surtout des classes sociales inférieures. « Cas sociaux, pauvres indigentes », dit-on dans le quartier des villas, mais pas trop haut, puisqu'il se trouve qu'une des habitantes les plus en vue du quartier, Annelise Häggert, est présidente de la fondation qui fait tourner le foyer, la Fondation d'intérêt général Grawell, et qu'elle-même était pensionnaire là-bas du temps où c'était encore un orphelinat. Cela n'est pas un secret, mais une donnée qu'elle rappelle volontiers elle-même. « C'était chez moi », dit-elle, non sans fierté, une fierté qu'on s'accorde, dans le quartier des villas, avant les événements, à trouver pittoresque. Oui, la mère de Sascha Anckar est donc Ursula Borggaard, ancienne reine de la jet-set bien connue dans le pays, ex-modèle fitness et depuis coach sportive/entraîneuse personnelle de luxe en Californie. Ou, comme le dit sa gente fille, « la femme qui suce le mieux de tout Santa Monica et de ses environs, je vous présente ma mère ». Avec entrain, ce rire enroué – et « gente » c'est ironique bien sûr. Parce que tout ce qui est joli et hélas même « gentil » chez Sascha a tendance à cette époque à se transformer en son contraire. Ce chien par exemple, comment elle le traite – comme un objet. Elle va le vendre, ou l'égarer simplement, mais quand on l'interrogera là-dessus par la suite elle dira : « Krulli ? Chien ? Tentendscequetudislàenfait ? » Et mariée – pour en revenir à la merveilleuse « Mammssen » donc – à un riche homme d'affaires que nous pouvons par exemple appeler TB, a.k.a. « Teddy Boy », pour ne pas divulguer son identité (ce qu'il ne souhaite absolument pas au vu de ce qui est arrivé l'année suivante). On se contentera donc de dire que son identité, dans certains cercles – penser alors International Banking, golf –, est assez connue. Mais juré, l'info n'a rien à avoir avec cette Histoire, qui raconte comment Sascha Anckar est collectivement violée et manque mourir aux mains de quelques garçons bien élevés à la fin des vacances d'hiver en février 2008. Et pour lui, cela va se solder à la fois par un divorce (en raison de cet « embarras » survenu dans le vieux pays natal de l'épouse, embarras dont il vaut mieux s'éloigner) et par une faillite retentissante avant la fin de l'an de grâce 2008 et de sa crise financière.

OR *donc, pour l'heure, à l'automne 2007 quand Sascha et Nathan se rencontrent et commencent à sortir ensemble, Ursula est une sorte de femme au foyer californienne et une « pie de bienfaisance » – expression inventée par sa fille unique et adorée qu'elle a eue avec un « mac-bon-à-rien » (Sascha, au sommet de sa forme : « Putain de* MAQUEREAU, *quoi, mon daron ») qui se prénomme d'ailleurs Klas-Åke. Qui il est, il suffit de googler pour l'apprendre, mais pour le reste il ne figure pas dans la vie de Sascha, ni maintenant ni après. C'est lui qui l'a flanquée à la porte du foyer familial après qu'elle a été arrêtée pour vol à la tire, vol à l'étalage et détention de drogues douces. Il l'a envoyée au foyer Grawell et c'est là qu'il sort de cette histoire, lui, le digne père de famille responsable. Exit le daron, et bye bye.*

C) Oui, et le petit chien, donc. Krulli, dans le sac à main – le genre de sac qui est à la mode au cours de ces mois-là précisément. Bling bling bling… ça cliquette, le sac, le métal, la chaînette dorée avec amulette au cou du chien… Comme un signe de ? Oui, de quoi ? La négligence de la vie ? (Ainsi que le dira Cosmo au bord du lac bien plus tard dans un autre contexte.) Mais ils vont passer de mode ensuite, ces grands sacs, et les petits chiens qu'on met dedans, dès cet automne 2007 en fait, sauf que, entre-temps, le sac de Sascha et Krulli auront disparu l'un et l'autre.

Où ? On l'ignore, peut-être le chien était-il volé, et le sac aussi. Peut-être n'étaient-ils pas du tout à Sascha en vrai.

Peut-être l'a-t-elle revendu, Sascha, comme elle vend et revend tout. Vend, achète, trimballe des affaires. Et Nathan aussi : un bref moment dans leur brève vie commune qui démarre maintenant ici ici ici ! Le 8 septembre (premier amour !! et baiser !!) – une guitare, un stéthoscope, un coffret à bijoux et des livres (anciens, précieux), ils vont s'habiller en couple chic, se rendre à la Bibliothèque musicale et emporter clandestinement quelques livrets d'opéra originaux. Cela les fait rire, ils en sont fiers, et tout de suite après ils partent les revendre à LONDRES *à une société de vente aux enchères (ou, bon, sans doute plutôt : ils parlent du fait qu'ils pourraient le faire), et pour le reste en général : achètent, vendent, troquent, mettent en gage objets, objets, drogues, argent argent –*

Hé, que faites-vous ? Où allez-vous avec toutes ces affaires ?

On peut leur poser la question, comme le fait Gusten (à cette époque, au début), mais aucune réponse. Nathan se contente d'un regard vide, debout sur le plancher de son atrium où il

Being in a gang called The Disciples
danse danse
Et Sascha
Danse dans un bikini rouge à paillettes
Et Gusten éteint la lumière.
Et Sascha rit.
Là, dans le noir, elle rit.

« RALLUME, *Gusten ! » crie Nathan, mais Gusten ne le fait pas.*

Danse danse
Being in a gang

Time
Time –
Oui –

À propos du chien : Gusten ne sait pas. Peut-être l'a-t-elle juste lâché dans la nature, ou alors il s'échappe. Meurt de froid. On le retrouve dans un sac poubelle noir à côté des poubelles de tri municipales au-dessus de La Playa. « Viens voir, Gusten », c'est Cosmo qui fait la découverte macabre. « Viens voir – »

Mais : nan. Gusten ne vient pas. Ne veut pas. Il prend ses distances avec le chien, avec Nathan Sascha Cosmo tout. Il se promène, son Macbeth sous le bras, l'art, la culture, tout ce qui est à lui. Et les rêves de théâtre (qui commencent à porter ce nom dans sa tête : les Rêves de théâtre, même si ça fait bizarre de le dire). Il va comme d'habitude tenir le rôle principal dans la pièce de Noël qu'ils sont en train de répéter au lycée. C'est une adaptation moderne compliquée d'une vieille pièce de Shakespeare, beaucoup de sang, beaucoup de réalisme et de factualité. Et là, nous allons avoir Lady Macbeth, qui est jouée par l'objet du prudent intérêt amoureux de Gusten : Sophia Morén, couteau dans la bouche (dans la pièce, donc).

Mais ensuite début novembre, deux mois après le début de l'histoire entre Sascha et Nathan, ça se termine. Sascha en a assez, soudain elle quitte Nathan – comme ça, sans plus – et c'est affreux parce qu'il l'aime. Il ne s'en remet pas, et à peine s'est-il un peu ressaisi qu'il devient fou de rage.

Je vais, dit-il, la tuer.

Un instant comme ça, à la piscine où ils se rendent, Gusten et lui, fin novembre, décembre, pour suivre les séances d'entraînement de Sascha – qui sont l'une des raisons pour lesquelles elle l'a quitté : « Je veux recommencer à miser sur la natation. »

Sascha dans le bassin. Même si elle a un nouveau mec maintenant, et un nouveau cercle d'amis, ces nageurs musclés – elle kiffe l'attention. Parce qu'elle n'entend pas bien sûr ce qu'il dit, quand elle l'aperçoit de loin, elle dans le bassin, Nathan dans les tribunes, elle lève la main, l'agite dans sa direction.

Et Nathan, pareil.

« Tu es, murmure Gusten à Nathan, complètement dingue. Tu délires. »

Mais retour au commencement, septembre 2007. Sur l'aire de pique-nique, le lac, le début de leur avant-dernière année au lycée (le lycée du quartier des villas) : où ils sont assis à passer le temps, comme toujours, Nathan, lui et quelques autres. La bande habituelle, et Cosmo peut-être, Cosmo de la Pente des Brant où vit le clan entier des Brant répartis en voisins dans des villas pittoresques.

Nathan a passé l'été à voyager comme d'habitude et il est revenu « comme neuf », beaucoup plus encore que d'habitude. Plus beau. Et plus agité (là aussi, comme toujours).

Cosmo, en train de se répandre à propos d'une idée de business quelconque. Il entretient sans cesse ce genre de pensées d'entrepreneur. « On pourrait » ceci cela… Monter un Beach Club, ici sur la plage. « Par exemple, ici on pourrait – » Ses paroles restent en suspens.

« Ta gueule, Cosmo. »

Nathan n'a pas l'énergie d'écouter. Gusten non plus (il a passé la plus grande partie de l'été avec sa mère en Australie. Angela a un engagement de longue durée là-bas, et l'hiver est rigoureux à Sydney. Gusten a foulé des carrelages glacés, il s'est senti geler jusqu'à la moelle en rêvant de retrouver l'été et le quartier des villas). Mais Nathan, qui était à Bali, ne s'est guère plus amusé que lui. Ennui si monstrueux, là-bas au soleil, qu'à son retour il est inhabituellement speedé et totalement au taquet pour attaquer l'avant-dernière année de lycée. Tout ce qui doit arriver doit arriver là là là !

Et la voilà qui débarque, ce soir-là précisément, comme si elle avait entendu sa demande – Sascha, belle, folle…

Avec le sac, le chien, le rire enroué, tout. Comme le début d'un premier chapitre dans un livre fou et beau (et oui oui, elle a pleinement conscience de l'effet qu'elle produit, alors de ce point de vue là aussi, avec Sascha, tout n'est que représentation).

Oui et ensuite –

On ne se souvient pas très bien. Mais ils traînent encore un moment, Gusten, Cosmo, Nathan, Sascha, à discuter de tout de rien. Et les mecs qui la matent, surtout Nathan.

Puis on se sépare, chacun rentre chez soi. (Et quelques jours plus tard Nathan et Sascha sont en couple : « Ça y est, elle est arrivée, crie Nathan. La pute de ma vie ! »)

Retour au Vaisseau Hanté (Nathan, Gusten). Cette année encore, pendant tout l'automne et au début de l'hiver, Gusten est hébergé chez les Häggert. D'abord il dort dans la première chambre d'amis : une grande pièce située à mi-étage au-dessus de l'atrium de Nathan – on l'appelle aussi la chambre d'appoint, ou la salle de jeux, elle sera par la suite convertie en studio d'enregistrement, insonorisée, matelassée.

Et là, un demi-étage au-dessus de Nathan, Gusten au début de l'automne, dans son lit, la nuit, entend les notes de basse qui montent du sous-sol, et ne dort pas.

Alors après quelque temps il déménage dans l'autre chambre d'amis tout en haut de la maison, sous les combles, au-dessus de la chambre d'Annelise et Albinus « Abbe ». « Tu as besoin de te concentrer sur ton travail scolaire, dit Annelise. Un peu plus de calme, d'isolement et de tranquillité te feront du bien. »

Cette chambre est plus petite que l'autre, mais tout aussi bien aménagée : un lit, un bureau, et la fenêtre avec vue sur le quartier des villas. Toutes ces belles maisons avec leurs jardins ombragés et la route vers la capitale comme un trait illuminé la nuit – et le pont d'où il essaiera de sauter plus tard. Mais tout cela, violence, viol, suicide, mort, « Judas », devenir dingue, la maison de fous, tout ça est encore TOTALEMENT *irréel et absurde. Et il aime bien la chambre, cet automne-ci précisément avant que tout n'arrive, il y trouve le calme pour penser, écrire, lire. Ses résultats scolaires le montrent d'ailleurs (il n'a jamais été un génie comme Nathan qui, jusqu'à ces derniers temps, a toujours été bon en tout. À l'école et partout ailleurs, sans devoir fournir le moindre effort.) Gusten peut lui aussi parvenir à quelque chose « pour peu qu'il travaille un minimum, qu'il ait une ambition », comme le dit quelqu'un. Mais en vrai, l'« ambition », il s'en fout de l'ambition.*

Car il sait ce qu'il veut faire (et ça aussi c'est nouveau, qu'il le sache) : le Théâtre, l'école de théâtre. Mais comme une certitude tranquille. Pas un truc auquel il pense sans arrêt, et s'il n'est pas admis ce ne sera pas non plus un drame, il peut aussi faire autre chose ; le théâtre ne s'impose pas à lui comme à Sophia Morén, qui va être sa Lady Macbeth dans la pièce de Noël du lycée, ainsi qu'elle l'explique en boucle : « Le théâtre ne me laisse pas le choix. »

Alors Nathan, Gusten :

Les interchangeables.

D'un côté : le garçon au grenier, l'écharpe du théâtreux, plusieurs tours de cou. Qui lit, écrit, parfois tard dans la nuit.

De l'autre côté : le garçon au sous-sol. Qui s'égare en même temps dans un premier amour violent et, par la suite, dans tout.

Le garçon au sous-sol, le garçon au grenier – une vieille tradition. Oui, de fait. Nathan dans son atrium branche la musique, se rend inaccessible.

Et Gusten s'en va. Monte dans sa chambre, le bureau blanc, les livres, le « travail scolaire » et le reste, les récits qu'il commence à écrire jusque tard dans la nuit. Qui l'emmènent ailleurs.

Non, il ne pourra pas recréer ça par la suite. Ni écrire (en général, écrire) ainsi.

Il n'aura plus accès à. Cette chambre, cet espace. Que ce soit physiquement – « Judas ! », les paroles d'Abbe lui résonnent aux oreilles – ou mentalement.

« Comment va, Gusten ? demande Annelise dans la cuisine. Tu te plais chez nous, n'est-ce pas ? »

Oui, il se plaît, quelle question. Dans la chambre, dans le Vaisseau Hanté en général, cet automne-là avant que tout n'arrive, « comme un fils ». « Ton crash pad, hein ? Espèce de coucou », se marre Nathan une fois. Et d'une certaine façon, c'est bien une solution un peu particulière que de continuer à habiter chez les Häggert comme il le fait depuis des années, chaque fois que sa mère a un engagement ailleurs. Il a dix-huit ans maintenant, il est adulte, autonome, il pourrait se débrouiller sans problème dans le deux-pièces du centre du quartier des villas. Mais il ne le veut pas, il préfère habiter chez les Häggert, au bord du lac, « comme un fils », ainsi que le dit Annelise avec douceur, petit rire, par une de ces longues et sombres soirées d'automne qu'ils passent ensemble dans la cuisine, elle et lui. Les soirées avec Annelise : ça fait partie des choses dont il se souviendra le mieux, à propos de cet automne 2007, avant que tout n'arrive. (Et sûrement il s'en souviendrait et il y repenserait encore plus si ce qui s'est passé entre-temps ne rendait impossible de se remémorer l'époque d'avant avec calme et sérénité, et même de se remémorer tout court.) Lui-même et Annelise, comment ils discutent, parlent, parfois jusque tard dans la nuit, attablés dans la cuisine. Ces soirs de semaine quand Abbe n'est pas à la maison et qu'elle, par hasard, y est, ce qui n'est vraiment pas tous les jours non plus. Tant de réunions, de conférences, de voyages, tant, à cette époque encore, de tout ! « Mais Gusten, je ne me plains pas, j'adore ma vie, j'adore ce à quoi je suis arrivée par mes propres efforts, en bossant dur… J'adore… » Et alors il peut arriver qu'elle lève les yeux et regarde autour d'elle comme si elle se réveillait, dans un sens très général, because you're worth it, et redécouvrait sa belle cuisine avec tout son précieux contenu, les accessoires, les meubles, toutes ces choses importées spécialement de ci ou de là, « Oui, je l'ai mérité, mais l'argent n'est jamais que l'argent, Gusten » (avec une voix si peu forcée, si naturelle et désarmante et oui, précisément : « de jeune fille » – une expression qui fait rougir Gusten quand il y pense). Et c'est bien à cette époque aussi sans doute, à la fin de l'automne 2007, qu'elle se met à parler de cette façon pleine de sous-entendus, en baissant le ton : « Bientôt il va se passer quelque chose, Gusten, je n'ai pas le droit d'en parler mais quelque chose d'énorme. — D'énorme ? — Oui. — D'énorme comment ? (Gusten écarte les mains, gesticule.) Comme un éléphant ? — Oui, un ÉLÉPHANT, *mais chut, tu n'as le droit d'en parler à personne, j'ai été recrutée via des chasseurs de tête, Gusten. They made me an offer I couldn't refuse. J'aimerais pouvoir en dire plus, je n'en peux plus de me taire, mais, indice : c'est énorme ! » La Fontaine d'Or, donc, c'est ce qu'on comprendra plus tard au moment où la nomination d'Annelise Häggert est officialisée, peu avant Noël. Quand la nouvelle lui parvient, Angela, de retour au pays pour quelques jours, est indignée. « Mais quelle* BANALITÉ. LA FONTAINE D'OR *! Gusten je ne comprends pas comment elle est* CAPABLE *de s'exciter avec ces idées ultraconservatrices stupides et mortellement dangereuses ! Gayn Hand ! C'est tellement en dessous d'Annelise, de sa dignité. »*

Et Gusten, irrité, s'ébroue et réplique avec brusquerie : « Arrête ! » Angela lui jette un regard surpris, voudrait poursuivre mais ne sait soudain plus comment, alors la conversation se tarit.

Mais à part ça, cet automne-là, ces soirées, Gusten et Annelise : rien de spécial, bavardages, journaux et magazines qu'Annelise parcourt pour se tenir au courant des événements mondiaux et de la politique, mais aussi magazines féminins au cas où il y aurait quelque chose sur elle (et le fait est qu'à cette époque c'est très souvent le cas). Et parfois ils skypent tous les deux avec sa mère, font surgir Angela en Australie sur l'écran entre eux sur la table, et blabla.

« Quelle idée d'aller mourir » (à propos de Pavarotti).

Dit l'un ou l'autre après la conversation, et ils rient. C'est une blague. Pas le fait que Pavarotti soit décédé brutalement, ça, c'est une réalité. Mais le fait qu'Angela ait soudain cru bon de rappeler que Pavarotti et elle devaient se produire ensemble, peut-être, dans un gala de bienfaisance qui n'aura donc pas lieu, hélas, puisque ce « Grand Artiste au grand cœur » a eu l'idée idiote d'aller mourir.

« Tu ne dois pas croire tout ce que dit ta maman, Gusten, ajoute Annelise.

« Ta mère est un opéra à elle toute seule, un vrai spectacle – mais charmante. »

Tout ça pendant qu'une basse puissante et hypnotique pulse au sous-sol, en dessous d'eux…

… raide dingue fou amoureux…

avec sa copine Sascha.

#lavoilàlaputelafemmedemavie

« Parle-moi de Nathan, Gusten, dit Annelise tout à coup là-haut, dans la cuisine. Parfois, tu comprends, je me dis que je ne le connais plus vraiment. Mais c'est comme ça, je suppose, à cet âge, on n'a pas envie de se confier à sa maman. Pas vrai ?

« Maintenant il est là (geste vers le sous-sol), avec elle, son premier amour. N'est-il pas amoureux, Gusten, terriblement extrêmement amoureux ?

« Je veux dire (Annelise poursuit son raisonnement à tâtons) : on n'est peut-être pas obligés d'être proches, en tant que mère et

fils, peut-être n'est-ce même pas une bonne chose à cet âge, mais parfois Gusten…

« Parfois je me dis qu'il est si seul dans notre famille… Abbe est un père assez sévère. Tu as vu par toi-même comment il peut être.

« Bah, je n'en sais rien, Gusten. Peut-être est-ce juste qu'il m'inspire une telle curiosité enfantine. »

Baisse le nez vers le journal ouvert devant elle et commence à citer à voix haute un article quelconque : « Ta vie en trente questions. »

« Quelle est sa couleur préférée ?

« Son film préféré ?

« Son plat préféré ?

« La saison qu'il préfère ? »

Elle lève le nez, Gusten rit.

« Et elle, Gusten. Parle-moi d'elle, Sascha. La fille du sous-sol. Qui est elle ? »

S'aperçoit soudain de ce qu'elle vient de dire.

*« **BRRR** (se serre dans ses propres bras, comme si elle avait froid).*

« La fille du sous-sol, reprend-elle en riant. On dirait un film d'horreur, pas vrai ? »

Gusten sourit.

Et ils rient, de nouveau, c'est idiot bien sûr, elle pose le journal, essuie la table. « Thé, encore un peu de thé ? »

Il hoche la tête et ils changent de sujet, choses ordinaires, travail, école, travail scolaire.

Mais : « La fille du sous-sol, qui est-elle ? »

Il répond ce qu'il répond, car ça tombe toujours à côté.

« Elle avait un chien dans son sac à main mais après elle l'a perdu, ou vendu… je ne sais pas.

— Un chien ? »

Bon, Sascha et Nathan sont donc en couple.

Amoureux, fous et affreux ensemble. Pendant quelques mois. Un couple. Aussi simple que ça.

Nathan est raide dingue d'elle.

En novembre elle rompt.

L'entraînement lui manque, dit-elle. Entre autres.

Et Nathan est désespéré, hors de lui.

Oui, ça se termine entre eux, et Nathan devient fou furieux, et oui, ce qui arrive arrive, tout ce qui peut se briser se brise, se fend, explose en mille morceaux –

Gusten Gripe est donc l'un des quatre bourreaux, auteurs du crime, « garçons déchaînés » – certains, dans le quartier des villas, continueront à vouloir les voir ainsi même par la suite –, « les jouvenceaux », participants d'un jeu qui tourne mal. Affreux mais compréhensible, et l'alcool est évidemment un facteur… une nuit de février 2008 il viole sa camarade de classe Sascha Anckar, dix-huit ans, au cours d'une fête dans la maison des Häggert au bord du lac. Les trois autres sont Alex Axelsson, John C et Nathan Häggert, l'ex-petit ami de Sascha Anckar et, apparemment, l'instigateur et le meneur de tout ce qui se produit dans ses appartements privés – son « atrium » – pendant qu'une fête se déroule aux étages supérieurs de la maison sans que quiconque soit alerté. (Tous les participants de la fête diront par la suite qu'ils n'ont rien vu, rien entendu. La porte de l'escalier et celle de l'entrée privative de Nathan côté lac sont restées fermées à clé et aucune personne extérieure n'a eu accès au sous-sol.)

Le viol, qui est extrêmement brutal et comprend différentes formes de privation de liberté (Sascha Anckar est entravée, enfermée, et même enfermée à clé après avoir tenté de fuir), se poursuit pendant des heures et Gusten est sur place, même s'il n'y était pas au tout début. (Nathan lui téléphone du sous-sol, en pleine fête, et lui demande de descendre, et une fois qu'il y est il n'est plus possible de remonter.) Gusten ne participe activement que vers la fin – autrement dit, il est l'un de ceux qui abusent de, oui, c'est ainsi qu'il faut le dire, sans guillemets.

… car on sait bien comment sont les jeunes, il arrive que le jeu devienne brutal et même qu'il dégénère… Cut the crap, ça suffit ! Un viol est un viol et Gusten Gripe fait partie de la bande, il est l'un de ces garçons, ils ont tous le même âge, on les surnomme aussi « les jouvenceaux ». Et plus tard dans les médias : *le quarteron de l'horreur.*

Et il ne le nie pas, Gusten. Vraiment pas. Non. Puisqu'il va au commissariat. C'est lui qui y va, pas la victime, Sascha, qui se trouve à ce moment-là, trois jours plus tard, sonnée, à l'hôpital, muette, un mur de silence. Et, oui, dans le quartier des villas on va pendant un temps *haïr* Gusten, même si personne n'ose formuler cette haine à haute voix. Ou peut-être à la rigueur, *était-ce vraiment absolument nécessaire de faire ça, Gripe ? On aurait pu s'arranger between us, et d'après la rumeur c'était même déjà en bonne voie.*

Déclenchant la mise en branle d'un processus énorme, procès, jugement, publicité – une putain de publicité.

Gusten Gripe va comprendre, ressentir, apprendre beaucoup de choses. Il en viendra à haïr (en grande partie) le processus lui-même, et à haïr aussi ce qu'il aura appris. Par exemple à propos des guillemets. Comment tout ce qui était – qui est – important, s'est quand même retrouvé à la fin réduit à des mots et à des formules entourées de guillemets.

« Les auteurs. » « Ont abusé de ». « La victime. »

Le vrai problème était évidemment que si l'on retirait les guillemets, on se retrouvait face à une vérité crue avec laquelle il n'était pas vraiment possible de vivre, alors qu'on était pourtant bien *obligé* de le faire. Prendre ces mots-là dans sa bouche, apprendre à les prononcer, à dire *je* au début des phrases. J'ai abusé de. J'ai maltraité. Je

ne lui ai fait
grâce
de rien.

Je ne lui ai fait grâce de rien. Voilà. Et Sascha, après (penser à ça, aussi). Son silence. Ses yeux vides. LUI, il n'oublie pas.

Et la peur la solitude : Sascha Anckar de chez Grawell.

Le foyer Grawell – lieu d'accueil pour jeunes femmes à la dérive, si pittoresquement situé au bord du lac dans une villa XIX*e à quatre étages restaurée avec amour. Un vrai bijou, vu de l'autre côté du lac, on l'aperçoit entre les arbres, pile en face de La Playa, et le long ponton de baignade avec sa cabine de bain rénovée « dans son jus » – un ensemble adorable qui se vendrait sûrement des millions sur le marché, ce qui n'arrivera pas puisque le foyer est géré par une fondation privée dont la présidente est Annelise Häggert en personne. Annelise, ancienne pensionnaire de chez Grawell du temps où Grawell était encore un orphelinat – un fait qu'elle rappelle en toute occasion, dans les interviews et portraits personnels qui paraissent dans tous ces journaux et magazines au cours de ces années caressantes, le début des années 2000, lorsque sa carrière est en plein essor vertical et tous, tous, s'intéressent tellement à elle. « L'enfant trouvée de chez Grawell » « La fille de rien venue de nulle part » – c'est ainsi qu'elle se décrit elle-même, à sa façon souveraine de gagnante, non sans avoir la larme à l'œil, ce qui est intéressant et important. Un peu de sentimentalité authentique là, soudain, ce qui est remarquable mais contribue aussi de façon formidable à la construction de son image, vu qu'Annelise Häggert est plutôt connue par ailleurs pour être quel-*

qu'un qui « appelle un chat un chat » sans « enfiler le pantalon du dimanche » (sa propre expression), **les façons de comministe sont des façons de comministe, un point c'est tout.** Ainsi le service public financé par les impôts, pour donner un exemple. Ce n'est donc pas pour rien si la chouchoute du quartier des villas, du temps de sa gloire, est également surnommée **La Dame de Fer II**.

Mais là, maintenant, la larme à l'œil, le côté sirupeux nostalgique – une perspective flatteuse où se glisser pour compléter utilement son image officielle. « C'était chez moi. » Annelise Häggert. En gros plan sur l'escalier du foyer de jeunes filles Grawell : « Je suis tellement reconnaissante. Quand on a eu la chance de recevoir, il faut aussi savoir donner en retour. »

La tête haute, notre mascotte. Tout cet orgueil qu'on s'accorde, dans le quartier des villas, à trouver pittoresque, et qui fait forte impression. En réalité, c'est l'orgueil qui explique le rôle prédominant de la famille Häggert dans le quartier des villas (car sinon les Häggert ne sont jamais que l'une des nombreuses familles de premier plan avec différentes armoiries et traditions dans leurs bagages : Albinus « Abbe » incarne la énième génération des Häggert, petit-fils de l'architecte A. N. Häggert – membre du légendaire trio de jeunes architectes Häggert & Kråklund & Brant. Oui, ce Brant-là, l'arrière-grand-père paternel de Cosmo, qui il y a environ cent ans a eu la vision du quartier des villas et l'a couchée sur le papier. Et le fils d'Abbe Häggert, Nathan, envisage, dit-on, de suivre les traces de cet arrière-grand-père et d'entrer à l'école d'architecture après son bac… Autrement dit : pères influents, fils doués – rien de franchement exceptionnel dans ce quartier des villas qui déborde d'histoires à succès de ce type).

Annelise ! La fille de rien de l'orphelinat, notre orphelinat, Grawell. From Rags to Riches, le vilain petit canard devenu cygne – juriste d'entreprise, économiste, professeure d'économie à l'université à vingt-sept ans à peine, Milton Friedman ! Gayn Hand ! Voilà autre chose, voilà du nouveau.

Et la première femme à occuper un poste après l'autre. Et de surcroît, bien sûr, une histoire à laquelle on veut volontiers s'associer, dans le quartier des villas, car elle raconte, cette histoire, quelque chose qu'on veut volontiers entendre dire et souligner. En lien avec : accueil, bras ouverts, générosité malgré tout, une si merveilleuse carte de visite pour notre quartier des villas et les valeurs que nous représentons.

A real sense of community.

Oui, en un mot : c'est le récit sur la Bonté du quartier des villas.

« Je ne cesserai jamais d'éprouver de la reconnaissance », répète Annelise sur les marches de l'ancien orphelinat (le reportage s'intitule : « J'ai laissé mon cœur au foyer Grawell. »)

« C'était chez moi. » Il lui arrive de parler ainsi même à la maison en évoquant Grawell (à quoi l'attache encore sa fonction de présidente du conseil d'administration de la fondation d'intérêt général). Par exemple à la table du dîner, en présence de son époux Albinus « Abbe », mais c'est alors d'une tout autre manière : la tête rejetée en arrière, en riant, en hennissant comme un cheval – un rire si bizarre, si différent. Tout en jetant à l'époux un regard parfois tout à fait explicite, sexuel, intime. Et Abbe, s'il est de bonne humeur, peut alors répondre : « Oui, bon, pas franchement une jument pur sang, mon alumni de chez Grawell. »

Mais ces mots-là, « mon alumni », Abbe a plusieurs façons de les prononcer, et Gusten ne tarde pas à saisir que c'est une démonstration de pouvoir. Dans cette maison, c'est Albinus « Abbe » qui règne.

Lui si réservé, presque timide au-dehors, et là, dans le foyer familial, d'un silence effroyable parfois. Une autorité sans paroles que personne dans cette maison, mais vraiment personne, ni Nathan, ni Annelise, n'ose contester.

Par exemple il peut le dire avec ironie, comme une humilia-

tion, sur un ton de mépris parfaitement assumé : Cette alumni. Cette Chatte Perdue de chez Grawell.

Et Annelise, mais oui, c'est ça le plus pénible à voir – elle, d'ordinaire si battante, vraiment pas du genre à se laisser marcher sur les pieds –, ne dit rien. Regarde la table, comme une fille qui vient de se faire taper sur les doigts.

Tout son esprit, son « intellect étincelant », comme envolé.

La fille de rien pour de vrai.

Silence autour de la table. Un silence comme après un acte violent.

Abbe ricane encore une fois avec satisfaction. Nathan contemple fixement son assiette.

Une Chatte Perdue de chez Grawell.

Après, c'est quand même elle qui rompt le silence, regarde autour d'elle, désorientée, sans assurance aucune – telle qu'on n'est, donc, à cette époque, absolument pas habitué à la voir.

« Vous reprendrez du dessert ? Gusten ?

— Oui, volontiers, encore un peu de banana split, répond l'hébergé à haute et intelligible voix avec un sourire servile. Le rôti était vraiment tendre, délicieux.

— Banana split, my ass, marmonne haineusement Nathan sous cape en se levant pour quitter la table.

— Où tu vas, toi ? »

La voix d'Abbe découpe le silence, pétrifie Nathan.

« Rassieds-toi. Et dans ma maison on demande pardon quand on s'est mal conduit. »

Nathan se rassied en silence.

« DANS MA MAISON on demande pardon », répète Abbe.

Et pour finir Nathan s'exécute. « Pardon. » Il hurle : « Pardon Pardon Pardon ! » Mais Abbe ne s'intéresse déjà plus à lui, feint de ne pas l'entendre et s'adresse à Gusten d'une voix aimable et empreinte de sympathie. Il le félicite bruyamment pour la spectaculaire amélioration de ses notes au lycée : « Tu es un garçon ambitieux, toi, Gusten. Tu as – nous avons – toutes les raisons d'être fier de toi. Santé !»

Abbe lève son verre. Gusten lève le sien. Abbe et Gusten sont les seuls à trinquer. Tout est totalement tordu et dégueulasse.

(Mais en même temps, il faut le dire: Gusten est fasciné. Ce pouvoir patriarcal tout cru, comme un écho archaïque qui s'exerce même ici, dans le Vaisseau Hanté, faisant courber l'échine aussi bien à Nathan qu'à Annelise. Oui, même ici, et il aimerait bien en parler avec quelqu'un.

Mais il n'y a personne. Le révéler par exemple à Angela, maman, serait une trahison. Alors ça devient un sujet de rumination, là-haut dans la chambre d'amis, la chambre des possibles, où il essaie aussi d'écrire sur ce sujet.)

«J'aime bien parler avec toi, Gusten.» (Annelise à la table de la cuisine, plus tard, quand ils ne sont que tous les deux.)

AINSI *: le regarde, lui tend la main par-dessus la table.*

Instants fragiles

Prend sa main – et

Il prend la sienne –

Que votre petite main est froide

Che gelida manina, cet opéra-là, Gusten. La Bohème

Pavarotti chante –

Elle commence à glousser : « Cher Gusten, je veux dire, tu ne dois pas croire tout ce que dit ta maman. Tout n'est pas vrai. Ta mère est comme un opéra.

«À elle toute seule.

«Mais – d'un autre côté (nouveau gloussement), ce ne doit pas être drôle de chanter uniquement ces compositions expérimentales. INTÉRESSANT, *comme musique, mais en quoi nous touche-t-elle ? Je veux dire, Gusten, la musique n'est-elle pas censée nous toucher au cœur ?»*

Et Gusten acquiesce, oui bien sûr. Elle tient sa main, il tient la sienne. « Mais, demande-t-elle, au moment précis où la sourde pulsation de la musique commence à monter du sous-sol. Comment vas-tu, Gusten, as-tu… quelqu'un ? De spécial ? »

Gusten se redresse, hausse les épaules. Que répondre ?

Oui, il « a » quelqu'un, Sophia par exemple, du club de théâtre, avec qui il répète Macbeth tout cet automne-là – un truc prudent, encore vague.

(Sophia qui, au cours des vacances d'hiver quelques mois plus tard, aura la rubéole. Couverte de boutons dans son lit douillet… Et après, quand elle apprendra ce qui s'est passé, elle ne voudra plus lui adresser la parole. Et il rentrera chez lui, s'enfermera aux toilettes et vomira, vomira, jusqu'à s'être vidé l'estomac.)

« Parle-moi de Nathan, Gusten », insiste Annelise cet automne-là, encore, encore (comme une plaisanterie, mais par la suite Gusten s'interrogera, était-ce vraiment une plaisanterie ?).

« Quelle couleur ?

« Quel plat ?

« Et son secret le mieux gardé. Quel peut-il être ? »

Et Sascha, de plus en plus souvent : « Qui est-elle ? »

Ça devient pénible avec le temps, car on est déjà en novembre et tout est fini entre Nathan et Sascha, bien qu'Annelise ne semble pas être au courant. Il n'y a plus que Nathan tout seul, en bas, une basse qui pulse au sous-sol, il n'est pas dans son état normal, mais d'une manière tout à fait neuve et hostile, tout seul, là, dans son sous-sol.

Sascha ?

Ben, elle l'a quitté – Nathan.

Et Nathan est en train d'aménager une pièce insonorisée qui est, mais seulement officiellement, pour papa-maman, le studio où il va enregistrer sa musique.

En vrai, c'est la pièce où il va l'enfermer, l'attacher et la dresser, se venger d'elle. Il va… Sascha, aiméehaïe – elle l'a quitté, c'est impardonnable. « Je vais l'amener à la maison et la tuer. »

Il en parle comme un dément, encore, encore. « Calme-toi, Nathan, dit Gusten, arrête avec ça. »

Gusten, qui est pressé de partir, ailleurs, pas juste pour fuir mais pour aller vivre sa propre vie. Car à cette époque il est à la dérive, en train d'épuiser son existence dans cette maison où il se sent un peu trop bien, où il va et vient comme bon lui semble, muni de sa propre clé à la fois pour la porte d'entrée et pour la porte du sous-sol (l'entrée privative de Nathan).

Monte et descend l'escalier en catimini dans de coûteuses pantoufles en cuir – une vieille paire d'Abbe (elles sont trop petites pour Nathan, mais il s'avère que Gusten et Abbe font la même pointure). Il a ses livres, et le théâtre. Macbeth – il est tellement bon sur scène. « Gusten, tu dois essayer d'entrer à l'école de théâtre ! »

« Oui elle avait un chien dans son sac à main et après il a disparu. »

Gusten s'entend expliquer ça, là-haut dans la cuisine avec Annelise.

« Disparu ?

— Oui, elle l'a oublié quelque part, ou vendu, je ne sais pas.

— Oublier un chien, Gusten, ce n'est pas possible. C'est complètement dingue. »

La victime avait geint et gémi. Il l'avait entendue.

Pitié. Pitié. Pitié.

Ils avaient tous entendu. Ils étaient quatre autour d'un lit où une victime nue était restée attachée pendant des heures. Scotchée, avec du Gaffer marron.

Debout autour du lit à la regarder. Une situation bizarre.

Au beau milieu de la frénésie, qui était due à la fois à l'alcool et au sexe – une espèce d'excitation sexuelle partagée, intensifiée. *Recklessness.* Ce truc qui survient quand on transgresse les limites ensemble. Sans règles (dans le jeu il y avait eu des règles, un contrat, un accord partagé. Mais quand ce qui avait eu lieu avait eu lieu, le jeu était fini depuis longtemps).

« Dis que tu es une pute.

— Non.

— Dis que tu es une pute.

— Pitié – »

Elle avait imploré, imploré, et ensuite elle s'était mise à pleurer. Les larmes jaillissaient de ses yeux. Sascha la dure, la forte. *Ceci, donné pour vous.* Les yeux de Nathan brillaient.

Et c'est à ce moment-là qu'elle avait réussi à se libérer et à s'enfuir dans la neige – nue. Ils avaient été deux, John et Nathan, à la poursuivre. Ils l'avaient rattrapée et ramenée de force en riant, en la traînant entre eux. À ce moment-là plus aucun doute n'avait été permis et ils avaient tous compris que c'était exactement ce que ça avait l'air d'être : maltraitance, viol, dans les grandes largeurs – violence physique et scxuelle.

« Photo, Alex ! » Nathan, le souffle court, surexcité, grognant presque. « Vas-y, prends une photo. »

Alex lui-même ne cesserait de réaffirmer, au cours du procès et même après le verdict, par exemple lors de l'étrange « session thérapeutique » dans les Alpes sous la conduite de Carolus Brant, le « psy des vedettes » : « J'étais raide bourré, et elle était d'accord pour jouer, *et maintenant j'aimerais bien aller skier !* » (Il complétait sa réplique ainsi depuis qu'il était dans les Alpes, du moins dans la version que Cosmo, cousin du psy, avait fournie à Gusten, le quatrième membre absent du quarteron, qui était à ce moment-là interné chez les fous car il s'était fracassé en mille morceaux et avait besoin de se rassembler pour pouvoir continuer, d'une manière ou d'une autre, ou même juste simplement pour vivre. Cosmo, le seul qui était passé le voir, et qui était venu le chercher à sa sortie. Car oui, celui qui était parti dans les Alpes à la place de Gusten, c'était Cosmo, bien entendu. Il avait réussi à faire mettre le billet d'avion de Gusten à son nom, tape dans le dos… *Ben oui, Gripe, que ne ferait-on pas pour des vacances au ski ?*)

Gusten avait pris l'appareil de Sascha et clic clic clic – elle, uniquement elle, sa détresse – sous différents angles.

Encore, encore. Bien sûr il n'est pas nécessaire d'étudier de très près le scénario de *Qui a tué bambi ?* pour comprendre que cette séquence-là précisément, où tout arrive, non seulement va figurer dans le film, mais va y revenir sans cesse. Beaucoup de détails, beaucoup de violence et de peau et d'excitation adolescente incontrôlable et de fascination se combinant au dégoût dans un enchaînement qui ne peut plus être arrêté car là là LÀ ça arrive ! Et c'est à la fois horrible et d'une certaine manière presque titillant, et frustrant aussi : on ne peut pas faire autrement que de REGARDER.

Regarder Nathan, écarlate, hors de lui, ivre mort et en proie à la grande, la pure excitation. Il la giflait en alternance, une joue, « dis-le », puis l'autre joue, de plus en plus fort, et bon, à la fin elle l'a dit, qu'elle était une pute, et Nathan, qui riait, a pris le foulard de soie rouge vif, celui qu'elle portait, noué autour du cou, en arrivant à la fête quelques heures plus tôt, il en a fait une boule lisse et dégueu qu'il lui a enfoncée dans la bouche. « Voilà, la pute ferme sa gueule. »

« Sers-toi, Gripe. »

Il s'était tenu au pied du lit, dans l'alcôve séparée du reste de la grande chambre de Nathan par un rideau, à ricaner comme un débile.

« Gripe, *come on* – »

Immobile.

« Gripeee ! »

Mais à la fin, à la toute fin, il l'avait sans doute fait. Il « s'était servi » comme les autres, et puis il avait vomi.

Et elle avait vomi elle aussi – elle avait failli être étouffée par le tissu qu'elle avait dans la bouche, mais ça n'avait pas pris fin pour autant.

Ça avait juste continué.

Photo photo, clic clic.

Au cours des huit heures et quarante-six minutes que ça avait duré (bouquet final de la semaine de vacances d'hiver, ils lui avaient fait ingurgiter une grande quantité d'alcool si bien que les dernières heures elle avait été à demi inconsciente pendant qu'elle « prenait »).

« Prends ça, sale pute ! Dis que tu en redemandes ! »

Et elle l'avait dit.

Ça, en soi, Gusten Gripe ne l'avait entendu qu'après coup, pendant le procès, vu qu'il avait rampé jusqu'au dressing de Nathan où il s'était endormi, tout au fond, au milieu d'un tas de tapis roulés. Dans cette penderie qui faisait la taille d'une pièce et où les costumes de Nathan étaient soigneusement alignés sur des cintres à côté des chemises en coton et en soie et des pulls en alpaga, en coton fin et en cachemire. Par terre, en vrac, des restes d'enfance, objets oubliés : ballons de foot, raquettes de badminton, battes et balles de base-ball, balles de tennis, balles de ping-pong, balles en caoutchouc – un télescope, des puzzles, des jeux de société : Nouvelle Finance et Monopoly, Couples de Chats, Memory, Opération X… Et d'autres choses qui avaient été rangées là un jour et n'en avaient pas été ressorties depuis. On peut se demander, avec le recul : c'est quand, la dernière fois ? Qu'on a fourré l'objet, le jouet, le truc, le machin dans la penderie à la fin d'un jeu, d'une partie, d'une activité. Et qu'on ne l'a plus ressorti, qu'on n'en a plus jamais eu l'usage, parce qu'on a grandi, qu'on a passé l'âge ? Exact, difficile de répondre : il est rare qu'on s'en souvienne (à moins que ce ne soit associé à un événement spectaculaire bien sûr, comme ce télescope oublié au bord du lac et démoli à coups de pied). Mais en général, on ne peut pas le dater de façon précise ; une fois est la dernière, et puis c'est tout.

Au moment où ça se passe, on ne comprend pas que c'est ça qui se passe. Le passage de l'enfance à l'adolescence, à l'état d'adulte… Où toutes ces affaires se transforment en choses, choses qui encombrent, choses, choses qui ne signifient rien.

Mais Gusten ADULTE, là, en cette nuit de février – pendant le viol qui se poursuivait dans la pièce de l'autre côté de la porte du dressing –, avait rampé au plus profond de la jungle de l'enfance dépassée, surdimensionnée (affaires, affaires, millions d'affaires, car Nathan est et était un enfant gâté).

Puant le vomi, pantalon à demi baissé.

Petit animal vomissant, petit animal adulte (heureusement il faisait noir là-dedans, il ne risquait pas d'avoir des associations sentimentales en reconnaissant tel ou tel objet.)

Et par chance il était complètement bourré, pouvait

continuer à se frayer un chemin vers le fond et se faire une niche entre deux vieux tapis, parce qu'il avait besoin de se réchauffer. Comme il avait froid d'un coup !! Petit bonhomme.

Et là, alors, s'imaginer. Oui quoi ?

(Que quelque chose allait passer peut-être, que ceci n'avait pas le droit d'être ce que c'était.

Vrai

– vrai.)

Et puis, miséricordieusement, s'éteindre, disparaître.

Une fête se déroulait à un autre endroit de la maison. À l'étage, au-dessus. Là, dans l'obscurité du dressing, on pouvait aussi entendre ces bruits-là ; rires, cris, musique boum boum qui se mélangeait à la puissance de la basse dans le sous-sol de Nathan, *Being in a gang called The Disciples – Time –*

Un autre monde là-haut, un autre temps : tous ces amis, de l'école, de la classe, du quartier des villas, garçons et filles avec lesquels on avait grandi, et tous les autres, de tous les autres endroits, partout – une fête comme toutes les fêtes de Nathan, cette dernière année, limitée aux personnes invitées en début de soirée, plus permissive par la suite. Pas comme si la porte d'entrée était restée grande ouverte, mais quand même, les gens n'arrêtaient pas de débarquer… Ainsi ce samedi soir tout avait continué, continué jusqu'à se calmer spontanément vers le petit matin… Mais séparément. Là-haut, personne n'avait la moindre idée de ce qui se passait dans l'atrium de Nathan auquel personne n'avait accès. Les portes fermées à clé, aussi bien celle de l'escalier que celle de l'atrium lui-même. Et celle de l'entrée privative de

Nathan, vers le lac, bien sûr (et puis aussi : une fois qu'on était en bas, impossible de sortir – *GRIPEE ! Où tu vas ?*)

Ohmerdeohmerdeohmerde, quand ils en entendraient parler plus tard (les autres, tous les autres) et qu'ils comprendraient.

Ou bien ? Sascha n'était pas très appréciée, elle était à la fois arrogante et fausse, et elle venait du foyer Grawell, c'était une délinquante et elle avait quitté Nathan... Alors qu'est-ce qu'elle venait faire à cette fête ? Certains laissaient planer le sous-entendu : *comme on fait son lit on se couche. Et elle s'était couchée. Boy toy. Une poupée démantibulée. Plus ou moins déchirée déchiquetée, par tous les trous.*

Gusten s'était donc endormi, mais il ne dormait pas profondément. Chaque fois qu'il se réveillait, l'action en cours dans l'atrium se poursuivait encore, ce n'était pas terminé. Même après que les bruits de la fête au-dessus s'étaient tus.

Puis, finalement, le matin était arrivé, et six jours plus tard il allait voir la police.

« Comme donc ce film, là, Benny's Video *(Nathan à Gusten).*

— Quel film ?

— Bon, c'est un type qui tue une fille, au sous-sol, genre, dans la salle de jeux familiale, pendant que les parents sont à l'étage du dessus et ne se doutent de rien. »

Ensuite, interrogatoires, interpellations, inculpations et, environ un an plus tard, procès. Les condamnations prononcées sont légères (seul Nathan est condamné à une peine de prison conditionnelle pour séquestration, les autres sont acquittés), et il n'est pas fait appel du jugement.

Alors bien sûr. Il y avait matière à raconter – auditions, étapes du procès (assez ennuyeuses en fait, ne menant à rien de précis), questions, réponses, tout ce qui fut dit et ne le fut pas, déclarations aux médias. Et tout ce qui avait été écrit dans les journaux, toutes les spéculations, toutes les rumeurs – certaines mensongères, horribles, d'autres percutantes, en plein dans le mille.

Toute cette ambivalence, une fois la révélation faite, et qu'il n'était plus possible de nier les faits : d'un côté tout le discours comme quoi la justice devait suivre son cours, d'un autre côté tous les autres messages qui ne cessaient d'affirmer le contraire. Par exemple, quand on s'appelait Gusten, devoir vivre avec le « Judas » d'Abbe Häggert qui vous résonnait aux oreilles, un vide autour de soi (très tôt aussi la rumeur d'un arrangement à l'amiable en train d'être conclu entre Ursula Borggaard, la mère de la victime, et la famille Häggert). Et puis surtout, le plus visible – une fois les uns et les autres un peu remis d'avoir été tirés tout ensommeillés de leurs confortables lits, dans plusieurs résidences du quartier des villas.

Se retrouver propulsé sous la lumière des Projecteurs, dans un espace public plutôt horrible (bien qu'*en soi* on ne fût pas… ceci et cela).

Et faire en même temps tout son possible pour éloigner une culpabilité pourtant évidente en relativisant tout ce qui pouvait l'être. Toutes ces réserves qui, à force d'être répétées, pouvaient peu à peu se consolider, se renforcer et même peut-être finir par emporter la victoire.

Les mamans (du côté des « jouvenceaux ») scandant « j'ai beau être une féministe convaincue », sur tous les tons, certaines à voix claire et haute, en articulant bien, d'autres sur un ton bas, doux, désespéré, avec une modestie charmante, lorsqu'il s'agissait d'évoquer la victime et son « tempérament » (Sascha Anckar, la sauvage, la folle !) : *« J'ai beau être une féministe convaincue, je dois quand même dire, s'agissant d'elle»* et bien sûr il y avait de quoi dire… *«pas une sainte, en somme, et on peut penser qu'*ELLE *aurait mieux fait de se tenir à distance de Nathan (pourquoi venir à cette fête alors qu'elle l'avait quitté et qu'il avait pris la chose si durement).*

« On sait comment sont les jeunes, amour de jeunesse et trahison, ce sont des choses sérieuses.

« Pas seulement pour les jeunes femmes : pour les jeunes hommes aussi. »

(Quelqu'un avait vraiment écrit ça, dans le courrier des lecteurs du journal local, sous le titre « Considérez un peu le jeune homme ! »)

Beaucoup de choses avaient été dites aussi sur le foyer Grawell, d'où était originaire Sascha. Non pas, cette fois, dans la perspective d'Annelise, « mon foyer », mais sur Grawell en tant qu'« établissement d'accueil pour filles inadaptées et délinquantes », ce qui était également vrai bien sûr, et sur tous les délits (petits, mais ils grossissaient à mesure qu'on en parlait) commis par Sascha, et pour lesquels « on peut faire de la prison si on n'a pas la chance d'être mineure ». Oui, et puis Sascha était une fille à la fois arrogante et bravache (ça, personne ne le disait à voix haute, mais ce qu'on savait d'elle par ailleurs faisait qu'il était facile de nourrir ces représentations quant à son « caractère »). Et puis elle avait de l'argent à jeter par les fenêtres, l'argent de la drogue qu'elle vendait, bling bling bling… un petit chien dans un sac à main trop grand.

Oui, le chien.

Dieu, que ce chien était soudain à plaindre. *Comment il s'appelait déjà ?* Krulli ? Krilli ?

Au fait… qu'était-il devenu ?

Il avait disparu, c'est tout. Disparu ? *Oh, la vie négligente, Sascha.*

Elle l'avait VENDU ? Elle l'avait ÉGARÉ ?

Ou pire, plus affreux. S'en était-elle débarrassée ? Dans ce cas, qu'est-ce que cela disait sur elle ? Une personne *capable de ça ? COMMENT peut-on faire une chose pareille ?*

Et les pères, de leur côté, qui après quelque temps, en termes plus sobres et apparemment plus objectifs, avaient ouvertement commencé à réfuter la façon dont « le quarteron de l'horreur » avait été présenté dans les médias. Rien que ce nom, déjà, pour parler de *jeunes gens avec la vie devant eux.* Et plusieurs d'entre eux – il pouvait être bon de le rappeler dans ce contexte – étaient tout à fait méritants, sur tous les plans : aussi bien dans le domaine scolaire que sur le plan sportif. Le principal inculpé, Nathan Häggert, était presque considéré comme un génie, après tout. Premier de sa classe dans toutes les matières et naguère encore un patineur artistique prometteur chez les juniors au niveau national, sélectionné pour participer aux championnats d'Europe juniors (même si c'était à ce moment-là qu'il avait arrêté, juste avant les championnats. La jeunesse, les camarades avaient pris le dessus, mais là aussi, rien que de sympathique et de bien compréhensible, tout à fait normal).

Alors il n'était pas déplacé de s'interroger (n'est-ce pas ?). Allaient-ils devoir maintenant porter ça ? (À noter le choix des mots qui commençaient à apparaître : « ça », « l'incident », « le stigmate », « les intouchables ».) « Nous commettons tous des erreurs, pas vrai ? Ça fait partie de la jeunesse, parfois les jeux vont un peu trop loin. »

Mais l'histoire du « stigmate » des « intouchables », c'était évidemment bien trouvé. Cela avait été communiqué aux médias sans périphrases dans un premier temps, « il y a un aspect de classe dont il faut tenir compte », avait mis en garde le consultant en communication avec un regard circulaire dans l'un des élégants salons du quartier des villas où les parents des inculpés (et parfois aussi les inculpés eux-mêmes) se réunissaient pour « élaborer une stratégie » avant le procès et même pendant, et aussi ponctuellement, au besoin, par exemple lorsque Annelise Häggert avait encore commis une bourde en s'exprimant en public (« commis une bourde », ça ne se disait pas à haute voix, mais tout le monde voyait bien que ce qui avait été considéré jusque-là comme un « tempérament méridional haut en couleur » et un sens de la formule né d'un « intellect étincelant et sûr de lui » ou ne-mâchant-pas-ses-mots-no-monkey-business-droite-dans-ses-bottes n'était pas du meilleur effet quand Mme Häggert tombait le masque à répétition et parvenait de moins en moins à cacher sa rage de voir son fils et elle traités comme des « moins que rien, des crapules, des **criminels de bas étage** ». Oui, ça elle l'avait sorti après un compte rendu minutieux qui avait détaillé la violence exercée pendant plusieurs heures par son fils et fourni des précisions horribles au sujet des jours qui avaient suivi le viol, au cours desquels le fils n'avait pas raccompagné Sascha chez elle, contrairement à ce qu'il avait dit à Gusten en réponse à sa question. Au lieu de ça, il l'avait enfermée dans la Chambre Matelassée. Et pourquoi au nom du ciel disposait-il d'une chambre pareille ? Hein ? Studio de musique ? ainsi qu'on justifiait la chose du côté de la défense, un nouveau hobby, la musique. Mais N'IMPORTE QUOI... *bullshit*, Gusten le savait pertinemment, car quand donc Nathan avait-il jamais composé le moindre morceau ?

Mais de son côté Nathan affirmait (et il l'affirmait avec

un air d'incertitude songeuse tout à fait plausible) qu'il l'avait mise là parce qu'il *ne savait pas quoi faire d'elle.*

« Je devais être en état de choc, je ne sais pas. » Le regard fixé au sol.

Et autres détails, qui par moments, au cours du procès, avaient même conduit l'un des parents directement concernés à s'exclamer (mais en privé, et en l'absence d'Annelise) : *« C'est quoi, ce Nathan, à la fin ? Un genre de psychopathe ? »*

Mais en même temps, il faut le dire, on ne disposait pas de grand-chose d'autre, comme éléments. Car Sascha Anckar refusait de prononcer le moindre mot. De plus en plus muette au cours du procès, comme disparaissant dans un silence appliqué pendant que ça raisonnait et argumentait autour d'elle.

Beaucoup de blabla, en somme. Un putain de blabla.

Comme un show. Et il se déroulait sous ses yeux. Ses yeux à lui (Gusten : en tant que bourreau, acteur – il était coupable, ça, il le savait, alors pour lui peu importait le mot employé).

Le chœur des mères : *j'ai beau être une féministe convaincue…* Et les pères, donc, qui avec le temps se retiraient de plus en plus loin de ça, « l'incident », au profit d'autres choses, par exemple l'association sportive, *l'avenir.* Une observation intéressante en soi : ces pères tendaient à disparaître au fur et à mesure des réunions de planification stratégique qui se déroulaient dans les villas des uns et des autres (avec ou sans consultant médias, mais bien sûr c'étaient eux – les pères – qui finançaient la dépense, *mettaient la main au portefeuille.* Ce qu'ils ne manquaient pas de souligner en termes voilés à la moindre critique. Peu à peu il avait commencé à y avoir un tas d'autres réunions auxquelles ils ne pouvaient se soustraire, voyages d'affaires, urgences diverses, missions sur la base du volontariat, et l'équipe de football messieurs avait fait sensation en réussissant à se hisser en division B, ce qui était plus ou moins historique pour le football du quartier des villas. Et puis il y avait les « petits gars du basket » qui volaient toujours de succès en succès, y compris à cette époque. Et ces jeunes *n'étaient tout de même pas autonomes*, alors il fallait bien mettre la main à la pâte, là aussi, et, en un mot comme en cent, la conclusion pouvait sembler logique : *Tout ne peut pas être laissé en plan indéfiniment, il n'y a pas eu mort d'homme et la vie continue, après tout–*)

Alors c'était comme si les pères se désengageaient, lentement mais sûrement, de l'affaire – sur un plan personnel à défaut de le faire sur un plan judiciaire. Tous ces détails ballots : le sexe, les sécrétions, le sang, les émotions… Tout ce qui pouvait, et qui allait, de fait – c'était bien le but –, être renvoyé de plus en plus explicitement vers la sphère féminine : tout ce *truc corporel.*

Et c'est à peu près là, vers la fin, que tout le monde s'était écarté pour laisser la place à deux dames spectaculaires qui étaient entrées en scène (oui, une scène, c'est ainsi que Gusten finirait par voir toute l'affaire : une pièce de théâtre. Et c'était ça, de facto, dont il se souviendrait le mieux). Deux mères, deux amies, Angela et Annelise, s'étaient affrontées en se déchaînant l'une contre l'autre comme dans un opéra (où même l'amitié se dissolvait sous les yeux des spectateurs).

Annelise, une chatte sauvage de chez Grawell.

Et Angela *(« Regardez-vous dans le miroir, les gars ! »)* débarquée pour le procès tout droit d'Australie, où elle remportait un succès critique dans la création de *Dissections of the Dark Part I.* Une œuvre qui ferait date (ainsi qu'on le découvrirait plus tard) dans la tradition opératique post-moderne, des compositeurs Schuck & Gustafson. Et dans la mesure où cet opéra jouait à guichets fermés en cette saison d'automne (car c'était l'automne, là-bas en Australie), les possibilités qu'avait Angela de se libérer pour venir assister en direct aux audiences étaient fort limitées (sinon, cela équivalait à une rupture de contrat et cela coûtait extrêmement cher en pénalités). Mais quand exceptionnellement elle se présentait à l'audience, c'était malgré tout toujours exactement au bon moment.

Ou au mauvais moment, selon la façon dont on choisissait de considérer les choses.

« Blessures qui ne guériront jamais. »

« Traumatisée, peut-être à vie. »

« Regardez-vous dans le miroir, les gars ! »

L'entendait-on s'exclamer, car elle ne mâchait pas ses mots pour évoquer les dommages causés à la victime. Et cela d'une voix qui non seulement sortait du lot et se détachait sur le fond du chœur des mères, mais qui vous secouait, cette voix, jusqu'à la moelle des os, au moment même où on avait l'impression qu'à force de réserves et de raisonnements en tous sens – le « caractère de la victime », « pas une sainte », « un chien dans le sac à main » – on avait réussi à mettre une distance supportable entre soi et la vérité nue, à savoir que c'était un viol caractérisé d'une brutalité extrême, y compris dans les sévices infligés – avec photos à l'appui.

Oui, elle était surgie pile dans ces moments-là, Angela, sévère, dramatique et pénible, et avait discouru – on avait l'impression non pas d'un seul discours, mais de cinq cents – les deux ou trois fois où elle avait réussi à se libérer pour se présenter à l'audience.

Tout en parlant elle jetait autour d'elle des regards

vainqueurs. Mais peut-être, peut-être, murmurait-on parmi les autres mères, du moins certaines, quand personne n'était là pour entendre et qu'Angela elle-même n'était pas présente… que le seul but d'Angela, c'était d'attirer l'attention sur elle, sur sa personnalité hors normes et son sens incorruptible de la justice.

Façons de diva.

Son propre fils, en plus, si exposé, abandonné – Gusten, *pauvre garçon.* Là « sur le banc des accusés » (une construction métaphorique)… Et oui, bien sûr, il lui arrivait parfois de sentir le regard des mères posé sur lui, et cette sympathie gluante, larmoyante qu'elles dirigeaient vers lui. Et qui ne le consolait en rien, au contraire, qui rendait tout encore plus pelucheux, confus, privé d'oxygène et rien qu'à cause de ça il

se sentait

prêt à tomber dans les pommes, vite, regard au sol, se concentrer, le monde tanguait –

Et puis de l'autre côté : Annelise qui menait envers et contre tout sa propre course démente et se déchaînait de façon incontrôlable dans l'espace public en refusant jusqu'au bout d'admettre la vérité malgré l'accumulation des faits. Oui, bien sûr, à côté de ça elle s'effritait, s'émiettait, tombait en morceaux sous vos yeux et c'était horrible à voir… Et aussi, à mesure que son langage se faisait progressivement plus grossier, à la limite de l'acceptable, ses tenues devenaient de plus en plus luxueuses. Toujours de blanc vêtue, une blancheur de pure provocation, car elle n'éveillait vraiment aucune association avec l'innocence virginale, à supposer que telle eût été son intention, mais bien plutôt avec un surnom tombé dans l'oubli ces derniers temps, un surnom datant du début des années 2000, quand elle soutenait bruyamment toutes sortes d'idées sociales-darwinistes ultralibérales gaynhandiennes en choisissant de mettre l'accent sur l'effet de choc. C'est un **devoir moral** de maximiser son bénéfice, c'est un **devoir moral** de hausser les prix dans toute la mesure du possible. Elle s'était illustrée notamment au cours d'un débat public sur l'accès aux médicaments dans le tiers monde, en défendant un laboratoire pharmaceutique qui refusait de baisser le prix des traitements contre le cancer – les gens là-bas n'auraient jamais eu les moyens de les acheter de toute façon. Un **devoir moral**, ceci, cela, etc. –

On la surnommait alors La Reine des Neiges. Or à présent, dans ce contexte désastreux, où tout l'accent aurait dû être mis sur la fragilité, le remords, l'amour maternel et autres circonstances atténuantes (*Je compte bien me battre comme une lionne pour mon fils*, ce qu'elle avait par ailleurs effectivement déclaré), la vision d'Annelise en blanc venait malencontreusement rappeler la bande vociférante de gaynhandiens extrémistes qui avaient été ses tout premiers soutiens, et qui avaient par la suite été exfiltrés avec soin de la conscience collective afin de rendre Annelise Häggert compatible avec les plus hautes sphères du pouvoir. C'était en effet à ce niveau supérieur qu'opérait l'influente et richissime Fontaine d'Or (l'étape suivante, pour Annelise, aurait été un poste de ministre où elle aurait eu les mains libres pour réformer gaynhandiennement tout ce qu'elle souhaitait). Et ces premiers soutiens avaient dressé des listes entières d'hommes politiques et de patrons d'industrie qu'ils qualifiaient de « pantalons mous », qui n'avaient pas, à la différence d'Annelise Häggert, les *couilles* de faire ceci ou cela, bref : tous ces « sociaux-démocrates et autres gauchistes suspects avec leurs façons de COMMINISTES ».

La Reine des Neiges. Parfois aussi La Dame de Fer II.

Dans une pièce de théâtre, ç'aurait pu être divertissant, mais pour la mère du principal inculpé d'une affaire de viol, ça tombait mal – Oscar de la Renta, Versace, ces vertigineux talons Azzedine Alaïa et la fourrure qu'elle portait, une authentique zibeline d'un blanc de craie. Et les mots qui commençaient à sortir de sa bouche : **espèce de bouse de merde**, avait-elle lancé soudain après une interview où on avait une fois de plus tenté de cerner son rôle de « mère » dans ce « drame ». **Branleur de comministe**, sans le moindre rapport avec le sujet, mais simplement parce qu'elle n'en pouvait plus de tous ces journalistes ; alors, de plus en plus, le consultant médias était obligé de s'interposer et de l'arracher au micro où elle hurlait :

Putain de fuckanal !

Dans son état d'effondrement avancé – désolation, désespoir, détresse, choc, stress – elle devenait capable de balancer à peu près n'importe quoi.

Et ces deux femmes, qui avaient été si amies, Angela et Annelise, comme elles se haïssaient soudain.

« MAIS TU N'ES PAS SÉRIEUSE ? » La voix forte, claire, merveilleuse d'Angela Gripe, sur un ton presque jouissif, quand elle avait l'occasion (par exemple après « fuckanal ! ») d'« entamer le dialogue », à sa façon posée, cultivée et ironique, avec son amie (son ex-amie, donc, et vous savez quoi : c'est juste désolant). Sur les marches du tribunal, en plein air – entre la justice et le sol, la réalité où ses amours circulaient à bord d'une voiture sombre (Nathan et son père, lunettes noires, tous les deux), pendant qu'elle-même restait sur les marches à « batailler ». Et l'Amitié s'émiettait sous vos yeux.

« Mais quelle banalité, Gusten. (Angela, après, avec Gusten dans l'appartement.)

— Que dis-tu maman ?
— Quelle banalité. »
Répétait, répétait…
« Que dis-tu ? »
Mais il entendait bien sûr.

« Elle parle si bien, ta maman », avait même murmuré l'une des autres mères à Gusten, timidement, quand les autres mères étaient hors de portée de voix (c'était Alice, la belle-mère d'Alex Axelsson, *« quelle bande de hyènes hypocrites, ça donne envie de vomir »*).

Tout le monde applaudissait – elle réussissait vraiment à entraîner le public, voilà l'impression qu'on avait – cette chanteuse à la renommée internationale qui avait (presque) chanté au Metropolitan à New York, et le duo qui avait (presque) eu lieu avec Luciano Pavarotti était également présent d'une façon ou d'une autre dans la conscience collective. « *This wonderful Valkyria from the North* », aurait dit Pavarotti, selon la légende. Mais ensuite, peu de temps après, il était mort de cette regrettable crise cardiaque qui avait mis fin prématurément à sa carrière et à sa vie, le Grand Italien au grand cœur.

Mais tiens donc, une femme s'approche d'Angela après qu'elle a fini de parler. Elle lui dit quelques mots et elles tombent dans les bras l'une de l'autre. Oui, bien sûr, Ursula Borggaard en personne, la reine de la jet-set, la mère de Sascha Anckar. Émue aux larmes. Et hop, elle ôte ses lunettes de soleil – les larmes coulent à flots.

Sascha.
Grâce. Elle avait demandé grâce.
Pitié.

« Luciano Pavarotti chante… Oui, est-ce du Wagner ? Que c'est beau. »

« Wagner, Gusten. Elle a dit ça ! Pavarotti chante Wagner !! » (Angela à Gusten en tête à tête dans une chambre d'hôtel autrefois.)

Mais ici maintenant, Gusten voyait sa mère débiner Annelise en plein jour et dans l'espace public, la déshabiller voluptueusement de sa culture approximative, de ses prétentions (pour ressentir elle-même culture et supériorité, culture en tant que *supériorité).*

Il ne voulait pas être de son côté. Pourtant il l'était.

Grâce.

La tête, la tête qui lui tournait. De jour en jour de plus en plus fort –

Et Gusten dans la salle d'audience perdant connaissance, tombant de sa chaise, évanoui. Blam, par terre. Son avocat commis d'office s'était précipité et les mères lui avaient jeté un regard reconnaissant. (Sauf Angela, non, non, elle n'était plus là, elle avait dû repartir, un taxi pour l'aéroport juste après sa « scène » sur les marches du tribunal.)

« Tout ce spectacle hypocrite. »

Gusten était revenu à lui dans une petite pièce. La troisième mère, Alice, la belle-mère d'Alex Axelsson, lui parlait, penchée sur lui, il était allongé sur un canapé.

« Comment vas-tu ? Veux-tu un verre d'eau ? (Le souffle court, comme si elle avait attendu cette occasion.) Je voulais juste te dire, Gusten… (Et là, sortant de son sac à main une mince flasque argentée, dévissant le bouchon et avalant une rasade, fermant les yeux, ah, le plaisir.) Que ta mère, elle sait vraiment parler. Et Gusten, je veux aussi dire autre chose. Qu'elle, ta maman, elle vaut mieux que… que toute cette bande de hyènes réunies. Gusten, connais-tu quelqu'un qui vend des appartements ?

« Je vais déménager. Partir. Quitter tout ça. J'en ai jusque-là, ils me sortent tous par les yeux. Toute cette hypocrisie. »

Il s'était redressé, elle avait passé le bras autour de ses épaules et il avait été submergé par son haleine d'alcool pur.

« Ta mère, Gusten. Elle était d'une autre trempe. Elle l'est. Une chanteuse formidable, une personne véritablement cultivée. Et (pause) je sais, Gusten, en plus : elle est la seule à dire la vérité au milieu de cette bande de hyènes.

— Mais elle n'est pas là.

— Non, c'est vrai, tu as raison. Et moi je ne suis à proprement parler que la belle-mère d'Alexandre. Et j'adore Alexandre. Comme ta maman t'adore. Et Gusten (le regardant avec un air sincèrement songeur) ta maman a raison. N'est-ce pas ?

« C'était puissant de ta part d'aller voir la police. Tout le monde pense que c'était pourri mais moi je dis ce qu'il en est, Gusten. Puissant !

— Tout le monde ?

— La plupart. Ils espéraient une solution plus discrète. Ils pensaient que c'était dans l'intérêt de tout le monde. Personne ne cherchait à minimiser les – Mais Gusten, quand j'entends ta mère je comprends qu'il y a certaines choses qui doivent être exposées à la lumière du jour. Sinon ça ne fait que continuer, continuer et… rien… ne… change… Gusten. »

Une telle détresse en elle, avait-il compris soudain. Et cette détresse était authentique.

« Gusten, est-ce que je peux t'embrasser ? »

Sans attendre sa réponse elle l'avait repris dans ses bras. Et il l'avait laissée faire. S'était laissé noyer de facto dans ses bras. De femme. Whisky, sueur, parfum.

Et peut-être était-ce une bonne chose qu'il ait saisi qu'elle était bourrée, car sinon, s'il l'avait sentie en pleine possession de ses moyens, il aurait peut-être couru le risque de baisser totalement sa garde, de se laisser sombrer dans ses bras (cette femme plus âgée totalement inconnue) et de fondre en larmes, à corps perdu. Et ces larmes-là, avait-il pensé soudain, auraient été sans fin (une pensée effrayante, auto-apitoiement total, avait-il senti aussi). #seviderdeseslarmesforeverandever #pleurnicheurpleurnicheurpleurnicheur

« Cher Gusten tu ne dois pas croire tout ce que dit ta maman. » (Annelise dans une cuisine, il y a longtemps.)

« Elle adore exagérer – deux artistes bohèmes sans le sou à Paris (Pavarotti, Gripe) mais beaucoup trop « bien nourris » (pour être crédibles). Hohohoo (clin d'œil clin d'œil), tu veux qu'on prenne leur tour de taille, Gusten ? »

Et hohohoo, Gusten a ri, lui aussi, dans la cuisine, la chaleur, le Vaisseau Hanté, dans un autre temps, devant l'image que ça lui a fait venir dans la tête.

« Et Gusten : ça ne PEUT *quand même pas être marrant de ne chanter* QUE *ces compositions expérimentales –* Dissections of the Dark. *Une musique* INTÉRESSANTE, *d'accord. Mais la musique n'est-elle pas censée nous toucher au cœur ?*

« J'aime bien parler avec toi, Gusten. »

Et : elle le regarde, tend la main par-dessus la table.

Instants fragiles.

Elle prend sa main – il prend la sienne.

Que votre petite main est froide

Que votre petite main est froide

(Un gant dans la neige boueuse)

Les verdicts étaient tombés deux jours plus tard. Seul Nathan fut condamné – pour séquestration et violences légères. Six mois avec sursis. Les autres furent acquittés (y compris Gusten).

Tant de choses n'avaient pu être prouvées, en définitive, laissant subsister un « doute raisonnable ». (Et Sascha Anckar toujours muette, un mur de silence.)

Angela était repartie en Australie, alors Annelise trônait seule sur les marches du tribunal. Bégayant presque, cette fois, en raison du – qu'était-ce ? du soulagement ? – pendant qu'elle récupérait, face aux caméras, et faisait son ultime déclaration, qui donna lieu à un lapsus mémorable.

« Nous allons maintenant tourner la page. Et un beau jour nous aurons tourné tant de pages que rien de tout ceci n'aura eu lieu. »

Elle avait froid. Elle avait plongé les mains dans ses poches pour prendre ses gants, et l'un d'eux était tombé ; elle ne s'en était pas aperçue, il se passait tant de choses autour d'elle. Un photographe de presse voulait une photo, déjà il l'emmenait un peu à l'écart, quelques pas, clic clic clic.

Alice ? Gusten cherchait du regard Alice Axelsson.

Elle se tenait en bas des marches au milieu d'un groupe de parents (le printemps était revenu, d'ailleurs, un des tout premiers jours, ça gouttait de partout, dégel, et un soleil violent illuminait la grisaille).

Le regard d'Alice rencontrant celui de Gusten. Le traversant sans le voir.

Ensemble tous les trois – elle, papa Axelsson, Alex – souriant timidement comme pour une photo de famille où Alice avait clairement réintégré sa place (et non, il n'y aurait pas de déménagement, c'était clair).

« Maintenant nous allons devoir trouver le moyen de nous retrouver les uns les autres. »

Une photographie où la famille fixe l'objectif en souriant. *Alex Axelsson du quartier des villas, acquitté.*

Ursula Borggaard était là aussi, bien entendu. Avec ces lunettes noires démesurées, ridicules, qui lui mangeaient tout le visage. Le dos droit dans sa robe de styliste noire moulante, de gros lingots dorés aux oreilles et une odeur, non, une puanteur de transpiration et de parfum.

Cette odeur assaillit Gusten quand il s'approcha d'elle pour lui serrer la main. Il s'apprêtait à dire quelque chose mais impossible de sortir quoi que ce soit. Tout ce qu'il réussit à articuler fut : « Toutes mes condoléances. » Mais ça n'allait pas du tout, on ne pouvait pas dire une chose pareille. (Comme si Sascha était morte. Mais Sascha n'était pas morte. Juste ailleurs, quelque part, invisible.)

« Ça va sans doute s'arranger, Gusten, répliqua Ursula à voix basse. Ça s'arrangera. » En le regardant, quoique sans enlever les lunettes, bien en face.

« Je me fous de ta justice, Gusten. Fous-moi la paix. Tu ne comprends pas ? » (Sascha, à l'hôpital, un souvenir.)

Et plus loin, sur l'aire de stationnement, Nathan Häggert sur le point de monter dans une voiture sombre, son père au volant, faisant le signe de la victoire (si, de fait), large sourire au soleil. « Il s'en est fallu d'un cheveu », on avait l'impression qu'il disait ça (mais ce n'était tout de même pas possible ?).

Et maman Annelise, elle était encore sur les marches, pendant que la voiture démarrait et disparaissait. Comme s'ils l'avaient oubliée. Un peu comique, ça, au milieu de toute cette commotion. Mais peut-être que personne n'avait remarqué leur départ à part elle. Et elle fit son possible pour ne rien laisser paraître.

Et, pour cette raison, il y eut place pour un grand final : deux paires d'yeux se rencontrant. Les yeux d'Annelise, et les siens (Gusten, qui était le seul à n'avoir aucune famille à ses côtés, mais qui traînait là quand même, au pied des marches du tribunal en cet après-midi printanier. Comme après une fête de distribution des prix à l'école, ou un événement du même genre).

Elle ne souriait pas. Elle le dévisageait, intensément, comme si elle l'interrogeait, mais de façon neutre. Ou comme si elle voulait lui dire quelque chose, sans vraiment savoir quoi (il y avait cinq ou dix mètres entre eux).

Soudain il eut l'impression qu'elle prenait son élan, qu'elle allait ouvrir la bouche et crier : « GUSTEN ! Tu veux qu'on te dépose ? Viens avec nous ! »

Comme si tout était redevenu normal (aussi normal que possible en ces temps-ci. Car la vie devait « continuer », « l'avenir », « tourner la page » – elle l'avait dit elle-même).

Puis elle changea brusquement d'avis et se détourna, lui tourna le dos. C'était un peu étrange à observer car il n'y avait personne à côté d'elle, personne. C'était, de fait, comme si un vide s'était creusé autour d'elle. Ça avait commencé là : ce dont elle allait faire l'expérience par la suite. L'évitement. Elle allait être chassée de la conscience collective du quartier des villas.

Ou alors elle avait simplement repéré la Mercedes sombre, avec à son bord Nathan et Abbe qui venaient peut-être de s'apercevoir qu'ils l'avaient oubliée… Car voilà de nouveau (quelques longues minutes plus tard, mais tout de même) la voiture, glissant sans bruit au bas des marches, ramassant Annelise au passage.

Comme un jouet qui se serait cassé, Sascha. Et qui aurait dû être réparé.

« Je veux rentrer », pleurait Sascha. Et Nathan disant qu'il allait la raccompagner en voiture.

« Je dois y aller », avait dit Gusten. Sascha et Nathan s'étaient tournés vers lui, presque effrayés. Comme deux petits enfants. « Maman… » (oui, de fait, il avait dit ça, c'était censé être une explication, il devait aller chercher sa mère à l'aéroport, mais il n'avait pas fini sa phrase).

« Vous vous débrouillerez ? » Pas de réponse. Mais il avait vu le regard de Sascha. À quel point elle avait peur. Il ne lui avait jamais vu ces yeux-là auparavant. Ne pars pas, disait ce regard. Je t'en prie, Gusten, ne pars pas. J'ai peur.

Mais il était parti.

Il avait quitté l'atrium par l'entrée du sous-sol. Un matin froid, mordant, glacial. Il se mettrait à neiger, il y aurait dégel, les températures repasseraient au-dessus de zéro, puis baisseraient de nouveau, et ainsi de suite pendant des jours. Chaque jour si particulier dans la mémoire de Gusten, et pourtant si semblable aux autres. En sourdine, sous le reste – maman dans la cuisine, maman dans l'appartement, il adorait être avec maman en tête à tête dans leur petit deux-pièces du quartier des villas, quand elle était de passage au pays –, une interrogation lancinante, où est-

elle, où est-il ? Sascha ? Nathan ? (Sans cesse il retournerait sur l'aire de pique-nique pour attendre avec les autres, qu'il revienne, qu'elle revienne –)

Ça, c'étaient les pensées « hautes ». Auxquelles on pouvait repenser, par ce matin clair, par la suite. Mais alors qu'on avait le corps l'esprit l'âme tellement en lambeaux. La gueule de bois... Une sorte d'état de choc – je l'ai violée, je l'ai violée –, tout ça n'était pas encore remonté à la surface... Ce qui s'était « passé » là-bas était, y compris pour Gusten dans cet état, quelque chose de totalement irréel qui n'avait jamais eu lieu (ou alors : qu'il était possible de transformer en quelque chose qui n'avait pas eu lieu).

Car elle avait eu l'air tout à fait ok, Sascha. N'est-ce pas. Oui.

Mais sortir dans l'air pur, l'air béni, haut et clair. Qui le portait –

Le Vaisseau Hanté derrière lui. Dévasté.

Ne te retourne pas.

Et il

n'avait pas vu –

« Je la raccompagne chez elle », avait dit Nathan. Mais ensuite il ne l'avait pas fait.

« Je ne pouvais pas la laisser là. Alors après je ne savais pas... Je l'ai ramenée.

— Et tu l'as – cachée ? »

Nathan, le regard qui erre, puis il baisse les yeux, regarde le sol (pendant les auditions).

Se tait.

Puis : « Non. Ou. Je ne sais pas – »

Ça y est, maintenant Gusten se voit, là, dans la neige boueuse, devant le tribunal. Il n'est personne. Il n'est rien. La neige boueuse. Et dans l'oreille, la voix de maman (elle parle, parle, acquitté !!, crie dans le téléphone – il a mis ses écouteurs – c'est presque pénible, comme elle crie).

Dieu qu'elle est soulagée. Il aime/hait de nouveau.

C'est plat. Lisse.

Comme d'une certaine manière ce jour froid, ensoleillé mais absolument fade (insignifiant) de la fin de l'hiver.

Et tout à la fin, quelque part, dans un coin reculé de sa mémoire, une « victime » monte dans une voiture. Sascha Anckar. Qui au cours du procès a continué de rester muette, une statue de sel, très pâle, le regard dans le vide quand il lui arrivait d'être là. La plupart du temps, elle n'était pas là.

Les muscles saillants, elle avait vraiment recommencé à s'entraîner, nageait, nageait, et lui, Gusten, s'était surpris à fréquenter les tribunes de la piscine, pour la regarder se déplacer dans l'eau d'un bord à l'autre du bassin, en s'ébrouant.

Il avait voulu lui parler.

Elle ne l'avait pas vu. Ou elle avait fait semblant de ne pas le voir – et il n'avait pas eu le courage ou l'aplomb suffisant pour se pointer devant elle l'air de rien. Et ensuite elle était partie, avec les Pellegrino, une famille du quartier des villas (amis, ou cousins éloignés, disait-on) uniquement composée de grimpeurs maniaques. Maman grimpeur papa grimpeur enfants grimpeurs : quatre fanatiques de la vie en plein air.

Toujours partis par monts et par vaux pour grimper, donc. Afin de, pendant cette période, dans le sain milieu de la grimpe, tenir pensées et émotions en respect.

« Un journal intime pour tes pensées, Sascha. »

« … mais je ne voulais pas d'une putain de justice. Ça n'existe pas. Je voulais partir. Il voulait me tuer. » (Sascha plus tard.)

Gusten resté seul dans la neige boueuse devant le tribunal. Découvre quelque chose au pied de l'escalier où elle se tenait peu de temps auparavant. Le gant d'Annelise. Cuir épais, marron foncé, doublé de fourrure.

Tableau : Annelise Häggert

(Fin de l'histoire)

Il était une fois Annelise Häggert. Une Annelise qui, grâce au terreau offert par l'orphelinat et par tout le quartier des villas (« il n'y a pas de mots, ma gratitude est immense », ainsi parlait-elle, sans fin), avait poussé, grandi, grimpé à la rencontre d'une lumineuse carrière. Professeure d'économie à la faculté à vingt-sept ans à peine, c'était historique, et un profil notable, pour ne pas dire influent, au sein du mouvement Gayn Hand qui avait commencé à acquérir une influence politique majeure à la fin des années 1990 et au début des années 2000. L'ex-pensionnaire de l'orphelinat, qui était venue, qui avait vu, qui avait vaincu, tout en restant pourtant si humblement reconnaissante. Qui avait épousé Albinus « Abbe » Häggert (« repris à son compte », en fait, l'amour de jeunesse d'Angela Gripe, son petit ami de longue date, c'est vrai, mais l'amitié avait subsisté entre Angela et Annelise car cette amitié était si forte et si mutuellement enrichissante, même si les deux jeunes femmes avaient choisi des chemins bien différents dans la vie – Annelise l'économie et Angela l'art, la culture, la musique classique).

Avait eu un fils, Nathan. Oui, celui-là. Nathan.

Alors la question était maintenant, après tout ça – le scandale, le procès, tout –, qu'allait-on faire d'elle, et de toute cette histoire qu'on avait entretenue et aimée : Annelise de chez Grawell, qui faisait briller tout le quartier des villas –, maintenant qu'il ne restait plus rien ?

Annelise dérapant d'un média à l'autre comme quelqu'un qui n'a plus la moindre notion de rien : BRANLE-TOI CONNASSE… *Le vilain petit canard devenu cygne…* CYGNE *? Sans blague, c'était quoi, ce cygne ?*

Oui, qu'allait-on faire d'elle, de toute cette histoire, MAINTENANT *?*

La réponse était donnée d'avance (même si assez effrayante, au point qu'on ne pouvait pas la formuler à voix haute en toutes lettres) : oublier pour continuer. Larguer tout ce qui pouvait l'être. Alors (en un mot comme en cent) : serrer les rangs, exit Annelise qui ne nous a pas donné le retour sur investissement que nous espérions.

L'oublier. Lui tourner le dos.

Aussitôt dit aussitôt fait : Annelise est abandonnée.

Les dernières années elle les passe isolée dans le Vaisseau Hanté au bord du lac Froid avec son cancer et son fils Nathan, qui n'entre pas à l'école d'architecture et ne commence pas d'autres études. Qui reste là, c'est tout, dans la maison avec maman, jusqu'à ce qu'elle meure.

À ce moment-là, Albinus « Abbe » est déjà parti depuis longtemps. Dès ce printemps-là, après le procès, au mois de mai, il lâche Annelise et Nathan et part s'installer en Suisse avec sa secrétaire (leur relation n'est pas un secret, elle durait depuis des années avec, disait-on, la bénédiction d'Annelise). Se fixe définitivement là-bas et revient rarement, pour ne pas dire jamais, dans le quartier des villas.

Et jamais il n'y aura pour Annelise de come-back dans la vie professionnelle. Après la Fontaine d'Or, elle ne reçoit aucune nouvelle proposition. Elle se lance dans diverses missions de bienfaisance, mais sans grand succès, et ensuite elle tombe malade. Fin 2009, elle est aussi libérée de ses fonctions de présidente de la

Fondation d'intérêt général Grawell. L'orphelinat/foyer de jeunes filles ferme ses portes et le bâtiment est vendu en un seul lot, très convoité, qui atteint un montant astronomique sur le marché privé (une sorte de millionnaire s'y installe et isole encore un peu plus la propriété au moyen de clôtures électrifiées, de caméras de surveillance et de chiens furieux qui aboient derrière le haut mur de briques nouvellement édifié de part et d'autre du portail, côté route). L'activité de la Fondation se poursuit « sous d'autres formes », dont on ne sait pas trop, même des années plus tard, en quoi elles consistent.

La rumeur veut – mais ce n'est qu'une rumeur – que c'est cette histoire autour de la Fondation et du foyer qui l'achève et lui fait perdre le goût et le courage de vivre : Annelise Häggert autrefois si fière « alumni » de chez Grawell.

« Chez moi », comme elle disait. « Je suis si reconnaissante. Quand on reçoit, on a le devoir de rendre. »

Annelise ne sert plus à rien ni à personne. On l'avait adorée. Elle n'est plus qu'un fardeau. On l'oublie. Sa grande solitude commence.

Un gant dans la neige. Il le ramasse.

ALLEZ, *Gusten. Tu peux faire mieux que ça.*

Mais non. Il ne le pouvait pas. Il ne le peut pas.

Raconter cette « histoire ».

Sans cesse, quand il essayait, elle se défaisait. Tombait en morceaux. En lambeaux. Comme arrachés.

Tellement en morceaux que ça faisait mal.

Fait mal.

Mais la vérité… la vérité… sous forme d'histoire.

Une véritable histoire suppose une sorte de mastic pour faire tenir – cette faiblesse, cette infirmité, tous ces morceaux –

morceaux morceaux morceaux

Gusten dans la nuit, 1

C'était le soir du jour où les verdicts étaient tombés et il était rentré tard. Assis, seul, dans le noir, il avait fait surgir sa mère par Skype. Ils n'avaient pas réussi à établir une communication correcte, mais il la voyait. Sa bouche qui remuait. Il l'avait réduite aux dimensions d'un timbre-poste dans un coin de l'écran, et il avait coupé le son.

Puis il était allé sur Facebook et il avait vu qu'Annelise Häggert avait été remplacée par un « nouveau visage », nommé à titre provisoire, d'après le communiqué de presse que venait de diffuser la Fontaine d'Or : un homme, jeune, up and coming, politicien. À propos d'Annelise Häggert il était simplement précisé qu'elle était en arrêt maladie. Pas qu'elle avait « pris un congé maladie » mais qu'elle « était en arrêt ». Autrement dit, ce que tout le monde savait déjà : elle avait été, ou allait être, virée (le communiqué de presse de la Fontaine d'Or ne précisait pas son nom, uniquement son titre. L'information avait aussitôt été relayée en ligne sur le site des tabloïds à côté d'une photo – bouche ouverte, dents de cheval : « Häggert virée suite au scandale du viol à son domicile »).

Un instant il avait cru qu'elle le contacterait. Peut-être

même avait-elle déjà essayé de le faire ? Il avait consulté son téléphone, appels manqués, mais non. Absurde. Pourquoi l'appellerait-elle ?

Évidemment qu'elle ne l'avait pas appelé.

Soudain il avait poussé un hurlement. Et il avait fait ressurgir maman à l'écran. Cette bouche, ce visage, figés, il croyait que la communication était coupée depuis longtemps et que seule son image s'attardait sur l'écran, alors il avait crié :

MAMAN JE NE VEUX PAS ALLER DANS LES ALPES. JE VEUX PURGER MA PEINE !!!!!

Ainsi donc on apprenait où il avait passé la soirée : encore dans un autre salon, un autre séjour, dans le quartier des villas, avec « les jouvenceaux » (excepté Nathan, « jouvenceau numéro un », qui était au lit avec rhume et migraine et n'avait pu être présent). L'expert du trauma, le « psy des vedettes » Carolus Brant (connu en tant qu'animateur d'une émission psy à la télé et également pour avoir écrit un livre intitulé *La Girafe dans la véranda*) était également sur place. Suite à une décision prise par les parents réunis, il allait continuer le « travail avec les garçons » sous forme de quelques séances tout à fait officieuses. Où l'on aurait la possibilité de parler, de se défouler, d'*intégrer*, au sens large, ce qui s'était passé – entre quatre murs, loin des yeux et des oreilles indiscrètes –, juste entre eux, avec le thérapeute. Oui, Gusten s'était déjà rendu à quelques réunions chez Carolus Brant, qui occupait lui aussi une villa de la Pente des Brant où ça grouillait de membres de la famille élargie. (Souvent, en bonus, une certaine trogne aplatie – petit-cousin, futur réalisateur de cinéma, Cosmo –, collée contre la porte vitrée, pour ne pas perdre une miette des échanges.) Et ce sur quoi on s'était mis d'accord, ce soir-là, c'était d'organiser un voyage de groupe sous la conduite du psychologue Brant (lui ne disait pas « les jouvenceaux », il disait « les gars » : « SALUT les gars ! »

« Toute la bande ? », avait hasardé l'un des rares pères présents – sur un ton d'ado, comme si c'était l'équipe nationale des poussins qui partait – en rigolant avec un soulagement tout à fait perceptible. Le pire était passé, après tout. *Mais, donc, un peu de soins de suite, comme promis :* séjour dans une station de sports d'hiver des Alpes suisses. *Alors il y aura peut-être aussi le temps de skier un peu.* Ceci n'était pas dit à voix haute, et si ça l'était, c'était juste en passant car là, dans le séjour, en présence de Carolus Brant, il fallait garder le projecteur pointé sur l'aspect sinistre, celui de la thérapie (au moins comme trompe-l'œil) : tous les échanges de groupe qui allaient avoir lieu avec les jouvenceaux (« Salut les gars ! ») dans un luxueux chalet des Alpes (des brochures circulaient, avec des propositions de tarifs).

« Alors, les gars, vous en pensez quoi ? »

« Ça a l'air bien », avait dit Cosmo comme aucun des autres ne répondait. Cosmo qui ne devait même pas être du voyage.

« Ce n'est pas pour toi, Cosmo », avait distraitement fait remarquer son cousin, le psy des vedettes (Cosmo était arrivé avec lui, par le plus grand hasard, bien qu'il n'eût rien à faire là), tout en laissant sa lourde main atterrir sur l'épaule de Gusten Gripe.

« Toi, Gripe, quel est ton ressenti ? » Et comme Gusten ne répondait pas (que pouvait-il dire, gorge sèche, de nouveau au bord de l'évanouissement) il avait ajouté : « Ne me vois pas comme une autorité. Vois-moi comme un… » Il cherchait le bon mot, car il ne voulait pas dire « ami », cela avait été explicitement posé lors de l'accord sur les lignes directrices de ce groupe d'entraide en suivi de soins : qu'il ne s'agissait pas de promouvoir un sentiment de camaraderie entre mecs par-delà les générations.

Mais il n'avait rien trouvé et soudain le silence s'était prolongé quelques longues secondes, un silence bizarrement chargé.

Qui avait été rompu par Cosmo : « Zell am See est un choix pertinent en cette saison, je dirais. »

Ce qui avait donné la possibilité à Carolus de recadrer sévèrement le propos : « Toi, Cosmo, encore une fois, tu te tais, car tu n'es pas du voyage ! »

MAIS à présent le voilà qui hurle, Gusten, de retour à l'appartement vide, en direction de maman sur l'écran et ELLE, en retour, le fixe éberluée – toujours le même visage figé débile, immobile. Mais elle est là, sa voix s'entend soudain, comme venue de très loin, du fond de l'espace, avec un rire, aussi, râpeux, caverneux : « Que veux-tu dire ? Aller en prison ? **Mais tu n'es pas condamné, mon cher fils. Tu as été acquitté !** »

Avec dans la voix quelque chose de strident, de presque triomphal. Avant d'ajouter : « Nous devons aller de l'avant, Gusten. »

Une douceur maternelle presque infinie. Et tout à coup, en un instant, il comprend aussi : il n'y a peut-être pas, tout compte fait, une si grande différence entre elle, Angela, et les autres mères.

Elle avait demandé grâce.

Alors il la fait disparaître de l'écran – et puis, plus tard cette même nuit, il enfile sa veste et il sort. Il descend jusqu'au pont duquel il va sauter dans l'eau noire, mourir.

Mais avant cela, il se rend à la maison des Häggert. Dans le noir, il observe du dehors l'atrium de Nathan qui étincelle à la cantonade. Baies vitrées sans rideaux, tous les spots allumés, sur leurs rails, au plafond.

Tant de lumière que c'en est presque blanc.

Et la musique qui tonne, fait vibrer les fenêtres, Gusten s'approche, si près qu'il touche presque la vitre, ne fait aucun effort pour se cacher. Nathan est couché au milieu de la pièce les yeux au plafond. Sur le dos, immobile, comme un mort. C'est spectaculaire. Nathan est-il mort ?

Bah. Pour Gusten, c'est une vision familière. Nathan s'allongeait toujours comme ça quand il était ivre, siputaindemerdedemortbourré qu'on avait du mal à le faire tenir sur ses jambes. Et c'est ce qu'il est aussi maintenant. Mort bourré.

Il ne voit pas Gusten. Pourtant, c'est comme s'il avait senti une ombre au-dehors car il essaie soudain de se mettre debout. Il échoue, retombe à quatre pattes, rampe sur le sol en direction de Gusten qui est là, de l'autre côté de la vitre, et le contemple fixement.

C'est un moment étonnant, d'une certaine manière, car Nathan est complètement parti, et avec la lumière violente qui baigne la pièce, il est peu probable qu'il puisse distinguer Gusten dans le noir. Et pourtant. Il approche en rampant. Nathan à quatre pattes comme un animal.

Nathan est un animal.

Nathan (*Les interchangeables*, un espace pour l'imaginaire). Le garçon au soleil. Qui lisait H. P. Lovecraft. À moins que ce n'ait été Gusten ? En tout cas, il y avait eu une période quand ils avaient onze, douze ans où tous deux avaient été occupés par ce qu'on appelle les « dystopies de Lovecraft ». D'horribles monstres, d'une noirceur totale, la fin du monde et tout ce qu'il y a de plus abominable chez les humains – la violence, la cruauté, l'abus de faiblesse –

D'un livre sur H. P. Lovecraft, Contre le monde, contre la vie *(goûter ces mots-là), par exemple, cet extrait :*

Quand H. P. Lovecraft était enfant il habitait une belle ferme (qui n'était pas vraiment une ferme, mais quelque chose de beaucoup plus grand, peut-être fallait-il dire : une propriété). C'était son monde.

Puis les affaires du père avaient périclité (peut-être était-il mort ? Oui, c'était sûrement ça), et ils avaient dû déménager. Sa mère, ses frères et sœurs et lui. Aller vivre dans un taudis quelque part. Pendant que la ferme était vendue. Une autre famille y vivait désormais, qui la maintenait tout aussi clôturée et fermée qu'elle l'avait été du temps de la famille de Lovecraft.

Ce qui avait été son monde, soudain hors de portée.

Cette nouvelle famille avait elle aussi un garçon. Comme Lovecraft, ce garçon aimait faire de longues promenades sur ses terres – car elles étaient à lui, de la même manière que tout était à lui ! Par exemple il empruntait le sentier qui traversait la forêt (qui n'était pas très grande mais plus grande qu'un bois, une vraie forêt tout de même avec chevreuils, lièvres, oiseaux des bois).

Pour aller s'asseoir à l'ombre d'un certain arbre, disons un grand chêne, au bord du ruisseau, et lire –

Le coin de Lovecraft.

Où Lovecraft avait eu l'habitude de s'asseoir lui aussi.

Et Lovecraft plus tard, par la suite, après avoir été chassé de son paradis, son monde, de l'autre côté d'une clôture, trogne aplatie contre le grillage, observait fixement l'autre garçon. Qui sentait peut-être ce regard braqué sur lui, se retournait, cherchait des yeux : Qui ? Quoi ? Où ?

Voilà comment ils se croisent, un bref instant dans l'éternité : Nathan, Gusten – le premier, nettement découpé dans la lumière crue, mais en sueur, dans un sale état, dépenaillé, comme un animal. *Time Time.* Musique (*Prince, toujours Prince*) pulsant à l'arrière-plan. Le second n'est presque qu'une ombre parmi les ombres – là, dehors, dans le froid hivernal, l'obscurité compacte. Et le silence.

Nathan, Gusten – Gusten, Nathan – les interchangeables ?

Et puis ? Il entre ? Il se jette sur Nathan et lui casse la gueule ?

Non, c'est précisément ce qu'il ne fait pas. Il se contentera de se dérouler la séquence après coup, comme dans un film, encore, encore, il se contentera d'imaginer la scène intégrée à *Qui a tué bambi ? The Movie.*

Il se détourne et il s'en va. C'est tout. Nathan comme une sorte de confirmation. Une image de ce qui *est* (même à présent, quand Gusten revit ce moment, tard le soir, chez lui, longtemps après). Ce silence aussi, ce vide qui emplit tout, recouvre tout, pendant que la musique tonne.

Alors la question est/était : comment faire pour continuer à exister dans ce monde-là ?

Gusten parvient à une conclusion et se retrouve ensuite à osciller sur la rambarde d'un pont pendant que l'eau, dessous, l'attire à elle.

Il saute

du pont

Ils se tenaient sur une hauteur –

Mais alors quelqu'un surgit soudain derrière lui dans l'obscurité et l'empoigne, le retient, se cramponne à lui en criant criant : *« Gusten s'il te plaît reviens ! Parmi nous, parmi nous… tu es jeune, tu as la vie…*

— Lâche-moi ! »

Annelise Häggert, *une chatte sauvage de chez Grawell. Gusten, reviens !*

Elle le tient, l'agrippe, ne le lâche pas – et il se calme (c'est l'avant-dernière fois qu'ils se voient, avant la mort d'Annelise. C'est tellement étrange, en y repensant maintenant, que ça se soit passé comme ça. Peut-être l'attend-il, là-bas dans la maison de fous, mais elle ne vient pas le voir, ne lui rend pas visite, ne lui fait parvenir aucune salutation. Ne prend plus jamais contact avec lui).

La nuit même, il se retrouve chez les fous.

Et une convalescence peut commencer. Un processus lent. Qui se poursuit encore au moment où il rencontre Emmy Stranden. Et au moment où Emmy le quitte trois ans et demi plus tard.

Et qui se poursuit peut-être encore (comprend-il à présent).

Ils se tenaient sur une hauteur –

Deux garçons, et ils partageaient un jeu imaginaire qui les avait captivés un temps, quelques années de leur enfance, de leur jeunesse, et qui revenait à certaines occasions : Les interchangeables.

Ils se tenaient sur une hauteur. Et point. Et silence, après. Un désert de silence.

Après

Il avait l'habitude de se balader dans les banlieues. Promenades sans but. Il allait écrire. Pensait-il alors, dans les premiers temps après sa sortie de chez les fous.

Il n'y avait pas de langage. Autre que celui des autres écrivains.

Des autres écrivains.

Qui suis-je dans le septembre doré ?

Après que nos parents sont morts on nous a conduits dans la Tour.

Des livres qu'il avait ramassés à la maison de fous (il y avait une petite bibliothèque là-bas avec beaucoup de romans bizarres sur les étagères. Lettres, phrases, qui vous rentraient droit dedans).

Ingeborg Bachmann. Et là, une phrase « Qui suis-je dans le septembre doré ? » qu'il avait lue, et regardée fixement, sans fin. Un recueil de récits. En rentrant chez lui il ne se souvenait plus du titre.

Il était allé à la bibliothèque du quartier des villas pour essayer de trouver ce livre et d'en apprendre plus sur l'autrice.

Il n'avait rien trouvé (et il n'avait pas osé demander, la bibliothécaire était la mère de Sophia Morén. Sophia qui ne lui adressait plus la parole – il l'avait vue à l'entretien d'admission à l'école de théâtre, au premier tour ; en le voyant elle avait hoché la tête puis elle avait fait comme s'il n'était pas là, et quand les résultats avaient été publiés ensuite elle n'avait pas figuré parmi les candidats retenus. Contrairement à lui. Alors il avait rasé les murs, les rayonnages, jusqu'à la sortie, et il était parti…).

Il avait aussi écrit une nouvelle, qu'il avait envoyée à un concours, et il avait gagné un prix.

« Fripe montre de façon exemplaire qu'il n'est pas si facile d'être jeune dans ce monde. »

Il avait détesté le commentaire du jury car il ne cherchait pas à faire « jeune », ni à « cerner de façon pertinente une perception de la vie propre à un être jeune, en s'inspirant d'un vieux conte populaire – »

Mais OH, *il avait adoré l'erreur sur son nom : Fripe.*

Il n'était pas « jeune ».

Il n'y avait aucune jeunesse en lui, même de loin.

En lui il y avait de l'âge, un petit vieux ratatiné –

Il avait écrit une histoire sur deux enfants dans une maison dans la forêt et sur des atrocités : Les Interchangeables.

Les Interchangeables. *Les garçons descendaient vers la rivière au bord de laquelle, sur l'autre rive, se dressait l'énorme maison où ils avaient vécu autrefois. Un autre garçon, qui y vivait maintenant, se tenait sur cette rive opposée. Ils l'épiaient avec des jumelles, à tour de rôle, magiquement captivés par ce troisième garçon, en habits du dimanche, lui qui à présent descendait à l'endroit où ils allaient eux-mêmes s'asseoir autrefois, au bord de l'eau, sous le grand arbre qui avait été à eux. Et le garçon sortait un livre.*

Et tout était à lui.

(Pourquoi écrivait-il cela ? Alors qu'il aurait dû écrire sur le viol et sur la victime du viol ? Il ne savait pas. Il avait du mal à exister aussi pour cette raison.)

« De bon augure pour notre jeune littérature – »

Littérature par-ci, littérature par-là – que savait-il, que voulait-il savoir, sur la littérature, rien du tout ?

Qui suis-je dans le septembre doré ?

(Mais on n'était pas en septembre, on était en novembre février mars août, tous les autres mois.)

Depuis le suicide de leurs parents ils vivaient seuls dans la Tour.

« Depuis le suicide de leurs parents ils vivaient seuls dans la Tour. » Le point brûlant, là, exactement là. C'était ce que les propos sur la « littérature », toute cette façon de parler, ne pouvaient pas rendre. La sensation qu'il avait eue en entrant dans l'histoire de deux gamins dans une tour, dans une forêt. Comme une clé.

Mais ensuite alors, aller de l'avant dans la vie ?

Un temps, après son retour, il est comme suspendu dans le vide : d'abord dans l'appartement du quartier des villas, ensuite dans le Coin Secret où Angela passe quelques semaines d'été avant de repartir (différents engagements, dates, mais elle commence aussi à avoir une nouvelle vie là-bas, un homme qu'elle fréquente, il est musicien lui aussi, chef d'orchestre). Et puis retour à l'appartement dans le centre du quartier des villas ; le plein été qui devient la fin de l'été, luxuriant, chaud et vert, puis frais et silencieux.

À l'automne il doit commencer ses études à l'école de théâtre. (Oui, il a été admis, il a pu participer aux épreuves d'admission même s'il était encore hospitalisé. La lettre l'attend dans le hall d'entrée. Par terre, au milieu du tas de courrier, jusqu'au moment où l'idée lui vient, trois jours plus tard, d'aller la chercher, et de l'ouvrir. Cela après un coup de fil du secrétariat de l'école de théâtre, lui demandant s'il compte accepter la place, il y a beaucoup de monde sur liste d'attente. Mais pas Sophia Morén : si elle avait été première sur la liste il se serait désisté avec joie – *la moindre des choses qu'il puisse faire.* Alors il accepte poliment.)

Un moment, à l'hôpital, il a aussi essayé d'écrire sur ce qu'il y vivait, et sur tout ce qui s'était passé. Mais d'une manière bizarre, personnelle (il n'y avait pas d'autre manière).

Résultat : une nouvelle décousue qu'il a envoyée sur un coup de tête à un concours d'écriture et il a remporté le deuxième prix. Deux mille euros. « Un récit suggestif, puissant, littéraire, sur deux enfants isolés dans une tour, dans une forêt. »

Après que nos parents se sont suicidés on nous a conduits dans la Tour –

Un truc comique : quand il est invité à la remise du prix (il n'y va pas, il est encore trop malade), c'est sous le nom de Fripe. *Gusten Fripe,* et la même erreur réapparaît dans le commentaire du jury publié dans le journal à la page culture, « jeune espoir, écrivain en herbe », etc.

« Fripeeeuh ! Alors tu vas devenir auteureuh ? »

Telle est l'exclamation joyeuse qui l'accueille à sa sortie de la maison de fous. Cosmo, donc, le seul qui s'est déplacé. Pas devant la porte de l'hôpital, quand même (le solide portail en fer qui fait un bruit infernal, qui grince véritablement quand on l'ouvre et le referme derrière soi avant de faire ses premiers pas prudents à l'air libre), mais chez lui, dans l'appartement du quartier des villas, où Cosmo a sonné à la porte, plingplong, l'après-midi même, avec un sac plastique contenant de quoi manger, des fruits, etc. (Sympa, tout de même, car il était indéniablement bouleversant, presque effrayant d'être à ce point seul, et en bonne santé !, de retour dans l'appartement vide.)

Après, Cosmo s'est naturellement engouffré dans l'appartement sans attendre d'y avoir été invité. Cosmo reste Cosmo, par tous les temps, la tête vissée sur les épaules, « an entrepreneur at heart ».

« Jamais de la vie », a aussitôt répliqué Gusten en criant aussi fort que Cosmo. Et c'était vrai. La littérature, merde, et quoi, la littérature ?

Écrire ? Et puis quoi encore – dans cette nouvelle vie ça paraissait soudain complètement irréel.

« Maintenant, Gripe, tu vas entendre un peu les dernières infos. » Et Cosmo s'est installé et s'est mis à raconter toutes ces « infos », sans demander si Gusten avait envie de les entendre. C'est sorti en vrac d'un trait jusqu'au moment où les paupières de Gusten se sont alourdies et qu'il s'est endormi –

Pendant que Cosmo lui parlait d'un voyage aux sports d'hiver sous la conduite de son cousin, le psy des vedettes Carolus Brant. (*La Girafe dans la véranda* et, ajoute Cosmo, à croire qu'il soit nécessaire de présenter Carolus Brant, « personnalité bien connue du petit écran ».) Le voyage que Gusten aurait dû faire lui aussi dans le cadre des « soins de suite thérapeutiques » pour les quatre bourreaux, mais auquel il n'a pas pu participer en raison de son internement à la maison de fous. Par chance, il a donc été possible de transférer son billet au nom de Cosmo –

« Salut les gars », la formule de Brant l'aîné avait résonné tout au long de ces journées passées en Autriche, occupées par des sessions de groupe, « travail de thérapie » dont Carolus avait expliqué qu'il était important (tout à fait comme s'il s'agissait d'un vrai boulot), avec tours de parole individuels le matin, ski l'après-midi. Et le soir (si on avait « travaillé » avec diligence) – rarement au début, puis de plus en plus souvent, et à la fin tous les soirs – *after ski* dans les bars et les discothèques de la station.

« Queressenstu queressenstu que ressens-tu ? »

« Bien parlé, maintenant on veut skieeer »

« Qu'est-ce que le mal ? »

Alex avait parlé et John avait parlé et même Nathan avait parlé – sur un ton presque solennel. « Le mal existe-t-il ? »

Sauf que tout était déjà désintégré à ce moment-là : *« Ça sent la transpiration ici, maintenant je veux skieeer. »*

« Bon Dieu Gripe (Cosmo hurle de rire en racontant ça). Nathan qui demande *qu'est-ce que le mal ?*

« Dingue total, tu aurais dû être là !

— Tu y étais, toi, Cosmo ?

— Non, pas vraiment, mais je n'ai pas pu m'empêcher de grappiller quelques infos. Tu sais comment je suis, Gripe. Je grappille à gauche à droite. »

« Le mal existe-t-il ? »

Gusten croyait voir la scène, comment en cet instant le soleil avait brillé avec une intensité particulière – Cosmo, trogne aplatie contre une porte fermée, ou une vitre, pendant que Nathan s'appliquait à formuler des propos séducteurs sur le bien et le mal.

Mais ensuite, donc, quelque part dans le « récit » de Cosmo, Gusten s'est assoupi, et Cosmo aussi, et ils ont dormi comme deux enfants, tout habillés sur le grand lit d'Angela. Dormi toute la journée et une partie de la soirée. Gusten s'est réveillé au moment où Cosmo, son manteau sur le dos, posait une couverture sur lui.

« Ciao, à plus, Gripe », a murmuré Cosmo. Oui, c'est bizarre de dire ça, mais sur un ton presque maternel (a pensé Gusten), tendre. « Oui, à plus », a répondu Gusten, ou peut-être pas. Il ne se souvient pas, nouvelle dérive vers le sommeil.

Cosmo. Qui allait étonnamment devenir un, oui… ami ? Du moins le seul du quartier des villas que Gusten verrait et fréquenterait par la suite.

Jusqu'à ce que –

La vocation subite de mon fils pour la littérature est… bon, hum… légèrement surprenante. Angela Gripe dans une interview à la radio, « Conversation entre mère et fils à propos de la création », Gusten ne comprend pas comment il a pu accepter de participer à un truc pareil, il aimerait tellement ne pas l'entendre au moment de la diffusion, mais sa mère n'a pas oublié et allume la radio à l'heure dite, dans le Coin Secret où ils se trouvent à ce moment-là. Et soudain au beau milieu de l'émission il se met à rire, à rire aux larmes, il en a vraiment les larmes aux yeux. Alors Angela éteint le poste et fait cuire une omelette sur la gazinière et ils mangent en silence.

C'est reposant. Pour la première fois depuis, oui, des éternités, des années –

« Tu sais quoi, dit Angela après manger. Je suis contente que tu aies du talent, mais ça me fait aussi plaisir d'une certaine manière que tu n'aies pas l'intention de poursuivre cette vocation. Car c'est vraiment de ça qu'il s'agit : une vocation. Or, la vie créative entraîne tellement d'angoisses et de névroses. »

Gusten se lève, va à la fenêtre et regarde dehors

pendant qu'Angela continue de parler. Une fantastique soirée d'été qui se fond dans le noir, la mer, les rochers et les pins rachitiques dehors, dans un autre monde.

« Sans compter l'insécurité financière… »

Elle rit. Il rit aussi. Ce n'est pas un hasard s'ils sont tous deux des indigènes du quartier des villas… Et ça ne change pas. Toujours ce sens aigu de l'aspect « financier », argent, succès. Bien qu'Angela ait vraiment tout fait pour tenter de s'en débarrasser au profit du Grand Art. De l'Humanisme. De la Culture.

« Bien sûr.

— Et la littérature. Bon, ce n'est pas tout à fait comme le chant, bien sûr, mais c'est encore plus dur. Mon chant – »

Soudain, au beau milieu de ce monologue bizarre, ils se sont mis à rire, les deux, la mère et le fils.

« Ton chant, maman. »

Le vent les arbres les pins les rochers l'écume blanche sur les vagues.

La rumeur des vagues.

Qu'Angela est donc INTACTE.

Ton chant –

Et les autres, les autres, en mille morceaux –

Boy toy.

C'est étrange. Car en cet instant, dans cette fin d'été saturée rassasiée, le rire d'Angela et le sien, et le silence qui s'ensuit : ils se séparent. Elle va dehors, lui se jette sur le lit et s'endort, il dort presque vingt-quatre heures et quand il se réveille l'été est fini (tout est de nouveau gris, et froid). Temps de partir, de rassembler les affaires, de démarrer le petit hors-bord, de rentrer.

Lui au quartier des villas, elle sur « le continent ».

Où elle a commencé une nouvelle vie : avec partenaire, chien et beaux-enfants.

Oui, mère et fils se séparent, ne seront jamais plus elle et lui comme avant. Angela, Gusten, les deux, l'un avec l'autre, l'intimité spéciale, par exemple de chuchoter d'un lit à l'autre comme deux grands enfants dans le noir d'une chambre d'hôtel (toutes ces chambres d'hôtel qu'ils ont partagées), ou dans le petit deux-pièces accueillant du centre du quartier des villas (qui sera vendu plus tard à l'automne).

Mais c'est aussi tout à fait naturel : accéder à l'autonomie, tracer son propre chemin.

Dans la voiture
sur le trajet du retour après avoir quitté le Coin Secret
« Que votre petite main est froide. » Ce duo-là
soudain à plein volume à la radio
« Ah non, pas ce truc sirupeux. » Angela rit et coupe le son.

Tableau : Sascha Anckar

(Une coupe de glace en banlieue)

Sascha Anckar 2009. Autre époque. L'été après « Armageddon », par exemple. L'année après que le marché financier s'effondre à l'automne 2008 et fin du bling bling bling.

Ce sentiment ridicule que « tout le monde » lecitoyendebasenimportequi

peut en faisant son shopping acquérir : tout ce qu'il veut.

Design de luxe grandes marques.

L'époque des

petits chiens dans des sacs à main trop grands –

Porno à gogo dans les sous-sols de banlieue –

Souteneurs et proxénètes –

Et ainsi de suite.

À peu près un an et demi après le viol collectif, Gusten Gripe, sorti depuis peu de la maison de fous, invite la victime à manger une coupe de glace dans le centre commercial du quartier des villas.

C'est tellement simple. Gusten Gripe téléphone à Sascha Anckar et lui propose qu'ils se rencontrent « autour d'une coupe de glace » (ça paraît débile mais il le dit quand même, car sinon ce serait « aller prendre une bière », ce qui rend un son encore plus inconvenant) dans le petit centre commercial du quartier des villas. Elle n'est jamais retournée au foyer Grawell après le viol ; elle est hébergée par de la famille éloignée, les Pellegrino. Mais la rumeur dit qu'elle va bientôt s'en aller très loin. À Hawaï, une université avec entraînement sportif au plus haut niveau (penser JO par exemple). Miser à fond sur la natation.

Ça coûte une fortune (mais l'argent n'est pas un problème, du moins pas pour l'instant : on s'en doutait, mais voilà donc la confirmation).

« Une coupe de glace... ? » La voix enrouée, rauque de Sascha, si familière, au téléphone. « Moi, je veux un café. »

Où aller ? La taverne du centre-ville. Ils commandent un café.

« Je t'en prie, c'est moi qui paie. » Il se fait l'effet d'un maquereau quand il dit ça. Il ne sait pas pourquoi.

Elle se penche pour attraper son sac (un cabas en raphia, fait à la maison, « rustique »), en sort un tricot et se met à tricoter. Du mohair, blanc, très doux, grandes mailles lâches, longues aiguilles. Puis elle lève les yeux, aperçoit le journal abandonné sur la table voisine et perd toutes ses mailles.

L'aiguille glisse et tombe sur le béton sous la table avec un bruit métallique.

Horrible, mais Gusten Gripe qui se penche pour récupérer l'aiguille est reconnaissant car cela s'est passé pile au moment où il pensait ceci : si elle dit quelque chose du genre « c'est très difficile de tenir le rôle de la victime, ce qui ne veut pas dire que je n'en suis pas une » comme elle le lui a déjà dit une fois, il ne le supportera pas. (Même s'il est calme maintenant, plein de patience, et qu'il a décidé de tout supporter, tout, tout – avoir cette attitude-là, c'est la moindre des choses qu'il puisse faire pour elle.)

Sur la table, un quotidien datant d'il y a deux jours et sur la première page, en bas à gauche, s'étale le visage d'Annelise Häggert. Ce sourire de cheval où on lui voit toutes les dents, des dents longues et blanches sortant de gencives rouges et saines. Ce sont les semaines au cours desquelles Annelise est prudemment de retour dans les médias car elle coordonne une levée de fonds pour les enfants atteints d'une certaine maladie musculaire. (Peut-être un test pour voir si « la glace tient », aux yeux de l'opinion. Mais la levée de fonds rencontrera un succès mitigé et on ne verra plus beaucoup Annelise Häggert sous le feu des projecteurs avant la brève annonce de sa mort et l'avis « Aimée, regrettée » quatre ans plus tard). Mais à cette époque encore, ce n'est pas une surprise de la voir dans le journal, juste une coïncidence malheureuse, sur la table voisine, dans la taverne du centre-ville.

« Une, deux… une, deux… » Sascha Anckar s'est mise à compter à haute voix pendant que son regard est attiré par la page, la photo, le texte, et Gusten Gripe s'en veut à mort de ne pas avoir eu le réflexe de faire le ménage en arrivant.

Quand elle a fini de compter elle lève la tête vers lui avec un sourire insondable. Qui peut signifier tout et n'importe quoi : faiblesse, force, sincérité totale, ironie. Et elle lâche son aiguille. « Zut, j'ai reperdu toutes mes mailles. » Elle pose patiemment le tricot sur ses genoux.

« J'enlève ça. » Gusten prend le journal, le fourre dans une poubelle, et elle rit, soudain, dans le soleil qui brille sur eux, beaucoup trop intense.

« On va à l'ombre ? » Il hoche la tête, ils prennent leurs

mugs de café et s'installent sous une marquise bleue, contre le mur.

Ils contemplent la place, affreuse. Laide comme toujours. Et vide. Déserte, dans (ce qui est encore) l'été.

« Je vais partir m'entraîner à Hawaï –

— J'ai entendu dire ça.

— Et je ne tricote pas pour la Ceinture, si c'est ce que tu crois, dit-elle soudain d'une voix dure, son ancienne voix enrouée à la Sascha.

— Quelle Ceinture ?

— Ben, la saloperie de projet de bienfaisance dont *elle* s'occupe maintenant qu'elle s'est fait virer de partout. Fabriquer des porte-clés au crochet pour la sclérose en plaques, c'est mignon ? (Elle le toise, regard impérieux, il ne la reprend pas.) Alex et la Petite Evelyne se sont fiancés, ajoute-t-elle.

— Je ne savais pas.

— Tu étais où ces derniers temps ? À l'asile ? » Elle sourit, un long et large sourire plein de sous-entendus, presque triomphal, et ajoute : « Je tricote parce que je veux arrêter de fumer. Bon… (elle se lève) on y va ?

— Ok.

— On se promène un peu, je veux dire ?

— Ok. »

Elle rassemble ses affaires, et ils marchent, pendant qu'elle lui parle de l'université où elle va aller, une université fantastique, quels progrès elle a faits, et quels progrès elle compte faire encore, à l'entraînement. Ils quittent le centre-ville et continuent en direction du petit parc ridicule qui porte le nom de parc des Lions, qui est en général désert car dans le quartier des villas les gens ont leur propre jardin, et là, en plus, c'est l'été, alors ils sont tous dans leurs maisons de vacances. Soudain, en pleine rue, Sascha se tourne vers lui, le regarde dans les yeux et lui dit à voix basse : « Ok, Gripe. Tu as exactement cinq minutes pour me dire ce que tu me veux. MAINTENANT. »

« Je veux », commence-t-il. Mais il n'arrive pas à enchaîner. Ne sait soudain plus ce qu'il voulait lui dire, il n'y a pas de mots, mais elle le devance encore une fois.

« Moi je veux te dire merci, Gusten. Peut-être pas maintenant, peut-être pas encore, mais je sais que je vais vouloir le faire à un moment, alors je le fais tout de suite. Merci d'être allé voir la police.

— Je ne comprends pas.

— Qu'est-ce que tu ne comprends pas, Gusten Gripe ?

— Je veux – te demander pardon.

— Mais tu ne comprends rien, Gripe ? Ils savaient tout !!!

— Qui ?

— Qui qui qui qui ? rugit-elle. Tu es bête ou quoi ? Il faut tout te dire en grandes lettres ? »

Non. Bien sûr que non. Au même instant Gripe comprend ce qu'il savait déjà, ou aurait dû savoir, tout ce temps. Tous les éléments étaient là, depuis le début. Tous les faits.

« Je dois te l'écrire sous le nez ? » répète-t-elle, plus calmement, mais avec impatience.

« Ursula Borggaard, ma noble mère, était déjà sur le coup. J'allais recevoir des putains de dommages et intérêts. Plein de pognon. »

Et là, pense Gusten longtemps après, ce serait parfait d'insérer une séquence révélatrice dans le film *Qui a tué bambi ?* Il n'a pas lu le scénario mais il est prêt à parier que la scène y est : Albinus « Abbe » et Ursula assis de part et d'autre du lit d'hôpital. Abbe glisse la main dans sa poche et en sort discrètement une enveloppe – épaisse, l'enveloppe, elle doit être légèrement déchirée pour qu'on voie les biftons à l'intérieur. Un premier acompte. Un dessous-de-table que Mme Borggaard, toujours avec ses gigantesques lunettes noires qui lui mangent la figure, accepte sans un mot. Ensuite tout continue comme avant. Sascha, la victime, est allongée, le visage tourné vers le mur, dans une tenue d'hôpital rouge clair, un pyjama pour dame trop grand pour elle qui lui donne un air particulièrement vulnérable.

« En cachette ? Au black ? »

Répète Gusten, comme un imbécile.

« Mais come on, Gripe. Fais pas l'idiot. Oui, beaucoup plus que ce que j'ai obtenu par les voies légales. »

Son ton méprisant quand elle dit « par les voies légales ».

« Qui a pris cette initiative ? Ne me regarde pas comme ça, c'est important. La famille de Nathan, ça je l'ai bien compris. Mais qui ? Son père ou sa mère ? Tu le sais ?

— Son père. Ma mère et Abbe sont arrivés à l'hôpital ensemble. Elle, elle n'était pas là.

— Il a donc su que tu étais à l'hôpital. Tout de suite. Abbe.

— Bon, Ursula était au courant. Je l'ai appelée de l'hôpital et elle est arrivée avec Abbe, et Abbe savait – presque tout. Pas tout, mais presque. »

Elle marque une pause pleine de sous-entendus et c'est bien, d'une certaine manière, car il voit de nouveau chez elle – la faiblesse, la vulnérabilité, la peur.

« Il en savait plus que ce que j'ai dit à la police. »

Gusten veut l'interrompre. *On ne va pas entrer dans les détails parce que je ne vais pas le supporter, pas maintenant, ni jamais, en fait, je crois –*

À la place il dit ceci : « Alors j'ai tout foutu en l'air. En allant voir la police.

— Toi et ta putain de justice. Tu te souviens quand tu es venu à la piscine pour *m'inviter* à la fête de Nathan. Tu m'as fait tout un cirque, il fallait absolument que j'aille à cette fête, Nathan serait tellement touché, Nathan n'allait pas bien. Tu m'as dit qu'il voulait me parler, come on, sois un peu gentille, tu as dit, come on. Et je suis venue. Et maintenant tu veux que je te fasse quoi, un discours ? Que je te *raconte tout* ?

— Je ne savais pas –

— Laisse tomber, Gripe ! »

Et voilà Cosmo qui arrive au beau milieu de tout. Cosmo ?

Mais oui, au coin de la rue du Soleil. S'ensuit la scène parfaite : « Salut ma chérie », dit Cosmo à Sascha. Cosmo et Sascha s'enlacent. Cosmo à Gusten : « Salut Gusten. Ma fiancée, Sascha. »

Et avant que Gusten Gripe ait pu saisir ce qui se passe, il est seul. Cosmo et Sascha, « ma fiancée », ont pris congé et sont partis dans une autre direction (elle s'envole pour Hawaï dans quelques jours, doit préparer ses bagages), et il reste avec ce mot, avec ces mots, tout ce qu'il avait eu l'intention de lui dire, dans la bouche, le corps, la tête, ça pulse de partout.

Mais tout, tout le monde, évaporé –

Il se retrouve assis sur un banc dans le parc des Lions, devant une misérable fontaine en forme de flaque en plein milieu du vide du quartier des villas. Et de son vide à lui.

« Salut, tu t'y connais en chiens ? » Une voix sonore interrompt ses réflexions, il tourne la tête et là, sur le banc à côté de lui, il découvre une jeune femme de son âge. « J'ai ce Nöffi, là, qui refuse de bouger. Je veux dire – tu aurais un conseil à me donner ? »

Il regarde le chien (quel spécimen débile, pourri gâté, un pur produit du quartier des villas). Il la regarde. Il va dire quelque chose.

Mais elle se lève et commence à chanter. Quand elle a fini – c'est incroyable – elle le regarde, dit : « Fallait juste que je teste ma voix », s'incline devant lui. « J'ai eu envie, comme ça, en te voyant, je m'appelle Emmy », rigole, tend la main.

Il la prend

Et :

D'une histoire à l'autre – voilà.

Gusten rencontre Emmy.

Elle chante. Comme ça, debout dans le parc, avec une jolie voix, rien à voir avec celle de maman, mais claire et un peu fausse, comme il arrive quand on fredonne avec des écouteurs sur les oreilles.

Au début il ne comprend même pas qu'elle chante. Il la regarde fixement. Comme si elle était en train de lui parler.

« We got married in a fever » et elle rit, voix rauque, sourit, rit en le regardant dans les yeux. Et les temps changent. La perception du temps. La façon d'être au monde. Le monde entier. La façon d'avoir un soi-disant passé aussi. Elle est là et elle ouvre, la bouche, les bras – tout, tout, elle donne tout.

Et tout est à lui.

Rien que des gosses. Just kids. Une maison croulante au milieu d'un jardin ombragé. Ils y vont, vers leur histoire (la maison n'est pas croulante, en vrai, c'est juste une vieille maison de vétéran des années 1950, dans un état acceptable).

Et c'est intéressant : quand il regarde ses copains, ses vieux amis de l'école et ses connaissances du quartier des villas, qui n'est pas loin, c'est la banlieue voisine, à quelques kilomètres seulement de l'endroit où il vit maintenant, mais ce pourrait être une autre planète, tant la distance mentale est impressionnante, alors il dit bonjour, ils se disent bonjour, rigolent peut-être un peu, échangent quelques mots, mais c'est comme s'ils étaient des étrangers, comme s'il ne les reconnaissait plus, ou comme s'il ne les avait jamais connus… Et c'est dans l'ordre des choses… Il se sent comme une espèce de hippie, presque, dans la maison du vétéran sous les combles avec Emmy Stranden.

Seul Cosmo (que rien ne peut retenir) continue de lui rendre visite. « Je passe te voir », dit-il (il est de retour d'Hawaï, quelques mois seulement après le départ en fanfare). « Elle est gouine, en fait, pourquoi personne ne m'a rien dit ? » Etc., etc. « *I'll keep you posted.* — Comment ça "posted", qu'est-ce que tu veux dire ? demande Gusten. — Bon, sur les trucs importants qu'il faut peut-être que tu saches, sur les voisins d'à côté. » Cosmo le dit avec une insupportable imitation d'accent campagnard, comme un doigt d'honneur à Emmy quand elle est là, ce qui est rarement le cas, vu que Cosmo la méprise si ouvertement, pour lui elle n'est qu'une insignifiante de nulle part. (« Hou, il est affreux, dit Emmy. — Ah bon, tu trouves ? — Oui, je ne le connais pas, mais pour ce qui est de l'arrogance, pardon. — Bah, il est dingo, obsessionnel, t'occupe pas de lui, tu n'es pas obligée de le fréquenter. »)

« Maintenant Gripe que tu t'es exilé dans les lointaines Marches de l'Est.

— Mais ferme-la Brant ! Et figure-toi que je n'ai peut-être pas envie d'être "posted". Sur rien. » C'est fini.

Autant en emporte le vent, j'ai une autre vie maintenant, une vie complètement nouvelle. (Ça, il ne le dit pas, il le pense seulement, c'est privé.)

Mais – (le plus important) – quelqu'un qui ne passe jamais, c'est Nathan. Comme si Nathan avait disparu en fumée. Ce qui n'est pas le cas. Il continue d'habiter le Vaisseau Hanté, seul avec maman Annelise, après qu'un peu de temps a passé. Mais le sentiment, rien que le sentiment que Nathan n'existe plus, est vertigineux.

Se libérer. L'être enfin. Libre.

La petite chanson des chiens. La chanson d'Emmy, la première qu'elle écrit lorsque, après quelques années avec Gusten, elle reprend sa carrière de singer/songwriter amateure. « Singsongwriter » comme elle dit, et elle se met à répéter en vue de sa première apparition en public.

La soirée des petits chiens.

The evening of the small dogs. (When I met him.)

The evening of the very small dogs.

The evening of the very very small (and angry) dogs.

(La parenthèse dans le dernier brouillon de titre était une proposition de Gusten car il trouvait que c'était plus drôle ainsi.) Emmy Stranden l'avait regardé avec de grands yeux. Comment ça, plus drôle ? Voilà ce que disait ce regard, sans aucune parole.

« Bah, avec un twist ironique. »

Emmy avait continué de le fixer, avant de baisser les yeux, un geste un peu irrité, presque vexé. « Un twist ironique, avait-elle répété. Ça veut dire quoi ? »

Saga-Lill rit quand Gusten, bien plus tard, dans un moment de faiblesse, lui raconte cette anecdote et constate qu'Emmy Stranden, qui est si sympathique pour le reste, n'a pas d'humour. « À part ça, quelqu'un de formidable, mais pas d'humour. » (AUCUN humour, quand la formule se répète, avec le temps.) Et Gusten hoche la tête, s'entend acquiescer. Un temps, pendant que se poursuit l'histoire réchauffée moisie avec Saga-Lill après qu'Emmy l'a quitté, il commence aussi à le dire à haute voix. « Emmy n'a aucun humour, sans humour, quelle vie, ce serait assez épouvantable au fond. » Et elle rit, avec humour, elle est d'accord. Ça devient un sujet de conversation entre eux, pendant un temps, et répétitif à mourir (vraiment). L'importance de l'humour par-ci, l'humour par-là, il disserte là-dessus à en avoir les joues cramoisies et Saga-Lill le prend au mot, et lui offre un putain de CD collector des plus grands succès du chanteur et humoriste Povel Ramel comme cadeau d'anniversaire.

Et pourtant voici ce qu'il en est : bien plutôt une vie sans HUMOUR avec la non humoristique Emmy Stranden qu'une vie sans Emmy Stranden avec Saga-Lill et Povel Ramel sur la chaîne stéréo.

Car voyez-vous le club des dentistes a réunion ce soir – et vrrr ! et vrrrr ! et vrrrr !

Et – c'est cela qui est infiniment triste – Saga-Lill le sait aussi.

« Serre-moi Gusten. Je sais que tu ne m'aimes pas comme tu l'aimes, elle, mais je… j'ai besoin de toi. Serre-moi fort. »

Elle s'agrippe à lui. *Il n'y a pas beaucoup d'espoir, maman est alitée avec le cancer* – jesaispascommentjevaisavoirlaforce-Gustenserremoidanstesbrasjesuissiseule –

La vie comme elle est (oh non, on ne veut pas).

Mais encore quelques suppléments : Cosmo Brant et Sascha Anckar se fiancent. Chacun retient son souffle, apprend-il par la voie de la rumeur. (C'est, genre, Cosmo lui-même qui – « I'll keep you posted » – le lui raconte : cette rumeur qui parcourt tel un souffle ces milieux-là, ces quartiers, ces cercles dont lui-même ne fait plus partie car il s'est installé sur une autre planète. Il a sa propre planète, une *vieille maison de vétéran avec jardin ombragé*, la planète-Emmy, pour toujours, croit-il.)

Mais les fiançailles sont rompues. Cosmo qui est parti en grande pompe avec sa fiancée aux USA, à Hawaï, où ils vont vivre et construire une vie ensemble. Elle qui est boursière d'une université renommée pour nageurs, lui qui… Bon, bah, un entrepreneuriat quelconque, on suppose – *at heart*.

Il revient à peine quelques mois plus tard (il rentre par le tortillard, en quelque sorte).

Disant qu'il était trop agité là-bas over there. C'est du pipeau bien sûr. Tout le monde sait ce qu'il en est. Elle l'a quitté. « Je n'ai pas le temps, l'entraînement, c'est ma vie », a-t-elle dit, mais il s'avère qu'il y avait quelqu'un d'autre en coulisse, une femme, aussi longue et musclée et belle et tatouée qu'elle.

« Elle m'a même pas dit qu'elle était gouine putain.

« Mais la vie est brève, l'art est long, Gusten. Maintenant je vais me consacrer à ma deuxième passion. L'art du cinéma. »

Il passe le concours d'entrée à l'école de cinéma. Il est reçu.

« Alors peut-être, Gusten… je reviendrai peut-être sur le sujet un jour, mais *sous une forme artistique. I'll keep you posted.* »

OUI, encore une chose qui doit être racontée. À propos de cette période, l'été 2009, au cours de l'une de ses promenades sans but après la maison de fous, après le retour et après qu'il a été admis à l'école de théâtre, avant qu'il ne rencontre Emmy et n'intègre une autre sphère – Gusten se rend à la maison de Nathan. Il sonne à la porte. Comme tant de fois quand il était petit (c'est ainsi qu'il se sent, et qu'il veut peut-être se sentir : loin de cette adolescence qui a fini en crash, où on se faufilait sur de petits chemins, où on entrait avec sa propre clé, où on se faufilait pour rejoindre Nathan, où on se faufilait en général *en faisant semblant d'être chez soi*), il se retrouve de nouveau là, devant la maison häggertienne, pling-plong, l'entrée principale, comme un visiteur, un enfant...

« Nathan peut sortir ? Nathan est là ? Nathan peut venir jouer ? »

Et toujours, dans son souvenir d'enfant (et cela contribue soudain à le mettre étrangement de bonne humeur – la situation est comme résolue, d'une certaine manière), il s'agit de mettre un point final à quelque chose et de continuer de l'avant. Oui, c'est peut-être ce qu'il pense, même s'il n'y a pas vraiment de mots pour ça, car au fond il ne sait pas ce qu'il fout devant cette porte, planté devant comme un imbécile.

Cette surprise ravie quand Nathan surgit, quand Nathan surgissait, des profondeurs de cette merveilleuse maison.

Gripe. Gusten. Salut.

Ou juste un hochement de tête. On joue à – x ou y – un jeu là-haut dans la salle de jeux : Super Mario, PlayStation, World of Warcraft.

À présent il est face à Annelise. C'est elle qui lui ouvre. Après tout ça, y compris la maison de fous (la dernière fois qu'ils se sont vus c'était sur un pont, dans le noir, elle le tenait pour qu'il ne saute pas). Annelise toute de soie blanche vêtue, une apparition fraîche et distante, et les chiens s'entortillant à ses jambes (ils ne le reconnaissent plus, c'est comme s'il n'existait plus à leurs yeux). Toute la maison comme une toile de fond fraîche et distante, une toile pleine de promesses… le calme, l'élégance. Trompeuse, ô combien, au moins ça, maintenant, il le sait plus que bien, après tout ce qui s'est passé, ou croit le savoir (presque rebelle) : qu'y a-t-il à redire à une belle apparence ?

Croit savoir : en cet instant précis, devant la porte de la maison où il était jadis comme un fils, *notre Gusten, tant apprécié.* Une sorte de sécurité là-dedans, car ça ne fait pas si longtemps que la nouvelle est officielle, Annelise Häggert, après un long congé maladie, a quitté son poste de directrice des opérations de la Fontaine d'Or qui, grâce au changement de majorité (toute la gauche et notamment les sociaux-démocrates se retrouvent dans l'opposition), a vraiment le vent en poupe et collabore plus étroitement que jamais avec le pouvoir. Et des gens qui occupaient des postes de dirigeants dans le laboratoire d'idées se sont présentés aux élections et sont devenus ministres. Elle a démissionné pour « raisons familiales », ce qui est du pipeau car personne ne démissionne volontairement d'un poste tel que celui-là, surtout pas Annelise – au taquet, toujours prête. Annelise, énergique, souveraine – *quelle femme, quelles capacités, elle devrait devenir présidente de ce pays !* (beaucoup de gens répétaient ça en boucle, avant que tout n'arrive).

Elle a donc été, tout le monde le comprend, mise de côté. Virée. Et diriger la tombola de bienfaisance de la Ceinture au profit des malades de la sclérose en plaques ça rend un son… bon, pas vraiment faux, mais presque aucun son du tout, en fait, par comparaison. « Quel merveilleux défi », le sourire chevalin dans les articles de journaux. Mais qui y croit, franchement ? (Et, on l'a vu, le résultat est minable, et après ça elle est mise au rencart pour de bon et disparaît de la vie publique. Et tout à la fin, elle est obligée de quitter la Fondation d'intérêt général Grawell. « Mon enfant de cœur », officiellement en raison de quelques irrégularités comptables, qui n'ont aucune réalité mais suffisent à alimenter la rumeur, car ce qu'on veut vraiment c'est se débarrasser de la propriété tout entière, qui est un fardeau. Alors la défaite, l'humiliation, est totale. *On croirait, Gripe, que c'est* ELLE *qui a violé et tenté de tuer Sascha*, comme le dit Cosmo.)

Mais – minute ! – la voilà qui vient d'apparaître devant lui. Et Gusten Gripe qui en pensée *croit savoir* ceci et cela à son sujet, au sujet des Häggert et de Nathan et ainsi de suite, est soudain frappé par une pensée totalement inverse. Qui n'est pas spécialement neuve non plus, qui a toujours été là, mais réprimée car elle est terriblement inconfortable : que lui, Gusten, ne savait sans doute, en réalité, rien du tout sur cette famille, les Häggert. Pas vraiment.

Et qu'il n'avait jamais été censé le savoir. Un jour il y a bien longtemps, sa mère Angela l'a mis en garde contre ce trait chez son amie : ce trait énigmatique, imprévisible, ne pas savoir à-qui-on-a-affaire. Elle lui a raconté l'été où elle-même était revenue d'un stage de chant, et avait remporté dans la foulée le premier prix lors de ce grand concours de chant prestigieux, au pays de Galles, début de la carrière internationale fantastique qui allait être la sienne (toutes les personnes qui avaient remporté ce concours-là étaient par la suite devenues des célébrités). Son petit ami Abbe l'avait accueillie avec un bouquet de fleurs à l'aéroport, en compagnie de sa meilleure amie Annelise (ils se fréquentaient souvent à trois, « comme un triumvirat »). Ils avaient parcouru à peu près la moitié du trajet en voiture – de l'aéroport au quartier des villas – quand Angela avait soudain compris qu'Abbe n'était plus « à elle ». Ils se tenaient la main, à l'avant, les deux, Annelise et Abbe, pendant qu'elle était là, comme un paon au milieu de toutes les grandes belles fleurs multicolores sur la banquette arrière, comme une sorte de mascotte rutilante apportant intellect et culture (la musique classique) à cet attelage pour le reste marqué par l'argent et la politique. Ils étaient tous deux étudiants de la grande école de commerce, Abbe et Annelise. *« Et la chose étrange, Gusten, est qu'on n'en a jamais parlé, ça ne se passait pas bien entre Abbe et moi et ce n'était qu'une question de temps avant la rupture, mais là… Oui, c'était un peu un choc mais, Gusten, je dois dire que j'étais surtout fascinée par l'évidence avec laquelle Abbe et Annelise m'ont cocufiée comme ça, sous mon nez, sans le moindre état d'âme.*

« Et si nous n'étions pas tombées enceintes toutes les deux peu de temps après, Annelise et moi, ce qui nous a de nouveau rapprochées… Bon, il est possible que nous aurions rompu à ce moment-là. Je ne sais pas, Gusten, rien n'est tout blanc ou tout noir, et je dois dire que j'en avais déjà par-dessus la tête d'Abbe à ce moment-là et j'étais enceinte de ce chef, qui dirigeait l'orchestre de l'école, là, à Londres, et qui était marié bien entendu, et n'avait pas la moindre intention de divorcer, mais il n'en avait jamais été question de toute façon, Gusten. JE voulais cet enfant, je VEUX comme tu le sais, oh, mon gamin adoré, Gusten, et je n'ai jamais JAMAIS regretté mon choix. »

Oui, peu de temps après (ce trajet en voiture depuis l'aéroport jusqu'au quartier des villas) Annelise est tombée enceinte elle aussi – de Nathan (pendant qu'Angela avait déjà, là, dans la voiture, un petit bâtard-Gusten dans le ventre).

Annelise à la porte maintenant tressaille en le voyant. « Oh, c'est toi », dit-elle et ils restent tous deux bras ballants en silence, à se dévisager.

Gusten, tu es rétabli, tu es rétabli maintenant ?

Gusten tu as l'air en forme. N'as-tu pas aussi… pris un peu de poids ? Un peu ? Tu étais si mince, comme un fil, j'étais inquiète. Gusten, que vas-tu – maintenant ?

L'école de théâtre, peut-être écrire, remporté le deuxième prix à un concours de nouvelles pour un texte sur deux frères dans une tour après le suicide des parents… Oui, enfin, librement adapté de Thomas Bernhard, un écrivain autrichien. Je voudrais lire d'autres livres de lui, mais je n'en trouve pas… à la bibliothèque.

Bizarre d'écrire ça, cette nouvelle. Comme si elle s'écrivait toute seule, après ça je n'ai pas… écrit, n'ai pas pu écrire, quoi que ce soit.

Gusten –

Tu m'as manqué.

Non, rien de tout ça (ni l'un ni l'autre ne parle pendant un moment).

« Nathan est là ?

— Non. Oh non. Nathan est en Indonésie. À Bali. Parti sac au dos.

— Ah. Je pensais –

— Comment va ta maman ?

— Elle va bien.

— Oui. Salue-la de ma part.

— Oui.

— Sympa de te voir. Mais dis donc maintenant il faut que je – »

Et c'est comme s'il l'avait entendu, lui aussi. Le cri montant des profondeurs de la maison, une voix d'homme, reconnaissable entre mille : « Mamaaaan ! »

« Oui, au revoir.

— Au revoir. »

Elle ferme la porte. Disparaît à l'intérieur. Et Gusten s'en va.

Albinus a une autre femme dans sa vie (ça a tout le temps été le cas, ce n'était pas un secret entre les époux, plutôt un arrangement). L'amie en tant que compagne de voyage, secrétaire, s'occuper de toutes ces choses féminines, *garder un œil sur Abbe, s'occuper de lui.* Ces choses qu'Annelise, trop absorbée par sa carrière, n'avait pas le temps de faire.

Après le jugement, Albinus passe de plus en plus de temps en Suisse. Il s'est mis « à la retraite », il a une fortune à gérer (et ça, il est « en principe » possible de le faire n'importe où).

Les premiers temps, Annelise l'accompagne (c'est du moins ce qu'elle dit). Mais elle revient. « La vie est si vide là-bas en Suisse, je sens que j'ai encore beaucoup à DONNER » (et c'est pénible à entendre, ça rend presque un ton suppliant) dans l'interview accordée à ce tabloïd, qui traînait sur la table de la taverne par un jour d'été de 2009 la dernière fois qu'il a vu Sascha Anckar. « La vie est si vide », a-t-elle découvert là-bas en Suisse, et dans la mesure où l'organisme de bienfaisance avait besoin d'une « âme dévouée » elle a tout de suite accepté (ça donnera la Ceinture, une campagne de récolte de fonds qui n'est pas un échec retentissant, pas non plus un grand succès, mais un résultat, disons, mitigé).

La porte de la maison se referme, et tout autour des végétaux poussent, des plantes grimpantes comme dans un conte de fées (c'est une image) : mère et fils dans la maison, dans l'intemporalité, on peut l'étudier, voir le silence, muet, qui résonne vers vous quand vous êtes, par exemple, de l'autre côté du lac.

La maison immobile, les fenêtres noires. Mère et fils.

Gusten dans la nuit, 2

(The Hunters)

À 00:30 un court message lui parvient.

« Maintenant tu peux aller sur le site et tu verras, Gripe. Tu n'en croiras pas tes yeux. Wish me luck, pal. »

Gusten va sur la page Cosmo's Factory.

« Big news. »

Une grande photographie remplit l'écran. Là, Cosmo et là, Abbe Häggert. Ils se serrent la main. Cosmo, sourire débridé, Abbe distingué, peut-être un peu vieilli, mais reconnaissable entre mille. Sous la photo, l'information brève et concise qu'Abbe Häggert a acquis une participation majoritaire dans la société anonyme Cosmo's Factory, et qu'il va de plus intervenir en tant que financeur principal du prochain film de Cosmo Brant : un film d'action qui se passe après l'apocalypse, avec des têtes d'affiche internationales *On the Other Side of the Rainbow*, une aventure dystopique pleine de rebondissements, librement inspirée de quelques histoires d'horreur de H. P. Lovecraft.

Une aventure dystopique pleine de rebondissements ? Gusten ne peut détacher son regard de l'écran.

Alors (dans cet ordre, car il va devoir revenir à la photo du site par la suite), il se rend en vitesse sur l'Instagram de Cosmo. Là, quelques images supplémentaires, un peu plus privées.

« And then time for a little skiing with ol'pals in the sunshine. »

Cosmo et Nathan, bras dessus bras dessous. Dans un grand paysage blanc ensoleillé des Alpes.

Ol'pals – tignasses sombres, raie au milieu, comme deux frères. Cosmo avec lunettes de soleil et Nathan, beau, irrésistible (il a soudain l'air très propre sur lui, plus rien de ce côté hanté, abîmé, négligé). Le regard rivé à l'objectif.

Et les Alpes, le soleil, les daims à l'arrière-plan, Abbe en tenue de sport. Et elle, la femme aux traits aigus. « Joan Crawford vieille mais en jeune », en combinaison de ski blanche.

Du blanc du blanc du blanc – et de la lumière –

Comme une petite famille heureuse sous le soleil.

« Kill your darlings, Gripe. Kill your bambi. »

Oui, les daims (retour à l'autre image, sur le site). Derrière Cosmo et Abbe, distingué, en gris, avec un foulard de soie coloré négligemment noué autour du cou, ce tableau avec les daims énormes, étranges, aux yeux démesurés, dans un bois.

Des yeux de victime, grands brillants offensifs.

La même vieille peinture à l'huile qui pendait autrefois au-dessus de l'énorme lit conjugal dans la chambre d'Abbe et Annelise dans le Vaisseau Hanté, au bord du lac Froid.

Les Chasseurs/ *The Hunters*

Who killed bambi ?

« Fuck bambi, Gusten Gripe. »

Épilogue

(Quelques mois plus tard)

Et nous pouvons finir ici (Out of Africa, dernière Afrique).

Cela se produit à peu près en même temps : Emmy remballe ses affaires dans l'appartement qui est le sien, et qu'elle va à présent quitter. Enceinte jusqu'aux yeux, le ventre qui la gêne à chaque mouvement, le chien dans les pattes, lui, elle n'a pas l'intention de l'oublier. Mais est-elle folle ? Non, pas spécialement. Elle n'a pas fait de discours. Ça n'a pas été harmonieux (pourquoi est-ce que ça l'aurait été ? Rompre est un enfer, mais c'est ce qu'elle a fait, quoi qu'il en soit).

Ils ne sont pas restés, Mats G et elle, à discuter sans fin au milieu de la nuit. Ils se sont disputés, oui, mais dans la mesure où ils ne sont ni l'un ni l'autre très portés sur la parole, ça s'est surtout réduit à des salves de déceptions, d'accusations.

Alors au fond elle veut penser qu'elle a simplement pris une décision.

Mon enfant, a-t-elle pensé, ma décision.

Et puis Gusten, qui descend au bord de l'eau, le lac Froid, dans le quartier des villas, où il ne vit plus, et d'ailleurs Emmy non plus, Emmy qu'il a juré d'oublier, mais à qui il est lié, comme par un pacte, d'une manière étrange mais certes bien compréhensible.

Debout au milieu des buissons à épier la rive opposée du lac, c'est une petite crique, deux ou trois cents mètres, pas plus. De l'autre côté, entre les arbres, on distingue le Vaisseau Hanté. Jadis superbe, désormais détruit (bien plus qu'il n'en a l'air). Comme un rêve.

Il se tient là sans bouger et s'autorise à psychoter. Ne plus jamais jamais retourner là-bas. Pourtant, si, toujours toujours.

Non, je ne sais pas. Mais je le vois comme ça. Que c'est ainsi.

Et – que dire après ça ?

« Maman. » Je suis devant la chambre de maman, à Gråbbå, je frappe doucement à la porte.

C'est la nuit, il est tard. Je me faufile à l'intérieur comme un petit enfant, « maman », je m'assieds sur le bord du lit. « Maman », pas de réaction, maman dort, un lourd sommeil profond, sur la table de chevet l'artillerie somnifères, antalgiques, médicaments.

« Maman. » Mais ça ne s'entend pas. Je reste assise un moment à écouter sa respiration qui remplit la chambre. Avec son poids, son odeur (sucrée, métallique). Je vois dans la pénombre le contour d'une robe pendue sur la porte de l'armoire, sur un cintre. C'est The Untamed Dress (J. Peterman, n° 356*).*

« You've already worn this dress: in your other life –

« You wore it the night you danced the night away with the tall young naval officer resplendent in his dress-white uniform.

« You wore it to the train station, where you said goodbye to him forever.

« You wore it to that party in the Village where you met William Faulkner and Robert Lowell. Faulkner was gracious, courtly; Lowell burned with intensity. It made you weak in the knees.

« You were glamorous in this dress. Untamed.

« One could tell that's where you heart was. In the wild and untamed. »

Et que voulais-je dire ?

Bah, maman. Je ne sais pas.

Mais, glisser une main sous la couverture.

Prendre la main de maman.

Elle est chaude.

Et ensuite je me lève et je m'en vais.

Dans le vide de l'appartement, qui résonne, et retour dans la chambre de Joel, où j'ai dormi tout ce temps pendant que je vidais, triais, rangeais en vue du déménagement, et je m'endors sur un matelas par terre. Dans un vieux – il était à Joel – duvet de scout.

Me réveille tôt, me lève, m'habille, arrache les photos d'idoles sur les murs. Tous ces skieurs norvégiens et finlandais contents et transpirants. Et je me faufile. Hors de l'appartement. Dans la rue.

Et puis je prends la voiture je quitte Gråbbå, dans un petit matin de printemps silencieux. Par-dessus le pont, la rivière qui traverse le centre, l'eau qui court, toujours aussi grise, je quitte le bourg – il n'y a qu'une place, au fond, quelques magasins, la maison communale avec l'arrêt de bus et la bibliothèque où j'ai travaillé l'été pendant des années, plus loin l'église, et un peu plus loin encore le nouveau cimetière, je n'ai aucune idée de l'endroit où se trouve l'ancien, ce qui dit tout, d'une certaine manière, sur Gråbbå.

Mais je suis déjà sortie du bourg, vers la route principale entre les champs, les prairies les bois et les petites maisons assez déglinguées, parfois abandonnées, inhabitées. La route, rectiligne, sombre et prometteuse dans le matin. Je passe devant chez Emmy, là d'où elle vient, cette « ferme à lapins » qui n'était pas une ferme, juste un tas de cages à lapins dans la cour de la maison du grand-père, où elle vivait. De plus en plus nombreux, vu que les lapins avaient commencé à se multiplier sans discrimination, alors ça avait fini par devenir ingérable. Une histoire en ville, comme tant d'autres histoires au sujet d'Emmy – ses mecs, aussi, ses petits amis qui allaient et venaient, et les frères à mobylette, à moto et dans des voitures pourries, qui tournaient en ville et la protégeaient comme un joyau. Mais c'était plutôt un rituel, car pour le reste, ils n'étaient pas proches, bien sûr. Ils avaient, tous ces frères, leur maison, leur travail, leur « femme », leurs enfants – des vies à eux.

Oui, Emmy. Elle était pour ainsi dire environnée par tout ça (par la suite, bien sûr, une fois partie à la ville, elle n'en avait plus rien eu à faire).

Je quitte Gråbbå et je pense : exit Gråbbå. Je souris presque, je me souviens soudain d'une autre dernière fois, Emmy et moi, à l'époque. La dernière année de lycée, exit Gråbbå, on vivait pour ça. Les derniers temps, les mois, les semaines après l'écrit du bac : le Bouquet Final.

C'était un matin de juin, le premier dimanche de cet été-là. L'un des mecs d'Emmy nous a amenées à l'arrêt de bus de la route principale (maman devait nous conduire, mais elle a loupé l'heure du réveil et elle était si fatiguée si fatiguée). One last kiss (ça, bon Dieu, on s'en souvient), et le temps que ça a pris... Était-elle vraiment obligée d'étaler toute cette intimité (je me souviens aussi d'avoir pensé ça pendant qu'Emmy et ce mec dont je connaissais à peine le nom s'embrassaient à l'avant de la voiture, s'embrassaient, s'embrassaient ET *s'embrassaient et se promettaient de s'écrire alors qu'ils savaient tous les deux – après Gråbbå rien, juste une image-test comme sur l'écran d'une vieille télé, cette histoire-là, ou alors la neige, blanc, blanc).*

Mais à la fin on s'est retrouvées toutes les deux, Emmy et moi, sur le bord de la route à attendre un bus qui n'est jamais venu (on l'avait peut-être loupé, ou alors on avait mal regardé les horaires), mais une voiture a ralenti et nous a prises en stop jusqu'à la ville la plus proche. Une gare routière pourrie, où tout était comme abandonné, une énorme horloge dans une salle d'attente qui s'était arrêtée, pas une âme en vue, matin d'été silence silence silence –

Mais dans ce silence, dans ce vide, soudain, un bus est arrivé et nous l'avons pris. On a dormi sur une banquette chacune car il y avait beaucoup de place. Presque pas d'autres voyageurs en route vers quelque part en ce premier dimanche d'été mais après un moment, Emmy est venue me rejoindre, la tête à moitié sur moi, et quand on s'est réveillées la fois suivante, on était à la gare routière de la capitale et on s'est séparées car Emmy allait prendre le RER vers une banlieue à l'ouest où elle avait réussi, après beaucoup de difficultés, à trouver une chambre à louer sous les combles.

Et moi je devais prendre le tramway jusqu'au campus où j'ai fini par trouver le bon bâtiment, le D. J'ai fait le check-in et j'ai eu ma petite chambre avec cuisine et salle de bains, ma petite cellule d'étudiante en plein centre-ville. Des reflets de soleil sur les murs dans une pièce vide, claire, tous les possibles. Mon avenir.

J'ai laissé Gråbbå derrière moi, je roule sur la route principale et soudain je me souviens d'Emmy dans le bus : sa tête chaude entre mes bras. « On est arrivées ? » Elle se réveille, lève les yeux vers moi, me demande.

Emmy – les meules de foin, les paillettes, les rats, la bicoque pourrie d'où nous venons tous, dans cette voix-là. CETTE *Emmy-là.*

Et ici maintenant : la pulsion est si forte.

Je m'arrête au bord de la route, je prends mon téléphone, il faut que je l'appelle.

Composition : IGS-CP à L'Isle-d'Espagnac (16)
Achevé d'imprimer
par CPI Firmin-Didot
à Mesnil-sur-l'Estrée, en octobre 2022
Dépôt légal : octobre 2022
Numéro d'imprimeur : 172192

ISBN : 978-2-07-289128-1/Imprimé en France

365108